Rose Snow

19

Das erste Buch der magischen Angst

© by Christine

Hinter dem Pseudonym Rose Snow stecken Ulrike Mayrhofer und Carmen Schmit. Schon während ihrer Schulzeit begannen sie, gemeinsam Geschichten zu entwerfen. Inzwischen haben sie bereits über vierzig Bücher veröffentlicht und schreiben trotz der Distanz Hamburg – Wien miteinander. Bedeutet: Unzählige Stunden via Skype, schallendes Gelächter und das Teilen tiefster Geheimnisse, auch wenn sie noch so peinlich sind. Mehr über die Autorinnen gibt es unter www.rosesnow.de

Erfahrt alle Neuigkeiten rund um Rose Snow und ihre Bücher als Erste:

Homepage: *www.rosesnow.de*
Instagram: *www.instagram.com/rosesnow.de*
Facebook: *www.facebook.com/rosesnow.de*

ROSE SNOW

19

Das Erste Buch der Magischen Angst

Ravensburger

FSC
www.fsc.org
MIX
Papier aus verantwortungsvollen Quellen
FSC® C111262

1 3 5 4 2

Postfach 2460, D-88194 Ravensburg
Erstmals erschienen 2018 bei Amazon Publishing

Dieses Buch wurde vermittelt durch
die Michael Meller Literary Agency GmbH, München.

Umschlaggestaltung: Rose Snow unter der Verwendung von Bildern von Shutterstock:
CKA, chuckstock, LHF Graphics und Pasko Maksim.

Printed in Germany

ISBN 978-3-473-58592-2

www.ravensburger.de

PROLOG

Wenn du Angst hast, passieren mehrere Dinge gleichzeitig in deinem Gehirn.

Zuerst wird die Produktion des Stresshormons Cortisol angeregt. Dein Körper bereitet sich darauf vor, zu kämpfen oder zu fliehen. Adrenalin und Noradrenalin fluten deine Körperzellen. Sie versetzen dich in erhöhte Alarmbereitschaft, dein Puls steigt an, dein Herz pumpt schneller, der Blutdruck steigt. Deine Bronchien erweitern sich. Du atmest heftiger, um deine Muskeln besser mit Sauerstoff zu versorgen, deine Pupillen vergrößern sich und du bist hellwach.

Kalter Schweiß bricht dir aus.

Wenn du Glück hast, wachst du jetzt auf. Wenn du Glück hast, war alles nur ein Traum, der dich keuchend in die Dunkelheit starren lässt. Dein Herz pocht schmerzhaft gegen deine Rippen, während du zitternd die Nässe von deinen Wangen wischst. Irgendwann stehst du auf, wechselst dein verschwitztes T-Shirt und spritzt dir kaltes Wasser ins Gesicht.

Wenn du Pech hast, wachst du nicht auf.

Wenn du Pech hast, starrst du ihn an, wie er langsam hin- und herschwingt. Du registrierst den umgeworfenen Hocker auf dem Holzboden, den ihr vor ein paar Wochen gemeinsam bei Ashley Furniture gekauft habt. Du siehst auf seine blassen Zehen und du weißt, dass es zu spät ist, obwohl du noch nicht verstehst, woher du das weißt.

Du beginnst zu schreien.

Du willst davonlaufen.

Du willst aufwachen.

Aber du tust nichts davon.

KAPITEL 1

Die meisten Menschen haben vor allen möglichen Dingen Angst. Sie fürchten sich vor Spinnen, Hochhäusern, Clowns oder der Steuererklärung. Manche haben Angst, ihren Partner zu verlieren, andere davor, keinen besseren zu finden. Dazu kommt die Angst vor der Einsamkeit, vor der Langeweile, der Routine oder davor, die falschen Entscheidungen zu treffen. Viele fürchten sich davor, Präsentationen zu halten, ihren Job samt Existenz zu verlieren, im Aufzug zu pupsen oder beim Lachen zu grunzen. Frauen haben Angst, ihr Aussehen sei zu gewöhnlich, ihr Gewicht zu hoch oder ihre Wohnung zu dreckig. Männer haben Angst, ihr Einkommen sei zu gering, ihr Körper zu wenig definiert und die Glatze unaufhaltbar.

Viele haben Angst vor Hunden, einige vor Kindern und manche vor alten Menschen. Ein paar Verrückte haben Angst vor Bärten, der Farbe Gelb oder der Zahl Dreizehn. Es gibt praktisch nichts auf der Welt, wovor man *nicht* Angst haben kann.

Was ich in diesem Moment nur zu gut nachvollziehen konnte. Angespannt trat ich im obersten Stockwerk des New Yorker Hochhauses aus dem Lift und wandte mich nach links. Am Ende des kurzen Korridors befand sich die Tür zu dem schicken Loft, in dem ich in Zukunft wohnen sollte. Mein Herz klopfte schneller als sonst, was lächerlich war. Schließlich war der Mailverkehr mit diesem Josh total nett gewesen. Es war ein absoluter Glücksfall, dass die Anzeige für diese WG ausgerechnet dann auf meinem Laptop aufgepoppt war, nachdem ich die Zusage für das Columbia College erhalten hatte. Noch dazu, weil die Miete absolut bezahlbar war, was aufgrund der Fotos und des kurzen Skype-Rundgangs, den Josh mit mir absolviert hatte, eigentlich ein Wunder war. Oder vielleicht auch wieder nur Glück. Möglicherweise versuchte mich das Leben dadurch ja irgendwie für den Schmerz der letzten Monate zu entschädigen.

Entschieden drängte ich alle Gedanken an die Vergangenheit beiseite, fuhr mir mit den Fingern durch die Haare und atmete tief durch. Die Zahl auf der weißen Tür vor mir war eine geschwungene *19*, was man ebenfalls als gutes Omen werten konnte – schließlich wurde ich selbst in einer Woche neunzehn Jahre alt. Trotzdem hatte ich es bisher nicht über mich gebracht, auf den Klingelknopf zu drücken.

Verdammt noch mal, jetzt stell dich nicht so an, Widney.

Ich beugte mich nach vorne und klingelte. Im selben Moment wurde die Tür vor meiner Nase aufgerissen und ich starrte in ein Paar haselnussbrauner Augen. Sie gehörten zu einer jungen Frau in meinem Alter. Ein wenig Mascara klebte an ihrem unteren Wimpernkranz und ihre Lippen waren geschwollen. Hinter ihr ragte ein

Typ in die Höhe, der mich spontan an einen der Schauspieler aus *Vikings* erinnerte. Er war mindestens 1,90 groß, hatte breite Schultern, dunkelblonde Haare und stechend blaue Augen. Er machte eindeutig Sport, wobei er trotz seiner beträchtlichen Muskeln nicht aufgeblasen wirkte.

Das Mädchen mit der verschmierten Wimperntusche drehte sich noch einmal zu ihm um und legte eine Hand auf seine Brust. »Wollen wir uns später noch sehen? Ich kann dich anrufen.«

Ohne eine Miene zu verziehen, pflückte er ihre Finger von seinem grauen T-Shirt. »Nein, danke.«

»Aber …«

»Hab ich mich nicht klar ausgedrückt? Wir hatten eine schöne Nacht. Mehr ist bei mir nicht drin.« Seine Stimme ließ keinen Zweifel daran, dass das Gespräch beendet war. »Komm gut nach Hause.«

Noch während die junge Frau ihn verdattert anschaute, glitt sein Blick zu mir. »Und du bist?«

»Widney«, sagte ich, während sich seine zurückgewiesene Eroberung mit einem Schnauben an mir vorbeidrängte und zum Aufzug stampfte.

»Okay.« Der Typ drehte sich um und ließ die Tür offen stehen. Dabei konnte ich sehen, dass er seine längeren Haare zu einem nachlässigen Knoten zusammengebunden hatte, wie ihn auch mein Bruder gern getragen hatte. Der scharfe Schmerz kam unerwartet und heftig, aber ich schaffte es, ihn rasch beiseite zu drängen. Das Mädchen hinter mir schlug gegen den Rufknopf des Lifts, während ich zögernd über die Schwelle in das Loft trat, in dem ich zukünftig wohnen sollte. Es war noch größer, als ich es mir anhand der kurzen

Skype-Tour vorgestellt hatte. Gegenüber der Tür gab es eine riesige Glasfront mit Sprossenfenstern, die dem Raum zusammen mit den sichtbaren Rohrleitungen an der Decke einen ziemlich coolen Fabrikhallen-Flair verliehen. Dazu passten die unverputzten grauen Bruchsteinmauern, die in Kombination mit dem warmen Holzfußboden eine bizarre Wohnlichkeit verbreiteten. Links von mir befand sich eine schicke Designerküche mit einem Monstrum von einem Edelstahlkühlschrank, während ich einige Schritte vor mir auf das Herzstück des Lofts blickte: ein gewaltiges, u-förmiges Ledersofa mit einem grauen Teppich und einem quadratischen Couchtisch. Auf dem Sofa fläzte sich ein hellblonder Typ und las in einem wissenschaftlich aussehenden Wälzer. Die beiden Enden der Couch zeigten nicht in meine Richtung, sondern nach links zu einer frei stehenden Mauerwand, an der ein riesiger Plasma-Fernseher hing.

Wow. Ich war beeindruckt.

»Hi«, sagte der Typ auf dem Sofa und ließ sein Buch sinken. Der *Vikings*-Verschnitt steuerte in der Zwischenzeit auf eine u-förmige Treppe in der hinteren linken Ecke des Lofts zu, die hinauf in den ersten Stock führte. Eine gläserne Galerie zog sich rund um den Raum, von der oben noch weitere Türen abzweigten.

»Hi«, erwiderte ich lächelnd und machte ein paar Schritte auf den Sofatypen zu. »Ich bin Widney.«

»Fick dich, du erbärmliches Stück Scheiße«, sagte der *Vikings*-Kerl, ohne mich anzusehen. Irritiert sah ich zu, wie er an einer hübschen Topfpflanze am Fuße der Treppe vorbeiging, bevor er immer zwei Stufen auf einmal nach oben nahm.

»Er meint nicht dich«, sagte der Sofatyp und klappte das Buch zu.

»Okay. Redet er mit sich selbst?«

»Nein, Selbsthass ist nicht so Coopers Ding.« Mein zukünftiger blonder Mitbewohner lächelte kurz, bevor er die Augen zusammenkniff und mich intensiv musterte. »Aber du scheinst damit vertraut zu sein.«

Stirnrunzelnd betrachtete ich den Typen vor mir. Dabei war ich mir nicht sicher, ob er mich einfach provozieren wollte oder tatsächlich der Meinung war, dass ich mich nicht leiden konnte.

»Ich bin übrigens Xander«, sagte er in diesem Moment und streckte mir die Hand hin. »Aber die meisten hier nennen mich Freud.«

»Wegen deiner verstörenden Psychoanalysen?«

Xander grinste. »Genau. Schön, dich in Zukunft analysieren zu dürfen, Widney.«

Ich grinste. »Ist die Miete deswegen so billig? Weil du einen auf Dr. Freud machst und deine Mitbewohner regelmäßig auf die Couch bittest?«

Xander schmunzelte ebenfalls. »Da ich Psychologie studiere und in wenigen Jahren ein angesehener Therapeut sein werde, sollte es eigentlich umgekehrt sein, und ihr solltet mich dafür bezahlen.«

Ich ließ meinen Rucksack von der Schulter gleiten und hob dabei die Augenbrauen. »Okay. Und was ist dann der Grund für den Spottpreis meines Zimmers?«

»Du kommst schnell zum Punkt.« Xander legte den Kopf leicht schief und betrachtete mich interessiert. Mit seiner breiten Nase und dem Ausdruck in seinen Augen erinnerte er mich an einen Rottweiler, der gerade eine Katze ins Visier genommen hatte. »Beziehungen«, erklärte er schließlich nach einer kleinen Pause. »Mein Onkel ist in der Immobilienbranche tätig und hat mir das Loft zu einem absoluten Schnäppchenpreis vermittelt.«

Ich blickte mich in dem großen Raum um. Rechts von dem Sofa gab es auch noch einen großzügigen Bereich mit einem Boxsack, der von einer Stahlstrebe an der Decke baumelte. Die metallenen Verstrebungen zogen sich durch den gesamten Raum und waren mit schwarzen Beleuchtungsspots ausgestattet worden. Hinter dem braunen Sandsack sah ich auch noch einen Billardtisch in der Ecke neben der Eingangstür. Er stand halb versteckt hinter einem frei stehenden Mauerpfeiler, der mir beim Hereinkommen die Sicht darauf versperrt hatte. An der dahinterliegenden Wand befanden sich drei geschlossene Schiebetüren, die offenbar zu weiteren Zimmern führten.

»Weißt du auch, warum es so ein Schnäppchen war? Wurde hier etwa jemand umgebracht oder lande ich in Kürze mit einer Schimmelpilzvergiftung im Krankenhaus?«

Xander lächelte. »Nein, mein Onkel ist einfach gut in seinem Job. Er hat sogar schon mal für Keira Knightley gearbeitet. Du siehst ihr übrigens ähnlich. Seid ihr etwa verwandt?«

Bei dem Gedanken musste ich lachen. »Nicht, dass ich wüsste.«

»Ihr könntet aber Schwestern sein. Die gleichen braunen Haare, die gleichen hohen Wangenknochen, die gleiche verletzliche Ausstrahlung …«

Das gleiche eckige Gesicht … unwillkürlich bewegte ich meinen Kiefer, der für meinen Geschmack etwas zu breit ausgefallen war.

»Möglicherweise sieht sie mir ähnlich«, erwiderte ich halb im

Scherz, ohne auf seine Bemerkung mit der verletzlichen Ausstrahlung einzugehen. Dann schlüpfte ich aus meiner Jacke.

Xander kratzte sich nachdenklich hinter dem Ohr. Er hatte ziemlich dichte blonde Haare, die an den Spitzen heller waren und von jeder Menge Haargel zu einer lässigen Hochsteh-Frisur aufgerichtet waren.

»Interessant. Egozentrische Persönlichkeitsmerkmale mit einem Schuss Narzissmus. Das wird sicher lustig mit dir.« Sein breites Lächeln entschärfte seine beleidigende Analyse.

»Oh ja. Mit dir auch«, erwiderte ich im selben Tonfall. »Ist Josh eigentlich da? Er ist der Einzige, den ich bisher kenne, weil wir letzte Woche geskyped haben.«

»Josh ist noch oben, kommt aber sicher bald runter«, erklärte Xander und setzte sich wieder auf das Sofa. Seine einladende Handbewegung kam mir ein wenig so vor, als würde er sich auf das kommende Verhör freuen. »Er macht die ganzen Verträge und den Kram für uns alle, weil er sich am besten mit Mietrecht auskennt.«

»Studiert er etwa Jura?«

»Nein.« Xander schlug die Beine übereinander. »Computerwissenschaften und Anthropologie. Aber das hält ihn nicht davon ab, mehr zu wissen. Er hat deshalb auch ein paar Schulklassen übersprungen und kam schon mit siebzehn aufs College. Wir nennen ihn gern Wikipedia auf zwei Beinen.«

»Also ist Josh so etwas wie euer hauseigenes Genie?«, fragte ich und ließ mich ebenfalls auf dem schwarzen Sofa nieder. Es war butterweich und ich hatte das Gefühl, darin zu versinken und nie wieder aufstehen zu wollen.

»Josh ist unser Nerd. Das Genie bin natürlich ich.«

Ich hob amüsiert eine Braue. »Wer ist hier der Narzisst von uns beiden?«

Xander zuckte grinsend mit den Achseln. »Möglich, dass wir beide narzisstische Anteile in uns tragen. Liegt vielleicht daran, dass ich ein Einzelkind bin. Und du?«

Da war sie wieder, diese Frage, die innerhalb eines einzigen Augenblicks den ganzen Schmerz mit einer Wucht in mein Herz stieß, dass ich zurückzuckte.

Xander sah mich abwartend an.

»Äh, ja«, sagte ich etwas verspätet. »Keine Geschwister.« Das war zumindest nicht gelogen, auch wenn es deshalb noch lange nicht der Wahrheit entsprach.

»Okay. Und was gibt es sonst so über dich zu wissen? Erzähl mal.«

Na wunderbar. Das war genau das, was ich nicht wollte.

Betont beiläufig zuckte ich mit den Achseln. »Ich bin in Ohio aufgewachsen. Dad ist Musiker und Mum arbeitet in einer Bank. Besser gesagt hat sie dort gearbeitet.«

Xander hatte die Stirn in Falten gelegt und fixierte mich so eindringlich, dass ich mir tatsächlich wie bei einer Psycho-Sitzung vorkam. Sein Gesichtsausdruck ähnelte jetzt weniger dem Rottweiler, sondern mehr dem der Therapietanten, zu denen ich nach der Sache mit Aiden hatte gehen müssen.

»Warum arbeitet deine Mutter nicht mehr in der Bank?«

Ich zögerte. *Weil der Tod ihres Sohnes sie in eine bodenlose Depression gestürzt hat, aus der sie sich gerade erst wieder langsam erholte.*

»Weil mein Dad in den letzten zehn Jahren als Musiker immer

erfolgreicher wurde. Es war nicht mehr notwendig, dass sie arbeiten ging.«

Die nächste Halbwahrheit. Ich war noch nicht mal eingezogen und erzählte schon lauter Blödsinn. Auf der anderen Seite war es ein wenig viel verlangt, mich in den ersten zehn Minuten auf das Inquisitionssofa zu bitten und zu erwarten, dass ich meine gesamte Lebensgeschichte vor ihm ausbreitete. Dieser Typ Mensch war ich einfach nicht.

Freud rieb sich mit einem Finger über die Augenbraue. »Ist dein Vater berühmt? Kenne ich ihn?«

»Ich denke nicht. Er macht Countrymusik«, sagte ich ausweichend.

»Und du? Machst du auch Countrymusik? Oder irgendeine andere Art von Musik?«

Ich kratzte mit dem Daumennagel über einen hellen Fleck auf meiner Jeans. »Nein. Ich mache keine Musik, ich konsumiere sie nur.«

»Auch die von deinem Vater?«

Wow, der Typ war wirklich hartnäckig.

»Ja, manchmal im Radio.« Bei dem Gesichtsausdruck, den er daraufhin machte, beugte ich mich etwas vor. »Analysierst du jetzt, wie es ist, wenn ich die Musik meines eigenen Vaters gut finde?«

Freud lächelte. »Möchtest du denn, dass ich das tue?«

»Möchtest du denn, dass ich möchte, dass du es analysierst?« Dieses Spielchen beherrschte ich auch.

Lachend lehnte er sich zurück und verschränkte die Arme über seinem Kopf. Dabei traten seine Oberarmmuskeln sichtbar hervor.

Offenbar machte Xander auch Sport, obwohl er rein optisch nicht mit dem fluchenden Cooper mithalten konnte.

»Ich denke, ich müsste zuerst die Musik deines Vaters hören, um mir eine Meinung darüber zu bilden, was das Anhören seiner Lieder möglicherweise bei dir auslöst. Musik ist ja oft etwas sehr Intimes. Die Frage, die ich mir stelle, lautet: Wollen wir so viel über das Seelenleben unserer Eltern wissen?«

»Wollen wir so viel über das Seelenleben von überhaupt jemandem wissen?«, gab ich nachdenklich zurück. Manchmal kam es mir so vor, als ob es leichter wäre, wenn jeder nur sein eigenes Päckchen zu tragen hätte. Das war in den meisten Fällen ohnehin schon schwer genug.

»Ich erkenne depressive Tendenzen mit einem Schuss Zynismus.« Freud betrachtete mich wie ein Kind den Weihnachtsbaum. Offenbar machte ihm unsere gemeinsame Zeit auf dem Inquisitionssofa wesentlich mehr Spaß als mir.

»Okay. Du gehörst eindeutig zu denen, die über das Seelenleben anderer genau Bescheid wissen wollen. Allerdings bin ich nicht sicher, ob da nicht einfach nur Sensationsgier dahintersteckt.«

Er kniff die Augen zusammen. »Interessant. Mit deiner Stimme gehst du in die Defensive, gleichzeitig platzierst du einen respektablen Angriff, um von deiner Unsicherheit abzulenken. Was hast du zu verbergen, Widney? Da steckt doch noch mehr dahinter. Lass es einfach raus.«

Ich atmete beherrscht aus. Langsam begann ich mich wirklich unwohl zu fühlen.

»Hey! Nervst du gerade unsere neue Mitbewohnerin?« Die

Stimme kam von der gläsernen Galerie über unseren Köpfen. Erleichtert blickte ich nach oben. Ein mittelgroßer Typ mit rotbraunen Locken war an dem Geländer aufgetaucht. Es war mein Skype-Kontakt Josh, der rein äußerlich relativ durchschnittlich aussah, aber ich vermutete, dass er innerlich das genaue Gegenteil davon war.

»Wir unterhalten uns nur«, sagte Xander. »Kein Grund, den Ritter zu spielen. Oder gibt es vielleicht doch einen Grund, Josh?« Er hob beide Augenbrauen und sah vielsagend zwischen ihm und mir hin und her.

Langsam hatte ich genug von psychischen Analysen. »Hallo, Josh. Freut mich, dich auch in echt kennenzulernen«, sagte ich und stand auf.

Er lächelte mich an und kam die u-förmige Treppe heruntergejoggt. Die Stufen waren aus Holz, aber sie hatte ein Glasgeländer, was ihr einen ziemlich coolen Look gab.

»Keiner kann dich leiden, du Miststück«, sagte er beiläufig in Richtung der Topfpflanze auf dem Boden, bevor er weiter zu mir lief und mir mit einem breiten Lächeln die Hand gab. »Schön, dass du hier bist, Widney. Ich freu mich, dass alles so problemlos geklappt hat.«

Das hatte es tatsächlich. Nachdem mir im letzten Jahr ständig Werbungen für die Columbia ins Haus geflattert waren, hatte ich mich kurz entschlossen an der New Yorker Universität beworben und war tatsächlich angenommen worden. Nur einen Tag später war ich auf das Inserat von der WG gestoßen, die sich sogar in unmittelbarer Nähe zum College befand. Der erste Mailverkehr mit Josh war genauso sympathisch gewesen wie unser Skype-Telefonat. Da sich die beiden anderen WGs, die ich ebenfalls angeschrieben hatte, nie zurückgemeldet hatten, war mir die Entscheidung, hierherzukommen, nicht besonders schwergefallen.

»Danke. Ich freu mich auch, hier zu sein.«

Josh sah mich aufmerksam an. »Hat dir Freud schon die WG-Regeln erklärt?«

»Nein, bisher haben wir uns ausschließlich über mich und meine Familie und die Musik meines Vaters unterhalten«, erwiderte ich trocken, wobei mein Blick immer wieder von der hüfthohen Palme neben der Treppe angezogen wurde, die nun schon zum zweiten Mal beschimpft worden war. »Habt ihr eigentlich irgendwas gegen diese Pflanze da?«

»Ja, sie ist hässlich!«, rief Xander in Richtung der armen Palme, die mir schon richtig leidtat.

»Es ist ein Experiment«, erklärte Josh auf meinen Gesichtsausdruck hin. »Angeblich reagieren Pflanzen darauf, wie man mit ihnen umgeht. Wenn man sie freundlich behandelt, wachsen sie besser, entwickeln größere Blüten und sind insgesamt schöner. Beschimpft man sie jedoch …« Er seufzte tief. »Tja, dann sollte sich das ebenfalls zeigen.«

»Und deshalb beschimpft ihr sie? Um zu beweisen, dass ihr sie auf diese Weise zugrunde richten könnt?«

»Ursprünglich hatten wir zwei von diesen Yucca-Palmen«, erklärte Xander, stand auf und schlenderte rüber zum Kühlschrank. »Es war ausgemacht, eine von ihnen gut zu behandeln und sie für ihre schönen Blätter zu loben, während wir der anderen nur Schimpfnamen verpassen wollten. Allerdings hat *irgendjemand*«, die Art, wie er dabei Josh ansah, machte klar, dass er dieser irgendjemand war, »den Standort der beiden Pflanzen immer wieder umgestellt, sodass am Schluss keiner mehr wusste, welche die gute und welche die böse Yucca-Palme war.«

»Sie haben Licht gebraucht«, verteidigte sich Josh, während ein Hauch von Röte seine Wangen überzog.

Xander holte sich eine Coladose aus dem Kühlschrank, die er zischend öffnete. »Josh, du hast ungefähr dreihundert Pflanzen in deinem Zimmer stehen. Wieso bemutterst du nicht einfach nur die?«

»Mache ich jetzt ohnehin.«

»Und was ist dann passiert?«, hakte ich nach.

»Dann«, Xander ging um den großen Küchenblock herum und stützte sich mit dem Ellbogen auf, »ist eine der beiden Yuccas eingegangen.«

»Die, die ihr mit Schimpfnamen bedacht habt?«

»Nein, die andere, zu der wir nett waren, zumindest die meiste Zeit. Denn als wir einmal eine Woche lang weniger nett zu ihr waren, da Josh die Palmen verstellt hatte, hat sie alles hängen gelassen und Läuse bekommen.«

Ich runzelte die Stirn. »Okay. Also hat das Experiment funktioniert. Sie hat ja auf die Schimpftiraden reagiert.«

»Ja, das hat sie«, sagte Josh etwas schuldbewusst.

Xander grinste schief. »Er ist noch immer nicht darüber weg, dass wir sie entsorgen mussten. Willst du eigentlich auch was trinken, Widney?«

»Ein Glas Wasser wäre super.« Xander füllte mir aus der Edelstahlspüle ein Wasser ein, während ich die Küche bestaunte. Es war eine typische Designerküche aus Holz, Stein und Stahl, die sich auch gut in einer Kochsendung gemacht hätte. Vor dem massiven Küchenblock mit einer Platte aus Granitgestein standen fünf Barhocker mit schwarzen Ledersitzen und Metallbeinen.

»Und was ist mit der Pflanze bei der Treppe?«, fragte ich, nachdem ich an meinem Wasser genippt und mich bei Xander bedankt hatte.

»Die steht anscheinend auf SM«, erwiderte Josh kopfschüttelnd.

»Ehrlich?« Ich musste grinsen.

»Ohne Scheiß«, sagte Xander. »Je mehr wir sie beschimpfen, desto grünere Blätter bringt sie hervor. Also tun wir unserem kleinen Miststück den Gefallen, nicht wahr?«

»Das ist total irre«, sagte ich.

»Und es ist eine der WG-Regeln«, stellte Xander klar.

Ich verschluckte mich beinahe an meinem Wasser. »Du verarschst mich.«

»Bei solchen Dingen macht er keine Witze«, sagte Josh ernst.

»Wenn ich hier wohne, muss ich also eure Palme beschimpfen?«

»*Unsere* Palme, Widney. Aber was hältst du davon, wenn Josh dir erst mal dein Zimmer zeigt?« Xander warf einen Blick auf sein Handy und kippte den Rest seiner Cola runter. »Ich muss nämlich noch weg.«

»Äh … ja klar.«

»Dann komm mal mit«, sagte Josh. »Ich bin sicher, es wird dir gefallen.«

KAPITEL 2

»Ich wünschte, du würdest endlich sterben.« Josh griff nach dem Handlauf der Treppe und sah mich auffordernd an. »Jetzt du.«

»Ähm.« Ich räusperte mich. »Die Yucca-Palme meiner Eltern ist mindestens doppelt so groß wie du.«

Josh zog amüsiert eine Augenbraue hoch.

»Schäm dich für deine mickrigen Blätter«, setzte ich noch hinzu, wobei ich mir ein wenig bescheuert vorkam.

»Du wirst dich schon daran gewöhnen.« Er ging vor mir die Treppe hinauf und warf mir dabei einen belustigten Blick über die Schulter zu. »Am Anfang war es für uns alle ein wenig seltsam, aber das legt sich.«

»Und wieso macht ihr das noch mal?« Die u-förmige Treppe erreichte ihren ersten Knick und ich ließ das wunderschöne Loft, das ausgebreitet unter mir lag, einen Moment lang auf mich wirken.

»Weil wir Xander damit eine Freude machen. Er steht auf solche

Experimente. Eine Zeit lang haben wir so etwas Ähnliches auch mit zwei Gläsern gekochtem Reis gemacht.«

»Und hat das was gebracht?«

»Da gehen die Meinungen auseinander.«

Josh hatte jetzt die Galerie erreicht, die ebenfalls ein gewaltiges U formte – ausgehend von der riesigen Fensterfront, die bis hier nach oben reichte. Auf jeder der drei Seiten gab es zwei Räume mit hellgrauen Schiebetüren, die zu insgesamt sechs Zimmern führten.

»Und hier wohnen wir alle?«

Josh schüttelte den Kopf. »Nicht ganz. Xander wohnt unten, der Rest von uns hier oben.«

Unwillkürlich warf ich einen Blick auf die drei geschlossenen Schiebetüren im Erdgeschoss. »Xander hat gleich drei Zimmer?« Vielleicht brauchte er den Platz ja für sein ausgedehntes Ego.

Josh schüttelte den Kopf. »Nein, ihm gehört nur das Zimmer ganz links. Das daneben«, er stockte kurz, »steht derzeit leer und rechts davon befindet sich die Waschküche. Ich zeig dir nachher noch, wie die Waschmaschine und der Trockner funktionieren.«

»Ihr habt tatsächlich ein leer stehendes Zimmer?«, hakte ich ungläubig nach. »Rennen euch eure Kommilitonen da nicht die Bude ein?«

Josh rieb sich unbehaglich den Nacken. »Das Zimmer dient eigentlich nur als Abstellraum und ist die meiste Zeit abgeschlossen. Außerdem hängen wir unsere wirklich coole Wohnsituation nicht an die große Glocke.«

Ich nickte. Wer wusste schon, wie es Xanders Onkel gelungen war, dieses Superschnäppchen für seinen Neffen aus dem Hut zu zaubern.

»Die zwei Zimmer, die du vor dir sehen kannst, gehören Cooper und mir«, fuhr Josh nun rasch fort. »Dazwischen liegt ein Bad, das wir uns teilen.« Er marschierte an den Schiebetüren vorbei zu dem Gang, der direkt gegenüber von der Fensterfront lag und deutete auf die rechte Schiebetür. »Das Zimmer hier gehört Ash. Wenn du keinen Ärger kriegen willst, solltest du besser einen Bogen darum machen. Ash kann es gar nicht leiden, wenn jemand an ihre Sachen geht.«

»Werde ich mir mit ihr ein Bad teilen?« Soweit ich wusste, war Ash meine einzige weibliche Mitbewohnerin, weshalb ich davon ausging, dass ich das Zimmer links von ihr beziehen würde.

Josh schüttelte den Kopf. »Hinter der linken Tür ist der Aufgang zum Dach. Eigentlich hat uns die Hausverwaltung aus Sicherheitsgründen verboten, das Dach zu nutzen, aber ehrlich gesagt hält sich keiner daran. Wir haben den Raum trotzdem abgesperrt, damit sich keine Gäste bei einer Party oder so nach oben verirren. Der Schlüssel befindet sich im Topf der Yucca-Palme, falls du mal Lust hast, raufzugehen. An schönen Abenden ist der Ausblick dort phänomenal.«

»Wow.«

Er lächelte bescheiden. »Das nächste Zimmer gehört Quentin. Quentin ist …« Josh bog um die Ecke in den letzten Gang der Galerie, der wieder zurück an die Fensterfront führte. »Quentin ist aktuell beschäftigt«, beendete er schließlich seinen Satz.

Irritiert folgte ich seinem Blick zu einem Kaktus in einem knallroten Übertopf, der vor der grauen Schiebetür auf dem Boden stand.

»Was bedeutet das?«

»Es bedeutet, dass Quentin gerade Damenbesuch hat.«

»Oh – okay.« Ich beeilte mich, weiterzugehen, um nicht den Eindruck zu erwecken, dass ich mich übermäßig für die Aktivitäten hinter der Tür interessierte.

»Seit wir den Kaktus verwenden, hat der Ausdruck *zum Stich kommen* gleich eine viel tiefere Bedeutung«, erklang die tiefe Stimme des *Vikings*-Verschnitts von der gegenüberliegenden Galerie. Er war gerade mit einer ausgebeulten Sporttasche über der Schulter aus seinem Zimmer gekommen. Die Tasche platzte fast aus allen Nähten und ich fragte mich, was er darin wohl transportierte.

Vielleicht einen Riesenkürbis. Oder einen Medizinball.

»Danke, Cooper, für diese exzellente Eselsbrücke. Ich bin sicher, damit wird sich Widney die Funktion des Kaktus merken.« Josh grinste schief, während Cooper sich nur lässig an die Stirn tippte und dann die Treppe hinunterpolterte. Keine fünf Sekunden später fiel die Eingangstür des Lofts mit einem hörbaren Knall ins Schloss.

»Ihr stellt also Kakteen vor die Tür, wenn ihr nicht gestört werden wollt«, fasste ich zusammen.

»Normalerweise hängt man eine Krawatte oder ein Tuch an die Türklinke«, erwiderte Josh. »Ist bei Schiebetüren allerdings nicht so einfach. Und der Versuch, ein rotes Tuch einzuklemmen, ist im Eifer des Gefechts schon ein paar Mal schiefgegangen – deshalb der Kaktus.«

»Verstehe.«

Wir waren jetzt an der letzten grauen Schiebetür angekommen. Von hier aus waren es nur noch wenige Schritte bis zum Ende der

Galerie, die bis direkt an die Fensterfront führte. Überwältigt blickte ich auf die durchbrochenen Glasscheiben, hinter der uns New York zu Füßen lag. Die Morgensonne glitzerte auf den zahlreichen Fensterflächen der Wolkenkratzer, während ich in weiterer Entfernung einen dünnen Streifen des Meeres sehen konnte.

»Der Ausblick ist unglaublich.«

Josh nickte. »Du kommst aus einer etwas ländlicheren Gegend, oder?«

»Yep. Ich bin in einem typisch amerikanischen Vorort aufgewachsen.« Die Worte schwemmten eine Reihe von Erinnerungen an die Oberfläche, die sich in meinem Lächeln verhakten und es auseinanderzureißen drohten.

»Ja, ich erinnere mich, dass du das erwähnt hast. Muss eine ziemliche Umstellung für dich sein. Hast du denn schon mal in einer Großstadt gelebt?«

Ich schüttelte den Kopf. »Ist mein erstes Mal.«

Wie so vieles anderes.

In diesem Moment kam wie aus dem Nichts eine Taube auf die Fensterfront zugeschossen. Bei dem Anblick ihrer heftig schlagenden Flügel wurde mir ganz unbehaglich.

»Vorsicht!«, keuchte ich, obwohl ich wusste, dass die Warnung an den Vogel völlig sinnlos war. Dennoch drehte die Taube kurz vor dem Zusammenprall ab und verschwand im Gleitflug zwischen den anderen Hochhäusern.

»Hey. Alles okay?« Josh legte mir die Hand auf die Schulter. »Du bist ganz blass geworden.«

»Ich dachte nur …« Beherrscht rang ich nach Atem und versuchte, nicht so durchgeknallt zu wirken, wie ich mich gerade fühlte. »Ich hatte Angst, die Taube begeht an eurem Fenster Selbstmord.«

»An *unserem* Fenster«, korrigierte mich Josh freundlich. »Und ja, es ist schon mal vorgekommen, dass ein Vogel in Panik gegen die Scheibe geknallt ist. Aber das war zu Silvester, als überall das Feuerwerk hochgegangen ist. Unter dem Jahr passiert das wegen der Sprossenfenster so gut wie nie.« Er machte eine kurze Pause. »Bereit, dein Zimmer zu sehen?«

»Absolut«, erklärte ich schnell und versuchte, nicht länger an die Taube zu denken. Oder an das Geräusch ihres heftigen Flügelschlags, von dem ich mir einbildete, ihn noch immer zu hören.

Josh drückte die Schiebetür mit Schwung auf. »Voilà. Willkommen in deinem Reich, Widney.«

Das Zimmer war der Hammer. Obwohl es im Stil zur restlichen Einrichtung des Lofts passte, hatte es doch eine individuelle Note, die mir ein begeistertes kleines Kieksen entlockte. Wie im großen Gemeinschaftsbereich unten, gab es auch hier eine großzügige Fensterfront, die einen überwältigenden Ausblick auf einen weiteren Teil der Skyline New Yorks freigab. Links davon stand ein Futonbett aus Holz an der unverputzten hellen Wand, die genau dieselbe Farbe hatte wie der rechteckige Hochflorteppich auf dem Parkett. Begeistert sog ich die Eindrücke in mich auf. Wer auch immer dieses Zimmer eingerichtet hatte, kannte sich offenbar mit Innenarchitektur aus. Jedes Möbelstück war perfekt aufeinander abgestimmt – ob es nun der schmale Schreibtisch links neben dem Bett oder der moderne graue Einbauschrank rechts war. Die geraden, glatten Linien harmonierten perfekt miteinander, ohne das Zimmer ungemütlich wirken zu lassen. Dafür sorgten neben dem weichen Teppich auch noch ein naturweißer Polsterstuhl vor dem Fenster und die vielen Kissen auf dem Bett.

»Und? Was sagst du?«

»Wow. Ich bin nicht sicher, ob ihr genug Miete verlangt.«

Josh lachte. »Ich hoffe, du hast nicht vor, Anwältin oder Managerin zu werden. Dafür wärst du eindeutig zu ehrlich.«

Grinsend schüttelte ich den Kopf. »Nein, nach meinem Bachelor-Abschluss möchte ich Medizin studieren.«

»Interessant.« Er lehnte sich mit verschränkten Armen an meinen Schreibtisch, während er mich intensiv musterte. »Welche Richtung denn?«

»Gehirnforschung.« Unter Joshs neugierigen Blicken machte ich ein paar Schritte in den Raum hinein und ließ meinen Rucksack von der Schulter gleiten. Dann öffnete ich den Kleiderschrank und strich bewundernd über die gut verarbeiteten Ablagefächer. Links davon gab es noch ein schmales Bücherregal, während sich rechts vom Schrank eine weitere geschlossene Schiebetür befand.

»Die hier führt wahrscheinlich ins Bad?«

Josh nickte. »Du kannst sie ruhig aufmachen. Wenn Quentin im Bad wäre, hätte er von innen abgesperrt.«

»Wie ist Quentin so?«, fragte ich, während ich vorsichtig an der Tür zog. Widerstandslos glitt sie zur Seite und eröffnete mir den Blick auf ein Badezimmer, das den bisherigen Räumlichkeiten in nichts nachstand. Riesige graue Steinfliesen bedeckten sowohl Boden als auch Wände und bildeten einen ansprechenden Kontrast zu einem eckigen weißen Waschbecken an der linken Wand, das in einen breiten Unterschrank aus dunklem Holz eingelassen war. Rechts von mir befand sich eine riesige gläserne Duschkabine, die genug Platz für drei Menschen geboten hätte, sowie eine ebenfalls weiße Toilette. Eine flauschige, helle Badezimmermatte lockerte den maskulinen Stil etwas auf – wobei ich Quentins Anwesenheit trotzdem mit allen Sinnen wahrnahm. Nicht nur, weil er sich rund um das Waschbecken mit seiner Zahnbürste, Zahnpasta, Mundwasser, Kamm, Aftershave, Rasierschaum und Rasierpinsel ausgebreitet hatte, sondern weil sein herbes Männerparfum so schwer in der Luft hing, als wäre er eben noch hier drin gewesen.

Eine leise Frauenstimme hinter der gegenüberliegenden Tür brachte mich dazu, das Bad rasch wieder zu verlassen.

»Es ist gar nicht leicht, Quentin zu beschreiben.« Josh dachte anscheinend noch immer über meine Frage nach. »Er hat seinen Bachelor schon und studiert im zweiten Jahr an der medizinischen Fakultät der Columbia. Im Moment ist er ein wenig angepisst, weil die Fakultät umgebaut wird und er ständig die drei Meilen rüber zum Campus der Columbia muss, wo jetzt seine Kurse ersatzweise stattfinden. Was noch?« Josh kratzte sich am Kopf. »Quentin ist ein sehr direkter Typ und sagt grundsätzlich, was er denkt. Er kann auch distanziert sein, aber das darf man nicht zu ernst nehmen.«

»Warum denn nicht?«

»Nun, weil …« Josh runzelte die Stirn. »Ach, nicht so wichtig.«

Interessiert kniff ich die Augen zusammen. Ich hätte nur zu gern gewusst, was der Grund für Quentins nicht ernst zu nehmende Distanziertheit war.

»Hirnforschung also«, sagte Josh in diesem Moment. »Klingt spannend. Gibt es einen speziellen Grund, warum du dich gerade für diese Richtung entscheiden möchtest?«

Sein plötzlicher Themenwechsel erinnerte mich an das Gespräch mit Xander auf der Inquisitionscouch.

Betont beiläufig zuckte ich mit den Achseln. »Ich finde es interessant, herauszufinden, was im Gehirn eines Menschen vor sich geht.«

Zum Beispiel, was alles schiefgehen muss, damit er sich einfach umbringt.

Josh grinste. »Menschliche Psyche ist auch Freuds Steckenpferd. Ihr werdet euch eine Menge zu erzählen haben.«

»Mich interessieren vor allem die chemischen Prozesse«, erwiderte ich und ging zum Bett hinüber, um die Matratze auszuprobieren. Sie war noch bequemer als erwartet und ich begann mich zu fragen, ob das hier alles echt war oder ob ich in Kürze wieder in meinem eigenen Zimmer zu Hause aufwachen würde.

Josh räusperte sich. »Das heißt, du willst später mal in die Forschung gehen? Alzheimer heilen und so ein Zeug?«

»Schon möglich. Und du?« Ich wippte auf der Bettkante ein paar Mal auf und ab. »Xander sagte, du studierst Anthropologie und Computerwissenschaften. Das klingt ganz schön anspruchsvoll.«

Josh machte eine seltsame Bewegung zwischen einem Nicken und Achselzucken. »Ich merke mir Dinge ziemlich gut.«

»Hab ich auch schon gehört.«

»Apropos merken.« Er stieß sich vom Schreibtisch ab. »Ich wollte dir ja noch die WG-Regeln erklären. Wenn du willst, können wir dabei deine restlichen Sachen holen.«

»Gerne.« Meine Koffer waren noch unten beim Portier. Ich hatte nur das Nötigste mitgenommen, da es sich leichter atmen ließ, wenn mich nicht zu viel an früher erinnerte.

»Regel Nummer eins: Hier zu wohnen bedeutet auch, bei unseren Gemeinschaftsprojekten mitzumachen.«

»Und diese Gemeinschaftsprojekte beinhalten, arme Topfpflanzen und gekochten Reis zu beschimpfen?«

»Genau.« Josh zwinkerte mir zu, während wir die Holztreppe ins Erdgeschoss hinuntergingen. »Außerdem gibt es einen eigenen Einkaufsplan, wer in welcher Woche dafür zuständig ist, dass der Kühlschrank gefüllt ist. Die Liste hängt in der Küche.«

»Okay.«

»Allerdings gibt es unten an der Straße auch einen Inder, der das beste Curry der Welt macht. Er hat schon einige von uns vor dem Hungertod bewahrt, wenn wir keine Lust oder keine Zeit hatten, uns was zu kochen.«

Ich grinste. »Klingt gut.« Wir hatten inzwischen den Lift erreicht, der hinunter zum Portier führte. »Was noch?«

»Kein Sex zwischen WG-Mitgliedern.« Josh drückte auf den Rufknopf. »Das hat in der Vergangenheit nicht so gut funktioniert.«

»Oh.« Ich biss mir auf die Zunge, um nicht zu fragen, welche Konstellation so schiefgegangen war, dass meine neuen Mitbewohner daraufhin eine eigene Regel aufgestellt hatten.

»Ash und Freud«, sagte Josh, der meine Neugier offenbar bemerkt hatte. »Sprich sie aber besser nicht darauf an. Vor allem nicht Ash. Sie kann ziemlich …« Er fuhr sich seufzend durch die rötlichen Locken. »Sagen wir so, Ash kann ziemlich ruppig werden.«

»Verstehe.« Als sich die Aufzugstüren öffneten, stieg ich hinter Josh in die Liftkabine und senkte den Blick auf meine Schuhe. Vielleicht gab es doch einen Grund dafür, warum ich mir ein Zimmer in dieser WG leisten konnte. Weder Ash noch Quentin schienen der Erzählung nach einfache Charaktere zu sein, und Xander alias Dr. Freud war ja auch eher speziell gewesen.

»Noch etwas, das ich beachten sollte?«, fragte ich, als wir hinunterfuhren. »Was ist eigentlich mit Cooper? Hat der auch irgendwelche Spleens?«

»Cooper? Nein, der schleppt nur jede Nacht eine neue Frau ab.«

Joshs Stimme klang so neutral, dass ich mir nicht sicher war, ob er ihn insgeheim beneidete oder das völlig wertfrei zur Kenntnis nahm. Der Lift hatte nun das Erdgeschoss erreicht und wir steuerten den Raum des Portiers an, um meine Sachen zu holen. Josh stöhnte ein wenig unter dem Gewicht meiner schweren Bücherkiste, wollte sich aber nicht helfen lassen.

»Eine Sache habe ich noch vergessen«, meinte er keuchend, als ich meine Koffer in die Liftkabine gerollt hatte und wir wieder auf dem Weg nach oben waren. »Einmal im Monat machen wir etwas als WG zusammen. Das hat Freud eingeführt, um unser Gemeinschaftsgefühl zu stärken. Morgen Abend zum Beispiel feiern wir eine Party. Wenn du willst, kannst du auch jemanden mitbringen.«

Der Vorschlag entlockte mir ein Lächeln. »Ich fürchte, bis auf meine unsichtbare Freundin aus dem Kindergarten habe ich niemanden, den ich spontan einladen könnte. Meine sozialen Kontakte in New York beschränken sich bisher auf dich und Xander.«

Josh zuckte – so gut es mit der schweren Kiste in den Armen

ging – mit den Schultern. »Das macht nichts. Vielleicht lernst du ja jemanden auf der Uni kennen. Und wenn nicht, kommst du einfach so. Wir starten gegen neun.«

»Okay.« Ich lächelte ihn an und brachte die Koffer in mein Zimmer. Nachdem Josh meine Bücherkiste raufgeschleppt hatte, verabschiedete er sich mit den Worten, dass er noch etwas für die Uni zu erledigen hatte.

Ich schloss die Schiebetür hinter mir und ließ mich für einen Moment mit dem Rücken dagegen sinken. Mein Herz klopfte in einer Mischung aus Nervosität und Vorfreude.

Ich hatte es geschafft.

Ich war endlich hier. In einer Stadt, in der mich keiner mitleidig ansah oder betroffen zur Seite blickte, da er von *unserem Verlust* erfahren hatte. In einer Stadt, in der mich keiner fragte, wie es mir ging, woraufhin ich mit einer Lüge antwortete, damit sich mein Gegenüber besser fühlte und ich die Unterhaltung beenden konnte.

Ich war entkommen.

Einen Moment lang versuchte ich, mir selbst zu glauben, während mir eine Stimme in meinem Kopf zuflüsterte, dass das unmöglich war. Dass ich niemals entkommen konnte, weil sein Tod ein Teil meiner Geschichte war, die ab sofort zu meinem Leben dazugehörte – genauso wie das Muttermal in meiner Kniekehle und die Narbe an meinem Schlüsselbein.

»Mach dich nicht fertig«, versuchte ich mich selbst zu beruhigen, als das Engegefühl in meiner Brust heftiger wurde.

Mir war klar, was hier gerade passierte. Ich hatte ein Trauma erlitten, auf das mein Gehirn mit der Ausschüttung von Stresshormonen reagierte. All meine körperlichen Reaktionen, der wummernde Herzschlag, das Rauschen in meinen Ohren und die Übelkeit kamen daher. Es waren Begleiterscheinungen meines Verlustes, der mir noch immer in jeder Zelle meines Körpers nachhing.

Atme tief ein und aus.

Mein Blick glitt durch das wunderschöne Zimmer, das mir vor Kurzem noch so ein Hochgefühl beschert hatte. Jetzt hatte ich nur den Eindruck, als ob es von Sekunde zu Sekunde kleiner werden würde.

Ich zog die Luft durch meine enge Kehle und schloss die Augen. *Atme, Widney. Atme.*

Ein lautes Flügelschlagen vor dem Fenster ließ mich zusammenzucken. Ich fühlte, wie mein Herz einen Sprung machte, und riss die Augen wieder auf. Ein schwarzer Rabe war auf dem Sims vor meinem Sprossenfenster gelandet. Er hatte den Kopf leicht schief gelegt und betrachtete mich mit einer Intelligenz, die mich zurückweichen ließ.

Vor lauter Unbehagen begann mein Nacken zu kribbeln.

Das ist nicht möglich. Ich starrte den Raben an. Er hatte einen etwas helleren Fleck auf der Brust und sah genauso aus wie derjenige, den ich gestern Abend beim Packen in meinem Zimmer gesehen hatte. Er war in den Zweigen der Weide vor meinem Fenster gesessen und hatte mich mit demselben schief gelegten Kopf angesehen.

»Verschwinde«, sagte ich laut und zwang mich, einen Schritt auf den Vogel zuzumachen. »Hau ab.«

Der Rabe krächzte protestierend, bevor er sich in die Lüfte schwang und davonflog. Sein Flügelschlagen hallte mir in den Ohren nach. Ich hatte das Gefühl, es selbst dann noch zu hören, als der Vogel schon lange aus meinem Blickfeld verschwunden war.

Es konnte nicht sein. Vögel verfolgten einen Menschen nicht Hunderte Kilometer weit durchs Land. Sie beobachteten einen nicht. Das war nur meine Paranoia, die mir das einzureden versuchte, eine irrationale, unbegründete Paranoia.

Heftig atmend stützte ich mich an dem Schrank zu meiner Rechten ab. Ich wusste, dass es verschiedene Arten gab, mit Angst umzugehen.

Man konnte vor ihr davonlaufen. Man konnte sie verdrängen, sie ignorieren, ihr ins Auge sehen oder sich ihr stellen. Aber eines konnte man nicht: verhindern, dass sie einem wie ein Schatten folgte.

Oder wie ein gottverdammter Vogel.

KAPITEL 3

Der nächste Tag begrüßte mich mit strahlendem Sonnenschein und ohne einen einzigen Vogel am Himmel. Dementsprechend gut gelaunt steuerte ich auf das riesige Universitätsgebäude zu.

Heute war der erste Tag meines restlichen Lebens – und obwohl ich diesen Spruch hasste, weil er nicht nur alt, sondern auch ausgelutscht war, steckte ein Körnchen Wahrheit darin.

Heute *war* der erste Tag meines restlichen Lebens und ich hatte vor, mir selbst die besten Chancen zu verpassen, indem ich diesem neuen Leben so viel Starthilfe gab wie nur möglich.

Erste Maßnahme: Ich hatte nach dem Aufstehen gefrühstückt, obwohl ich aus Nervosität davor, was mich an meinem ersten Tag auf dem College alles erwartete, kaum einen Bissen runtergekriegt hatte.

Zweite Maßnahme: Ich lächelte. Studien zufolge aktivierte ein breites Lächeln durch entsprechenden Druck auf die Gesichtsmuskulatur sogenannte Glücksrezeptoren in unserem Gehirn, die dafür sorgten, dass wir uns automatisch besser fühlten. Grund dafür war, dass unser Gehirn glaubte, wenn wir lächelten, bestünde auch Grund zur Freude. Lächeln machte also glücklich, nicht umgekehrt.

Dritte Maßnahme: Ich hatte mir zu Hause einen genauen Plan meiner Vorlesungen ausgedruckt und war bestens vorbereitet, um mich auf dem riesigen Campus zurechtzufinden. Obwohl Orientierung normalerweise nicht zu meinen herausragenden Eigenschaften zählte, wollte ich es diesmal unbedingt auf die Reihe bekommen. In erster Linie, um meinen Eltern sagen zu können, dass es die richtige Entscheidung gewesen war, hierherzukommen. Vor allem meine Mutter sandte mir seit meiner Abreise beinahe stündlich Nachrichten, in denen sie sich besorgt erkundigte, wie es mir in der fremden Stadt erging.

Um sie zu beruhigen, hatte ich gestern Abend noch jede Menge Bilder von meinem neuen Zimmer geschickt und betont, wie nett meine anderen Mitbewohner waren. Dass ich die ruppige Ash und den distanzierten Quentin noch nicht mal kennengelernt hatte, hatte ich unter den Tisch fallen lassen. Ebenso meine Pflicht, eine Yucca-Palme täglich mit neuen Gemeinheiten zu belästigen (heute: Wenn ich nach dem College nach Hause komme, hole ich eine Schere und schneide dir jedes einzelne Blatt ab).

Nun ging es erst mal darum, durch den Tag zu kommen.

Das Stimmengewirr der anderen Studenten auf dem gepflasterten Weg klang wesentlich entspannter, als ich mich fühlte, während ich über den riesigen Campus der Columbia University irrte, auf dem sich auch mein College befand. Der Universitätscampus bestand aus gigantischen rot-weiß gemusterten Plätzen, vielen umzäunten Rasenflächen und jeder Menge hoch aufragender alter Häuser mit hellgrünen Giebeldächern, rot-weißen Fassaden und dekorativen Rundbögen. Die Gebäude waren sicher schon über hundert Jahre alt und strahlten etwas Ehrwürdiges aus, das mich an Museen erinnerte.

Definitiv nicht die Ausstrahlung, die dabei half, sich nicht wie die größte Vollidiotin zu fühlen, weil ich es nicht schaffte, meinen Hörsaal zu finden.

»Entschuldigung. Findet hier irgendwo die Genetik-Vorlesung statt?«, fragte ich reichlich verzweifelt, als ich bereits im dritten falschen Haus in Folge nach dem Hörsaal suchte, der auf meinem Campusplan nicht vorzukommen schien. Das angesprochene Mädchen, eine junge Asiatin mit glatten schwarzen Haaren, wirkte ungefähr genauso entmutigt wie ich selbst.

»Keine Ahnung«, keuchte sie. »Aber ich bin auf der Suche nach dem Vorbereitungskurs in Psychologie. Weißt du vielleicht, wo der ist?«

»Keine Ahnung«, gab ich zurück und schüttelte bedauernd den Kopf, bevor ich weiter durch die marmornen Gänge rannte. Die hohen geschnitzten Holztüren waren zwar mit Nummern versehen, aber keine wollte auch nur annähernd zu der von meiner Vorlesung passen. Ein Blick auf die Uhr verriet mir, dass ich schon fünf Minuten zu spät dran war, was nicht nur von einem grandios schlechten Orientierungssinn, sondern auch von einer völlig unzulänglichen Zeiteinschätzung herrührte. Wenn das so weiterging, war ich echt aufgeschmissen.

»Medizin ist mehr als eine Wissenschaft, es ist eine Lebenseinstellung«, hörte ich in diesem Moment jemanden mit sonorer Stimme aus einem Hörsaal links von mir sagen. Ein junger Mann huschte gerade in den Raum hinein, bevor er leise die Tür hinter sich schloss. Reichlich verzweifelt folgte ich ihm. Der Saal wies überhaupt keine Beschriftung auf, was mich gegen alle Vernunft hoffen ließ, dass die Stimme zu meinem Genetik-Professor gehörte und ich hier richtig war.

»Ziehen Sie sich nun Ihre Kittel an, meine Damen und Herren.« Die sonore Stimme des Professors wurde lauter, als ich die Tür einen Spaltbreit öffnete und in den Saal spähte. Bis auf einen Haufen Studenten, die alle damit beschäftigt waren, sich grüne Plastikkittel überzuziehen, konnte ich jedoch nichts erkennen.

Eine kleine Stimme flüsterte mir zu, dass es sich bei dem Kurs wahrscheinlich nicht um Genetik handelte, doch ich war so verzweifelt, dass ich inzwischen sogar bereit war, den Professor zu fragen, wo ich hinmusste.

»Mr. Anderson, Sie dürfen heute den ersten Schnitt vornehmen.«

Ich schlüpfte zur Gänze in den Raum hinein. Er war nicht wie die anderen Hörsäle, die ich bisher gesehen hatte, in stufenförmigen Sitzreihen angeordnet, sondern komplett ebenerdig. Ein beißender Geruch nach Chemikalien lag in der Luft, der mich an Desinfektionsmittel erinnerte, unterlegt von einer noch süßlicheren Note.

»Fassen Sie das Herz so, dass die Kante der rechten Kammer nach oben steht und ihre Rückseite sichtbar wird, Mr. Anderson. Als Nächstes greifen Sie mit der linken Hand unter das Herz, bis die obere und untere Hohlvene sichtbar werden. Schneiden Sie nun auf die Vorhofkammergrenze zu, ohne sie zu verletzen.« Die Gruppe an Studenten vor mir war mucksmäuschenstill. Sie hatte sich um einen Tisch versammelt, den ich nicht genau erkennen konnte. Das Einzige, was ich sehen konnte, war der weiße Haarschopf des Professors, der sich links von der Gruppe aufhielt. Rasch versuchte ich, mich an den anderen vorbeizudrängen und den Unterricht so wenig wie möglich zu stören.

Dabei redete ich mir ein, dass es wahrscheinlich allen Erstsemestern zu Beginn ganz ähnlich ging und dass ich sicher nicht die Einzige war, die ihren Hörsaal nicht finden konnte.

»Gut, gut. Nun schneiden Sie in den linken Vorhof ein.« Der Professor machte eine kurze Pause. »Ich sehe, Mr. Anderson kennt sich mit Herzen aus.«

Ein paar Studenten lachten.

»Oh mein Gott, mir wird schlecht«, flüsterte ein Mädchen vor mir ihrer Nachbarin zu und machte einen Schritt zur Seite. Wodurch ich einen perfekten Blick auf den weißen Tisch, die männliche Leiche darauf, sowie den konzentrierten Medizinstudenten erhaschte. Er war groß, hatte ein längliches Gesicht sowie kurze, dunkle Haare und arbeitete ohne zu zögern. In diesem Moment zog er, wie vom Professor angeordnet, das Herz des Toten in die Höhe.

Das Mädchen, das vorhin zur Seite getreten war, presste sich den Handrücken gegen den Mund und atmete heftig durch die Nase.

»Brauchen Sie frische Luft?«, fragte der Professor ruhig.

»Ja … Nein … Ich weiß nicht«, murmelte sie erstickt. Erst jetzt fiel mir auf, dass sie eine silberne Schale in der zitternden Hand hielt, die sie mir plötzlich weiterreichte, bevor sie sich umdrehte und aus dem Saal stürmte.

Ein paar Typen klatschten grölend, während die meisten still blieben und mich anstarrten.

»Entnehmen Sie nun das Herz aus der Brusthöhle, Mr. Anderson«, wies der weißhaarige Professor den dunkelhaarigen Typen an. Er war ein wenig zu dünn für seine Körpergröße, wobei das seiner Wirkung auf mich keinen Abbruch tat. Fasziniert beobachtete ich, wie er die letzten Schnitte durchführte und das Herz vollständig aus dem Körper entfernte.

»Fuck«, murmelte jemand neben mir, während ich noch immer wie angewurzelt dastand und nicht wusste, wie ich mich verhalten sollte. Mir war klar, dass ich den Professor nach der Genetik-Vorlesung fragen sollte, doch stattdessen hielt ich eine silberne Schale in der Hand und starrte einen Typen an, dessen disziplinierte Bewegungen eine unerklärliche Anziehung auf mich ausübten.

»Schale«, blaffte der Professor, als der dunkelhaarige Student aufsah und mich auffordernd betrachtete. In dem Moment, als sich unsere Blicke trafen, geschah etwas mit meinem eigenen Herzen.

»Schale!«, wiederholte der Professor etwas nachdrücklicher. »Und wo zur Hölle ist Ihre Schutzkleidung?«

»Ich ... äh ... ich suche eigentlich den Genetik-Kurs«, stammelte ich und spürte, wie mir die Hitze ins Gesicht stieg.

»Ich suche jemanden, der mir ein Herz abnimmt«, sagte der Typ mit dem Messer und legte den Kopf leicht schief. Er hatte eindringliche dunkelbraune Augen und eine etwas zu lange Nase, die seinem Gesicht jedoch erst das gewisse Etwas verlieh.

Weil ich nicht wusste, was ich sonst machen sollte, trat ich an den Tisch und hielt ihm die silberne Schale hin. Er ließ das Herz hineingleiten und hob eine Augenbraue. Ich hob ebenfalls eine Augenbraue.

»Und jetzt?«, fragte ich ein wenig widerspenstig.

»Jetzt bringen Sie es hierher zum Abwiegen«, meldete sich der weißhaarige Professor zu Wort. Dabei deutete er auf einen Kunststofftisch neben sich, auf dem mehrere Messgeräte, unter anderem auch eine Waage, standen.

»Und nicht stolpern auf dem Weg dorthin«, bemerkte der dunkelhaarige Typ, als ich einen Schritt zum Professor machte und noch einmal kurz zu ihm zurücksah.

»Keine Sorge«, presste ich hervor und brachte das Herz in der Schale zum Tisch, bevor ich den Professor um eine Wegbeschreibung zu meinem Hörsaal bat und den Raum verließ, ohne noch ein einziges Mal zurückzublicken.

Drei Stunden später hatte ich zum ersten Mal an diesem Tag das Gefühl, endlich ein wenig durchatmen zu können. Nachdem ich mit einer gut zwanzigminütigen Verspätung zu meiner Vorlesung gekommen war, hatte mir die Professorin einen dermaßen unfreundlichen Blick zugeworfen, dass sich mein Magen verkrampft hatte.

Ebenso verkrampft war es danach weitergegangen, da ich auch den nächsten Hörsaal nur unter großen Mühen gefunden hatte. Das Wissen, dass es von Tag zu Tag nur besser werden konnte, machte die Blamage nur ein klein wenig erträglicher.

Vor allem, da ich hier keine Menschenseele kannte.

Mit meinem Tablett in der Hand steuerte ich durch die überfüllte und unangenehm laute Mensa auf den Außenbereich zu. Eine weit geöffnete Flügeltür führte zu einer hübsch angelegten Terrasse unter großen, schattigen Bäumen. Da es draußen ein wenig kühler war, hielten sich die meisten Studenten lieber drinnen auf, doch dafür war es hier im Freien auch wesentlich ruhiger.

Suchend bahnte ich mir meinen Weg an ein paar besetzten Tischen vorbei, als ich plötzlich das asiatische Mädchen mit den langen, glatten Haaren wiedersah. Sie stocherte gedankenverloren in ihrem Salat herum und blickte nur einmal kurz auf, als ich an ihr vorbeikam.

»Hey. Willst du dich vielleicht zu mir setzen? Wir haben uns vorhin schon getroffen.«

»Ich weiß.« Lächelnd stellte ich mein Tablett mit dem Sandwich und der Cola auf ihrem Tisch ab. »Hast du den Vorbereitungskurs für Psychologie gefunden?«

Sie seufzte. »Ja, aber ich bin über fünfzehn Minuten zu spät gekommen. Und du?«

»Fast zwanzig Minuten zu spät«, erklärte ich und zog meinen Stuhl zurück. »Dafür bin ich unabsichtlich in den Anatomiekurs geplatzt und durfte ein menschliches Herz zum Abwiegen bringen.«

Sie riss ihre mandelförmigen Augen auf und verschluckte sich beinahe an ihrem Salatblatt. »Wow. Ich weiß nicht, ob ich dir gratulieren oder dich bemitleiden soll.«

Wie von selbst wanderten meine Gedanken wieder zu dem dunkelhaarigen Typen mit der etwas zu großen Nase.

Ich suche jemanden, der mir ein Herz abnimmt.

Und ich Idiotin hatte gespürt, wie mein Herz daraufhin reagiert hatte.

»Weiß ich auch nicht. Ich bin übrigens Widney Carter.« Ich streckte ihr über die Tabletts hinweg die Hand hin.

»Kim Young«, erwiderte sie und schüttelte sie mit zwei Fingern, da sie noch immer ihre Gabel hielt. »Und, Widney, wie gefällt es dir bisher auf dem College?«

Ich atmete tief ein. Meine ersten Vorlesungen waren bisher nicht so prickelnd verlaufen, aber man sollte sich in solchen Dingen ja Zeit geben. »Ich bin noch in der Orientierungsphase.«

Kim deutete mit der Gabel, auf der noch ein Stückchen Radieschen steckte, anerkennend auf mich. »Orientierungsphase. Das muss ich mir merken, wenn ich nachher mit meinen Eltern spreche.«

Wie aufs Stichwort bimmelte ihr Handy. Sie ersparte es sich, einen Blick darauf zu werfen.

»Nerven sie dich auch so mit ständigen Nachrichten?«

Kim pustete ein Ahornblatt aus dem Baum neben uns von ihrer rosafarbenen Bluse und verdrehte dabei die Augen. »Du hast ja keine Ahnung. Meine Eltern *bombardieren* mich regelrecht mit Fragen. Sie wollen wissen, welche Professoren ich habe, wie mir die Hörsäle gefallen, ob ich mit meiner Mitbewohnerin gut auskomme …«

»Und, kommst du?«

Noch während ich das fragte, glitt ein dunkler Schatten über den Tisch. Dazu erklang ein leises Flügelschlagen, bei dem sich mir der Magen zusammenkrampfte. Meine Nackenhaare stellten sich auf. Erschrocken blickte ich hoch und starrte direkt in die Augen eines schwarzen Raben, der sich in einem der Ahornbäume niedergelassen hatte und mich von dort mit schief gelegtem Kopf betrachtete.

»Widney? Alles in Ordnung mit dir?«

Kims Stimme kam wie von weither. Ich spürte, dass ich noch immer das Sandwich in der Hand hielt, ohne davon abgebissen zu haben. Spürte, wie der Wind an meinen langen, braunen Haaren zupfte und sie mir direkt ins Gesicht wehte. Der Rabe hatte einen helleren Fleck auf der Brust, genau wie der, der mich beim Kofferpacken in Lorrytown beobachtet hatte und auf meinem Fenstersims gelandet war. Aber es konnte nicht derselbe Rabe sein. Das war unmöglich und widersprach allen Gesetzen der Wahrscheinlichkeit.

»Widney?«

Bei dem drängenden Tonfall in Kims Stimme gelang es mir irgendwie, den Blickkontakt zu dem Vogel zu unterbrechen. Mein Herz schlug viel zu schnell und mein Appetit war mir genauso vergangen wie zu dem Zeitpunkt, als ich das Herz in der Schale herumgetragen hatte.

»Entschuldige. Ich habe nur …«

»Ja?« Sie trank einen Schluck Mineralwasser und sah mich forschend an.

»Ich hatte nur gerade eben ein ganz komisches Gefühl.«

»Das habe ich heute auch schon den ganzen Tag. Aber ab morgen kann es nur besser werden.« Sie seufzte wieder. »Das sagst du dir wahrscheinlich auch vor, oder?«

Abgelenkt nickte ich. »Erzähl mal, woher kommst du denn?« Obwohl ich versuchte, ein normales Gespräch mit Kim zu führen, merkte ich, wie meine Augen immer wieder von dem Raben angezogen wurden, der noch immer in dem Baum saß und mich betrachtete. Schließlich putzte er sich mit dem Schnabel sein Gefieder, breitete die Flügel aus und flog davon.

»Ich komme aus Wisconsin«, erzählte Kim und wickelte einen Schokoriegel aus. Dabei strich sie sich ihre glänzenden schwarzen Haare hinters Ohr zurück. »Aber ich wollte schon immer an der Columbia studieren, um später Ärztin zu werden. Wusstest du, dass die Universität zu den renommiertesten der USA zählt, und dass ihre Einrichtung älter ist als die Vereinigten Staaten selbst?«

Ich schüttelte den Kopf. »Nein. Aber gut zu wissen, wenn mich meine Mutter das nächste Mal fragt, warum es ausgerechnet New York sein muss.« Nachdem der Rabe weggeflogen war, gelang es mir auch langsam wieder, mich zu entspannen. »Und wolltest du schon immer Ärztin werden?«, fragte ich weiter.

Kim seufzte. »Keine Ahnung. Irgendwie schon. Allerdings wurde ich auch gar nicht richtig gefragt. Meine gesamte Familie besteht aus Ärzten, da wird automatisch angenommen, dass ich mich ebenfalls in die medizinische Geschichte der Youngs einreihe.«

Die Abgeklärtheit, mit der sie das erzählte, brachte mich zum Lächeln. »Und welche Ärzte habt ihr in der Familie?«

»Meine Mutter ist eine ziemlich gute Kardiologin. Außerdem haben wir noch Gynäkologen, Zahnärzte, Hautärzte, einen Orthopäden, zwei HNO-Ärzte und einen Neurochirurgen«, begann Kim an ihren Fingern abzuzählen. »Es ist schrecklich. Egal, wann wir uns treffen, jede Weihnachtsfeier, jedes Geburtstagsessen, jedes Thanksgiving handelt nur und ausschließlich von Krankheiten oder ekligen Details über Fußpilz.«

Nun musste ich richtig lachen.

»Klingt nach vielen tollen Geschichten, mit denen du die Professoren beeindrucken kannst.«

Kim steckte sich den Schokoriegel in den Mund. »Ich glaube nicht, dass ich meinen Psychologie-Professor mit einer Geschichte über Großtante Mings Furunkel beeindrucken kann.« Sie betrachtete mich kauend. »Und du? Was hat dich hierher verschlagen?«

Obwohl ich mich inzwischen an die Frage gewöhnt haben sollte, merkte ich dennoch, dass ich mich noch immer nicht richtig gewappnet dafür fühlte.

Der Selbstmord meines Bruders war eine Antwort, die jegliche Konversation wahrscheinlich im Keim ersticken würde.

»Ich interessiere mich für das menschliche Gehirn«, erwiderte ich stattdessen. »Ich möchte wissen, welche Abläufe darin stattfinden. Zum Beispiel, wie Depressionen entstehen und wie man sie heilen kann.«

»Wow. Klingt, als wüsstest du schon genau, was du erreichen willst.« Kim steckte sich auch noch den Rest ihres Schokoriegels in den Mund. »Darum beneide ich dich. Ich bin zwar ehrgeizig, aber ich habe noch keinen Schimmer, welche Richtung ich später mal einschlagen soll. Jedenfalls bin ich nicht hergekommen, um ein Heilmittel gegen eine bestimmte Krankheit zu finden.«

Ich sah sie neugierig an. »Wieso bist du denn hergekommen?«

Kim wurde knallrot und wich meinem Blick aus. »Na ja. Du weißt schon.« Ihre Stimme klang plötzlich einen Tick höher.

Belustigt zog ich eine Augenbraue hoch. »Nein, ich habe keine Ahnung. Was ist es? Sex? Drogen? Unabhängigkeit?«

»Nein! – Na ja, vielleicht doch.« Sie seufzte. »In der Highschool hatte ich wegen meiner guten Noten den totalen Streber-Stempel. In den ganzen vier Jahren bin ich zu keiner einzigen wirklich coolen Party eingeladen worden.« Sie kniff ihre mandelförmigen Augen zusammen. »Guck nicht so, das kann ein echtes Trauma verursachen.«

»Sorry.« Grinsend biss ich von meinem Sandwich ab. »Das heißt, du willst es hier einfach krachen lassen?«

Sie senkte den Kopf mit ihren knallroten Wangen. »Irgendwie schon. Aber ich fürchte, ich habe keine Ahnung, wie das geht. Meine Mitbewohnerin ist das totale Partygirl. Ich weiß nicht, wie sie es anstellt, aber sie hat es innerhalb eines Tages geschafft, alle angesagten Leute kennenzulernen und wurde auch schon zu einer Party bei der Studentenverbindung eingeladen.« Kim deutete mit dem Kopf unauffällig zwei Tische weiter, wo ein blondes Mädchen mit schulterlangen, gewellten Haaren saß, die sich offenbar bestens mit einer Gruppe anderer angesagter Studentinnen unterhielt. »Und ich sitze mal wieder zu Hause rum und werde meine Nase vermutlich in irgendwelche Bücher stecken.«

Bei dem frustrierten Ton in Kims Stimme kniff ich meine grünen Augen zusammen.

»Was hältst du davon, wenn wir uns gegenseitig helfen?«

Kim betrachtete mich skeptisch. »Wie denn? Möchtest du mir Gesellschaft leisten und gemeinsam mit mir eine ausgelassene Buch-Party veranstalten?«

Ich musste lachen. »Du meinst eine Party, bei der wir unsere Bücher verkleiden und so tun, als wären sie Menschen?«

Nun musste sogar Kim grinsen. »Du bist verrückter, als du aussiehst.«

»Ich nehme das mal als Kompliment.« Verschwörerisch beugte ich mich ein wenig nach vorne. »Meine WG schmeißt heute eine echte Party mit echten Menschen. Und mir wurde gesagt, dass ich jemanden mitbringen darf. Bisher kannte ich ja noch niemanden, aber da sich das nun geändert hat …«

»Ja!«, rief Kim. »Ja, ich will mit dir auf die Party gehen!«

Lachend lehnte ich mich wieder auf meinem Stuhl zurück. »Perfekt. Gib mir deine Nummer, dann schicke ich dir die Adresse. Und dann sehen wir uns heute Abend.«

KAPITEL 4

»Wow. WOW! Und hier wohnst du?« Kims Stimme überschlug sich beinahe vor Begeisterung, als ich ihr kurz nach halb neun die Tür zum Loft öffnete. »Du hast ja schon erzählt, dass es groß ist, aber ich dachte, du übertreibst.«

»Und ich dachte, Jungs sind die einzigen, die bei dem Thema Größe übertreiben.« Coopers tiefe Stimme hinter mir stand in so krassem Gegensatz zu Kims Tonlage, dass es mir für einen Moment seltsam erschien, dass wir alle derselben Spezies angehörten.

»Kim, das ist Cooper. Cooper – Kim.« Ich nickte von dem riesigen Kerl zu meiner neuen Freundin, die unter dem Blick meines attraktiven Mitbewohners knallrot anlief. Die Farbe breitete sich von ihren zarten Wangenknochen bis zu ihrem Dekolleté aus.

»Komm, ich führ dich herum«, versuchte ich, Kim aus ihrer unangenehmen Lage zu befreien, und steuerte die Küche an. »Willst du was trinken?«

Cooper beobachtete grinsend, wie Kim sich verwirrt nach ihm umsah, bevor sie an ihrem schwarzen Minirock zupfte und mir zum Kühlschrank folgte.

»Sind deine anderen Mitbewohner auch so … riesig?«, hauchte sie, als ich das silberne Monstrum öffnete.

»Ehrlich gesagt habe ich bisher selbst noch nicht alle kennengelernt«, gab ich leise zurück. »Was trinkst du? Cola, Gingerale, Bier?«

»Ähm … Bier.« Sie wurde schon wieder rot. »Ich bin zwar noch nicht einundzwanzig, aber hier werden sicher keine Cops aufkreuzen, oder?«

Ich blickte mich in dem fast leeren Loft um. Bis auf Cooper, der mit zwei Schüsseln Chips gerade auf dem Weg zum Couchtisch war, war noch kein Mensch hier. »Kann ich mir nicht vorstellen. Immerhin sind wir nicht gerade laut.«

Kim kicherte und nahm ihre Flasche entgegen. Ich griff nach einer Dose Gingerale und schloss den Kühlschrank.

»Laut ist es tatsächlich nicht«, bemerkte sie. »Ich dachte, bei einer ordentlichen Party muss die Musik so laut sein, dass man sich nur schreiend unterhalten kann.«

»Ich glaube, das kommt noch. Offiziell startet die Party ja erst um neun.«

Kim sah mich erschrocken an. »Oh nein. Ich bin fast eine halbe Stunde zu früh.«

Schulterzuckend nahm ich einen Schluck von meinem Getränk. »Ja, aber das macht nichts. Ich kann dir ja noch mein Zimmer zeigen, bevor es richtig losgeht.«

»Okay.« Sie zupfte ein weiteres Mal an ihrem schwarzen Minirock, zu dem sie eine türkisfarbene Seidenbluse trug. »Aber rechne besser damit, dass ich auch hier einziehen will, wenn das genauso cool ist wie der Rest.«

»Oh mein Gott. Ich hasse dich.« Kim klammerte sich an ihrer Bierflasche fest, während sie mein Zimmer in einer Mischung aus Begeisterung und Unglauben betrachtete. »Wie bist du nur an diese WG geraten? Und was noch viel wichtiger ist: Haben sie noch ein Zimmer frei?«

Ich musste lachen. »Im Erdgeschoss gibt es tatsächlich noch einen Raum, aber der wird anscheinend von den anderen WG-Mitgliedern als Abstellkammer benutzt. Ich kann noch mal nachhaken, aber ich glaube, dass sie zurzeit niemanden mehr aufnehmen.«

»Schade.« Kim stellte ihre Bierflasche auf meinem Schreibtisch ab und fischte einen Terminplaner aus ihrer schwarzen Handtasche. »Falls du was anderes hörst, lass es mich wissen.« Sie setzte sich, zog eine pinkfarbene Füllfeder hervor und schlug den Terminplaner in der Mitte auf.

»Was machst du da?« Neugierig trat ich näher.

Sie warf mir einen Blick über die Schulter zu. »Ich bin eine notorische Listenschreiberin«, vertraute sie mir dann an. »Hab ich wohl von meiner Mom, die muss auch alles aufschreiben, sortieren und ordnen.«

»Ich bin eine notorische Dinge-auf-winzige-Zettel-die-ich-dann-nie-wiederfinde-Schreiberin«, erwiderte ich seufzend. »Was schreibst du denn für Listen?«

»Ich schreibe für *alles* eine Liste.« Kim blätterte langsam durch den Terminplaner und ließ mich einen Blick auf ihre ordentlichen *Dreijahrespläne, 5 To-Dos des Tages (mindestens 25 Minuten Sport, 2 Liter Wasser trinken, bei Kylie melden, bei Vorlesungen mitschreiben und abends unbedingt abschminken, egal wie müde!!!)*, sowie 7 *schicke Flechtfrisuren für glatte Haare* werfen.

»Wer ist Kylie?«, fragte ich, während ich mir vornahm, mich ab sofort auch immer abzuschminken, da Kim eine wirklich beeindruckend reine Haut hatte.

»Meine kleine Schwester. Und nein, meine Mom ist kein heimlicher Fan der Kardashians.« Sie rollte mit den Augen.

Ich musste grinsen. »Wenn es dich tröstet: Die einzige Widney, die ich persönlich kenne, ist eine Zuchtstute. Und ungefähr jeder Dritte, den ich kennenlerne, fragt mich, ob meine Eltern Fans von Whitney Houston waren.«

Kim hob ihre Bierflasche. »Auf spezielle Namen.«

»Auf spezielle Namen.« Ich stieß mit meiner Gingerale-Getränkedose mit ihr an. »Und an was für einer Liste arbeitest du jetzt?«

»Eigentlich arbeite ich an zwei neuen Listen.« Kim schraubte ihren Füller auf. »In der ersten sammle ich ab sofort Ideen, wie ich auch in so einer schicken WG lande. Und in der zweiten«, sie machte eine kurze Pause, »halte ich alle Punkte fest, die mich zum perfekten Partygast machen.« Sie hielt kurz inne. »Punkt eins: Nicht als Erste kommen.«

Ich nickte zustimmend. »Echte Partyprofis kommen meiner Erfahrung nach immer zu spät.«

Kim schrieb das Wort *ERBÄRMLICH* neben Punkt eins und sah

mich nachdenklich an. »Wie lange sollte die Verspätung deiner Meinung nach dauern?«

»Eine halbe Stunde«, erwiderte ich spontan. »Das ist noch nicht unhöflich, zeugt aber gleichzeitig von einer gewissen Lässigkeit.«

Kim nickte nachdrücklich und schrieb mit.

»Nächster Punkt: Outfit.«

»Ich finde, du siehst toll aus.« Das fand ich wirklich. Kim war sehr schlank und konnte praktisch alles tragen. »Allerdings ...«

»Ja?« Ihr Kopf ruckte nach oben.

Ich atmete tief ein. »Vielleicht solltest du ein bisschen weniger an deinem Rock rumzupfen. Trag ihn mit Stolz.«

Sie errötete ein wenig. »Ich habe das Gefühl, dass er immer hochrutscht.«

»Wenn er das tut, hat sicher niemand was dagegen.«

Sie gluckste. »Okay. Ich trage ihn mit Stolz.« Dann warf sie einen Blick auf mich. »Und du ... ziehst du dich noch um?«

Ich blickte auf meinen Pullover und meine Jeans hinunter. »Warum?«

»Na ja. Eben weil.«

»Eben weil?«

Kim musterte mich kritisch. »Eben weil du nicht aussiehst, als würdest du auf eine Party gehen. Frisur und Make-up ist okay, wobei du meiner Meinung nach ruhig etwas Lippenstift verwenden könntest. Aber dein Pullover ist dir drei Nummern zu groß.«

»Das ist der Oversized-Look«, rechtfertigte ich mich und fuhr mir unbewusst durch meine langen braunen Haare. Außer sie zu bürsten, hatte ich nicht besonders viel damit gemacht, da sie sich an den Spitzen ohnehin immer wellten, egal, was ich tat. Da war es bequemer, diese Veranlagung einfach zu akzeptieren, als stundenlang mit dem Glätteisen vor dem Spiegel zu stehen. Ebenso bequem mochte ich es bei meinen Klamotten, die mir nicht das Gefühl geben sollten, total eingeengt zu sein. Ich mochte eine gewisse Freiheit, im Kopf und am Körper.

»Das ist wohl eher der Mein-Pullover-hat-andere-Pullover-gefressen-Look.« Kim sprang auf und begann, sich an meinem neuen Kleiderschrank zu schaffen zu machen. »Hast du nur solche Ungetümer?«

»Oversized-Look.«

»Kleidermonster«, stöhnte Kim, während sie ein Teil nach dem anderen aus meinem Schrank zog und auf den Boden warf. »Sag mal, gibt es hier nichts Weiblicheres?«

»Bislang dachte ich, dass ich selbst weiblich bin. Zumindest was meine Anatomie anbelangt.«

Kim warf mir über die Schulter einen kurzen Blick zu. »Wir müssen irgendwann shoppen gehen, Widney. Und mit irgendwann meine ich *bald*.«

»Ich mag meine Klamotten.«

»Du solltest dich damit noch nicht festlegen«, sagte sie, bevor sie einen kurzen Siegesschrei ausstieß. »Das sieht doch nach etwas aus. Zumindest nach deiner eigentlichen Größe.« Sie hob ein schwarzes T-Shirt in die Höhe, das ich vor Monaten mal gekauft hatte. Nach einer kurzen Diskussion erklärte ich mich bereit, es heute zu tragen. Dafür verzichtete Kim darauf, mir die Nägel zu verzieren, was sie bei ihrer kleinen Schwester gern machte.

Die nächste Dreiviertelstunde verbrachten wir damit, Kims Liste zu vervollständigen und uns besser kennenzulernen, wobei ich die meisten Fragen stellte, damit ich selbst keine beantworten musste. Irgendwann drang von unten immer lautere Musik herauf, die sich mit dumpfem Stimmengewirr vermischte. Gegen zehn Uhr schien die Party in vollem Gange zu sein.

Als wir nach unten gingen, war ich überrascht, wie viele Leute hier waren. Sogar auf der Treppe saßen ein paar Jungs und tranken Bier, da die Couch voll war.

Obwohl das Loft riesig war, drängten sich die Gäste dicht aneinander. Mit ihren Pappbechern standen sie im gedämpften Licht und versuchten, sich über die laute Musik hinweg miteinander zu unterhalten, während sich die Luft langsam mit der typischen Mischung aus Alkohol und Schweiß vollsog. Hinter einer kleinen Gruppe Mädels, die zu einem Song aus den Charts tanzten, entdeckte ich Cooper, der gerade mit einer weiteren Kiste Bier durch die Tür kam, was von den Treppen-Jungs mit lautem Grölen quittiert wurde.

»Hey, Widney!«, hörte ich Josh rufen, der in der Küche gerade drei große Schüsseln mit Chips nachfüllte. »Komm mal her!«

Gefolgt von Kim schob ich mich an den Partygästen vorbei, bis ich den massiven Küchenblock erreichte. Josh trug ein blaues T-Shirt mit Superman-Zeichen und deutete mit dem Kinn auf ein Mädchen mit roten Lippen und kurzen schwarzen Haaren, die sie zu einem lässigen Undercut geschnitten hatte. Eine Seite war fast ganz abrasiert und an ihrem Hals entdeckte ich ein Tattoo in Form eines Kreuzes. Sie trug zerrissene schwarze Jeans und ein ebenso schwarzes Ledertop, das geradezu *Ärger* zu rufen schien.

»Ash, Widney. Widney, Ash«, schrie er. Ich bemühte mich, ein Lächeln aufzusetzen, was gar nicht so leicht war. Denn Ash sah mich mit ihren dunkel geschminkten Augen an, als hätte ich soeben ihre Katze überfahren.

»Hast du mein Gingerale getrunken?«

Es war keine richtige Frage, ihre tiefe Stimme machte ihre Anklage ziemlich deutlich.

»Ich wusste nicht, dass es deins ist. Sorry.«

»Ich kann es nicht leiden, wenn man meine Sachen anfasst. Hat dir keiner die WG-Regeln erklärt?«

»Natürlich habe ich das«, bemerkte Josh abgelenkt und drückte Kim eine der Schüsseln in die Hand. »Kannst du das schnell mal zum Tisch bringen?«

»Klar«, sagte Kim leicht überrumpelt, bevor sie sich durch die Menge quetschte. Josh machte sich ebenfalls auf den Weg, um die Chips zu verteilen.

»Und warum hat sie es dann nicht verstanden?«, rief ihm Ash angepisst hinterher. Sie nahm einen tiefen Schluck aus ihrer Bierflasche, ließ mich dabei aber keinen Moment aus den Augen. Alles an ihrem Körper wirkte angespannt, durchtrainiert, bereit, mir eine zu verpassen, als Ausgleich für meinen dreisten Diebstahl.

»*Sie* wusste nicht, dass das Gingerale deins ist, aber *sie* wird sich hüten, den Fehler noch einmal zu wiederholen.« Das Lächeln war aus meinem Gesicht gekippt. Ich versuchte, meine Stimme nicht allzu unfreundlich klingen zu lassen, was mich einiges an Mühe kostete.

»Hey, Ash, entspann dich und mach die Neue nicht gleich fertig«, mischte sich ein hochgewachsener Typ ein, der mit dem Rücken zu uns gestanden hatte und sich jetzt umdrehte.

Ich schluckte, als ich sein Gesicht sah.

Er grinste, als er mein Gesicht sah.

»Quentin«, stellte er sich vor.

»Widney.« Auch ohne Schutzkleidung, dafür mit ausgewaschenem T-Shirt und dunkler Jeans, erkannte ich ihn sofort.

»Du weißt, dass ich es nicht ausstehen kann, wenn man meine Sachen nimmt«, sagte Ash.

»Wie könnte ich das vergessen. Du musst es so sehen: Dir hat Widney nur ein Getränk, mir dafür ein ganzes Herz abgenommen.«

Daraufhin schüttelte Ash nur den Kopf, als wäre Quentin viel zu betrunken für ein sinnvolles Gespräch, bevor sie aufstand und in der Menge verschwand.

»Es war nicht dein Herz«, sagte ich, weil es das Einzige war, was mir jetzt einfiel, und weil die Worte es vielleicht schafften, meine eigenartige Angespanntheit zu lösen. Quentin sah mich auf eine Art an, als könnte er mir direkt in die Seele sehen. Ich versuchte, seinem intensiven Blick standzuhalten, versuchte, nicht die Erste zu sein, die wegschaute, auch wenn es mir verdammt schwerfiel.

»Stimmt. *Zum Glück war es nicht mein Herz*.«

So wie er es sagte, war ich mir nicht sicher, wie er es meinte. Vielleicht spielte er nur mit der Doppeldeutigkeit seiner Worte, jedenfalls empfand ich die sich ausdehnende Stille zwischen uns immer unangenehmer.

»In welchem Semester studierst du Medizin?«, fragte ich, um der Stille etwas entgegenzusetzen.

»Im zweiten. Willst du was trinken?«

Ich nickte. »Ein Gingerale wäre toll.«

Seine Mundwinkel zuckten nach oben. »Das letzte hat die Neue ausgetrunken.«

»Was für ein Biest.«

»Du sagst es. Bier?«

Ich nickte, woraufhin mir Quentin eine Flasche Bier aus dem Kühlschrank reichte, während er selbst zum Wasser griff.

»Du trinkst nichts?«

»Keinen Alkohol.« Ich musste ziemlich irritiert dreingesehen haben, denn er lachte leise. »Was? Bist du jetzt enttäuscht, dass du mich nicht abschleppen kannst?«

»Ich denke nicht, dass ich Alkohol dazu bräuchte.« Die Worte waren schneller aus meinem Mund, als ich denken konnte. Die elektrischen Impulse mussten meine Nervenbahnen durchlaufen haben, aber offenbar zu langsam.

Quentin hob amüsiert die Augenbrauen. Glücklicherweise konnte er im spärlichen Licht nicht sehen, dass ich gerade meine Gesichtsfarbe wechselte, von normal zu rot.

»Beeindruckendes Selbstvertrauen.«

»So war das nicht gemeint«, sagte ich, als ich von hinten angerempelt wurde. Meine Bierflasche glitt mir aus der Hand, doch bevor ich noch reagieren konnte, hatte Quentin sie schon aufgefangen. Dabei fielen mir seine kräftigen Hände und die Tattoos auf seinen Unterarmen auf, die ich in der Uni nicht bemerkt hatte. Es waren verschnörkelte, dunkle Formen, die für mich keinen Sinn ergaben, aber ziemlich gut zu seiner matten schwarzen Armbanduhr passten.

»Sorry«, meinte Kim, die für den Rempler verantwortlich gewesen war. »Jemand hat mich angestoßen.« Ihr Blick fiel auf Quentin.

»Hi. Ich bin Kim.«

»Quentin.« Er gab mir mein Bier zurück.

»Oh. Du teilst dir mit Widney ein Bad.«

Quentin machte einen Schluck aus seiner Wasserflasche, dabei betrachtete er mich eindringlich. »Sieht ganz so aus.«

Kim wollte noch etwas sagen, aber dann wurde mein neuer Mitbewohner schon von einem hübschen Mädchen auf die Schulter getippt. Er wünschte uns noch eine schöne Party, bevor er von der Blondine weggezogen wurde. Automatisch fragte ich mich, ob sie für den Kaktus vor seiner Tür verantwortlich gewesen war.

Kim seufzte »Das ist Punkt sieben für meine Liste.«

»Was?«

»Keine blöden Bemerkungen auf der Party abgeben, zumindest nicht gleich zu Beginn. Ich meine, da stellt sich mir ein heißer Typ vor und was sage ich? *Oh. Du teilst dir mit Widney ein Bad.* Wie dämlich ist das denn?«

»Das war doch nicht schlimm, es war nur gut kombiniert. Es zeigt, wie aufmerksam du bist.«

»Es zeigt, wie langweilig ich bin.«

Ich merkte, dass ich mich auf verlorenem Terrain befand. »Hey, immerhin hättest du auch sagen können: Oh. Du teilst dir mit Widney eine Toilette.«

Kim nickte erleichtert. »Oh mein Gott, du hast recht. Du teilst dir mit ihm eine Toilette. An deiner Stelle würde ich ab sofort auf Knoblauch und Bohnen verzichten.«

Ich musste lachen. »Ich sollte am besten überhaupt nicht mehr auf die Toilette gehen, oder?«

Kim lehnte sich an den Küchenblock. »Das wäre eine verdammt kluge Entscheidung. Ich meine, der Typ hat was, oder? Auch wenn er ein bisschen zu dünn ist, also nicht so muskulös wie dieser Cooper.«

»Er studiert Medizin«, sagte ich, weil ich mir über den Rest keine Gedanken machen wollte.

»Cool. Dann haben wir ja ein Gesprächsthema.«

Ich nahm einen Schluck aus meiner Bierflasche.

»Ihr zwei seid gerade dabei, potenzielle Paarungspartner abzuchecken, nicht wahr?«, fragte Xander, der gerade eine Flasche Rum aus einer der unteren Küchenschubladen hervorzog. Er war der einzige meiner Mitbewohner, der kein T-Shirt, sondern ein weißes Hemd trug, das er an den Unterarmen aufgekrempelt hatte. »Vergiss dabei unsere WG-Regel nicht, Widney.«

Er stellte die Flasche auf die Arbeitsfläche und schnappte sich eine Limette aus dem Kühlschrank.

Ich beäugte Xander kritisch. »Hast du etwa Angst, dass ich über dich herfalle?«

Xander zog Messer und Schneidbrett aus einer der vielen Laden und begann, die Limette zu achteln. »Darüber machst du dir also Gedanken, Widney? Hast du etwa schon davon geträumt?«

»Ich muss dich leider enttäuschen.«

»Das dachte ich mir schon. Aber wenn du mal über deine Träume sprechen möchtest, meine Tür steht immer offen. Träume sind ja bekanntlich die Tore zur Seele. Und du«, er wandte sich Kim zu und hielt dabei das Messer in die Höhe, als könne er meine neue Freundin damit psychologisch auseinandernehmen, »scheinst es darauf anzulegen, deine Grenzen auszutesten.«

Kim reagierte irritiert. »Wie kommst du darauf?«

»Deine Eltern sind ehrgeizig, nicht wahr?«

Noch bevor sie antworten konnte, machte Xander schon weiter, während er die Limetten, Minze und etwas Zucker in ein paar Longdrink-Gläser beförderte. »Ich tippe auf ein behütetes Elternhaus mit starrem Regelkonstrukt, äußert sich nun in notorischen Verhaltensweisen und dem Zwang zu einer obsessiven äußeren Ordnung.«

Okay. Das war der Moment, in dem ich einschreiten musste.

»Kim, falls du es noch nicht selbst herausgefunden hast: Das ist Freud.«

Sie nickte. »Ich verstehe«, meinte sie gedehnt und wischte damit offenbar innerlich seine Bemerkungen zur Seite. »Der Spitzname passt fast schon zu gut. Hat jeder in eurer WG einen Spitznamen?«

Xander durchsuchte ein paar Schubladen, bis er einen kleinen Mörser fand. »Nein. Nur Wikipedia und ich.«

»Ash könnte auch gut einen vertragen«, murmelte ich.

Zum Beispiel Drachenlady.

»Du hast sie also schon kennengelernt«, schlussfolgerte Xander und blickte quer durch den Raum zu Ash hinüber, die seitlich am Fenster lehnte und sich mit einem Typen unterhielt, der aussah wie ein Zweimeterschrank. Ich erinnerte mich daran, was Josh mir erzählt hatte. Ash und Xander.

Schon allein der Gedanke daran war eigenartig und ich wollte mir die beiden nicht zusammen vorstellen, geschweige denn überlegen, was es über Freuds Psyche aussagte.

Kim hob eines der Longdrink-Gläser in die Höhe. »Mixt du dir einen Cocktail?«

»Einen Mojito, um genau zu sein. Willst du auch einen?«

»Klar. Ich will doch meine Grenzen austesten«, erklärte sie schulterzuckend.

Freud zerdrückte die Zutaten mit dem Mörser, kippte eine Menge Rum dazu und füllte dann alles mit etwas Eis aus dem Kühlschrank auf. Die Routine, mit der er das tat, machte deutlich, dass das Cocktailmixen neben der Analyse seiner Mitmenschen anscheinend zu seinen Hobbys gehörte.

Genau wie es zu Coopers Hobbys gehörte, Frauen abzuschleppen. Es dauerte nicht allzu lange, bis ich sah, wie er seine Zunge in den Hals eines Mädchens steckte. Er hatte dabei schon ziemlich Schlagseite, was die Rothaarige in seinen Armen nicht zu stören schien. Gemeinsam arbeiteten sie sich die Treppe hoch und ich ging davon aus, dass bald ein Kaktus vor Coopers Zimmertür stehen würde. Wenn er es überhaupt noch bis zur Tür schaffte.

Auch der Rest der Leute wurde immer betrunkener und wahrscheinlich musste man auch betrunken sein, um hier wirklich Spaß zu haben. Ich nippte noch immer an meinem Bier, das mir nicht so recht schmecken wollte. Obwohl ich mich bemühte, einfach mitzumachen, war ich noch nicht in Feierlaune. Aber es war irgendwie schön zu beobachten, wie Kim die Party genoss.

»Und gefällt es euch?«, fragte Josh, der mit zwei leeren Schüsseln in der Hand irgendwann wieder in die Küche spaziert kam.

Kim schlürfte an ihrem Mojito, den sie sich seit einer halben Stunde gut einteilte, was bei der Menge an Rum auch zu empfehlen war. Ihre Hüften bewegten sich dabei zum Rhythmus der Musik und sie beantwortete nickend Joshs Frage.

»Ich bin übrigens Kim«, stellte sie sich dann vor. »Ich habe vorhin die Chips weggetragen.« Sie lächelte, kniff aber im nächsten Moment die Augen zusammen, als befände sich *Chips wegtragen* auf einer ähnlichen Ebene wie *Bad teilen*.

»Cool. Ich bin Josh. Du kannst mich aber auch Wikipedia nennen.«

»Ah. Du bist das … und du weißt wahrscheinlich eine Menge.«

»Ich merke mir Dinge leicht«, sagte er, während er zwei weitere Chipspackungen aus einer Schublade holte.

»Gut, Wikipedia. Wann wurde die erste Superman-Geschichte veröffentlicht?« Kim betrachtete Josh herausfordernd.

Josh öffnete die erste Packung und schüttete die Chips in eine der Schüsseln. »Eigentlich 1933. Da war Superman noch ein glatzköpfiger Schurke, der mit seinen übermenschlichen Fähigkeiten die Herrschaft über die Menschheit erlangen wollte. Jerry Siegel und Joe Shuster, die Schöpfer von Superman, entschieden dann jedoch, ihre Figur zu einem Kämpfer des Guten zu machen. Doch keiner wollte ihre Geschichte abdrucken, weil die Verlagshäuser die Story zu unreif, pubertär und kindisch fanden. Erst 1938 wurde aus Not bei der ersten Ausgabe von Action Comics eine Geschichte von Superman abgedruckt, die zum Erfolg des ganzen Heftes führte. Damals kostete die Ausgabe zehn Cent, heutzutage blättern Fans dafür mehrere Millionen hin.«

Kim strich sich eine schwarze Haarsträhne hinters Ohr. »Was würde ich bloß für die Erstausgabe geben.«

»Du bist ein Fan?«

»Eigentlich bin ich mehr für Batman, aber die Erstausgabe eines Comics in Händen zu halten, muss ein ganz tolles Gefühl sein. Fast, als dürfte man ein frisch geborenes Baby halten.«

»Batman? Wie kannst du Batman nur Superman vorziehen?«, fragte Josh entrüstet, woraufhin sich die beiden in eine Diskussion über die Fähigkeiten der Superhelden verstrickten.

Nachdem ich geistig schon längst ausgestiegen war und mich ein betrunkener Informatikstudent volllaberte, der mir versehentlich den Rest von seinem Bier auf die Jeans kippte, entschloss ich mich, auf mein Zimmer zu gehen und mich umzuziehen. Auf dem Weg dorthin wurde ich von Ashs Zweimeterschrank angemacht, der offenbar auch schon zu tief in den Becher geschaut hatte.

Als ich endlich die Schiebetür zu meinem Zimmer aufschob, wünschte ich, ich hätte es nicht getan. Denn auf meinem Bett war gerade ein Pärchen zugange und das Bild des behaarten Hinterns würde ich wahrscheinlich nicht mehr so schnell aus dem Kopf bekommen.

Kurz überlegte ich, die beiden einfach rauszuschmeißen, entschied mich dann aber dagegen. Ich hatte keine Lust, hier gleich am ersten Tag die Partyschreckschraube zu geben, und sehnte mich einfach nur danach, etwas Raum für mich zu bekommen.

Etwas Luft.

Luft zum Atmen.

Glücklicherweise fiel mir der Aufgang zur Dachterrasse wieder ein, den Josh gestern erwähnt hatte. Ich hoffte inständig, dort allein sein zu können. Alles in mir sehnte sich nach einem Kontrastprogramm zu der Party.

Ich zwängte mich wieder nach unten, doch der Schlüssel zur Tür befand sich nicht im Topf der Yucca-Palme, was bedeutete, dass vielleicht schon jemand vor mir auf die Idee gekommen war, nach oben zu gehen. Auf dem Weg zurück nach oben schob ich mich an einer Truppe grölender Jungs vorbei, bis ich die graue Schiebetür endlich erreichte. Sie ließ sich widerstandslos öffnen. Hastig schlüpfte ich in den dahinterliegenden Raum und schloss die Tür schnell wieder, um den Lärm und die Leute hinter mir auszusperren. Das Zimmer, in dem ich mich nun befand, wurde nur von einer einzelnen rechteckigen Lampe erleuchtet, die ein sanftes Licht verbreitete. Von dem Parkettboden führte eine schmale Wendeltreppe aus schwarzem Metall in engen Windungen nach oben. Sonst war der Raum vollständig leer.

Sobald ich die Treppe betreten hatte, fühlte ich mich gleich besser. Mit jedem Schritt verblasste die Party hinter mir, mit jedem Schritt spürte ich wieder mehr von mir selbst.

Oben angekommen führte eine schmale Glastür nach draußen auf eine riesige Terrasse, die einen gigantischen Blick auf die Skyline New Yorks freigab. Die Lichter der Stadt strahlten in den dunklen Himmel und ich atmete die kühle Nachtluft ein, die sich wie ein sanfter Befreiungsschlag anfühlte.

Atme, Widney, atme.

Erst nach ein paar Augenblicken registrierte ich die leisen Klänge einer berührenden Melodie und entdeckte Quentin, der mit einer Gitarre auf seinem Schoß am anderen Ende der Terrasse saß und seine Finger sanft über die Saiten gleiten ließ.

KAPITEL 5

Er hielt den Kopf gesenkt. Seine Aufmerksamkeit lag allein auf seiner Gitarre, das dunkle Haar fiel ihm ungekämmt in die Stirn. Ich hatte schon immer Musiker bewundert, die übermaßen intensiv in ihrer Musik aufgingen, dass sie alles um sich herum vergaßen. Dass die ganze Welt nur auf die Klänge ihres Instrumentes zusammenschrumpfte und gleichzeitig eine wunderschöne neue Weite preisgab, die mit Worten nicht zu beschreiben war.

Die Leidenschaft, mit der Quentin spielte, ließ mich kurz Teil seiner Welt werden. Für einen Augenblick war alles von mir im Jetzt, kein Gedanke flog irgendwo anders hin, alles konzentrierte sich auf diesen einen Moment. Die Töne, die Quentin hervorrief und in den leuchtenden Nachthimmel schickte, waren zart und gefühlvoll, es waren traurige Akkorde, die mich mitnahmen und etwas in mir zum Klingen brachten.

Nach dem Tod meines Bruders hatte mein Vater einen Song geschrieben, der mich an Quentins Stück erinnerte. Die Lieder, die er sonst schrieb, enthielten auch eine gewisse Tiefe, aber dieser Song war mir sofort durch Mark und Bein gegangen. Ich wusste, dass mein Vater die Musik brauchte, um seine Trauer zu verarbeiten. Dass es sein Kanal war, um mit allem umzugehen und weiterzuleben. Allerdings teilte er damit nicht nur etwas von sich, sondern auch etwas von Aiden und mir, von unserer Familie.

Etwas, das ich lieber nicht im Radio gehört hätte.

Quentin zupfte an den Saiten seiner Gitarre und schloss für einen Moment die Augen, als er an eine besonders emotionale Stelle kam.

Reglos stand ich auf der Terrasse. Trotz der Traurigkeit des Augenblicks wünschte sich ein Teil von mir, ihn noch ein wenig länger festhalten zu können. Er war wie einer dieser Sterne, die über uns in der Dunkelheit hingen, und von denen ich wusste, dass sie in absehbarer Zeit verglühen würden.

Als Quentin den Song zu Ende gespielt hatte, öffnete er die Augen und sah zu mir auf.

»Ich wollte dich nicht stören«, sagte ich entschuldigend und schlang meine Arme um mich. »Ich brauchte nur ein bisschen frische Luft.«

Er nickte. »Zu voll?«

»Zu voll, zu laut.«

Quentin lehnte sich mit dem Rücken gegen die Mauer des hüfthohen Dachgeländers. Seine Gitarre legte er neben sich, dann sah er mich ernsthaft an. »Kann ich verstehen. Ich bin auch gern allein und genieße die Stille.«

»War das gerade eine Anspielung? Soll ich wieder gehen?«

Er schüttelte den Kopf. »Nein, so war das nicht gemeint. Du kannst dich gerne zu mir setzen, Widney.«

Es verwirrte mich, wie viel diese einfache Aufforderung mit mir machte. Ich fühlte mich eigenartig angespannt, ich war auf einmal nervös, viel zu nervös für diesen Moment. Schließlich waren Quentin und ich doch nur zwei Mitbewohner auf einer Dachterrasse, auch wenn sich diese Dachterrasse unter dem Sternenhimmel einer fremden Stadt befand.

Weil ich keine große Sache daraus machen wollte, ließ ich mich neben ihm auf eines der großen Polster fallen und ignorierte meinen lästigen Herzschlag.

»Ist dir kalt?«, fragte er.

Erst jetzt fiel mir auf, dass ich tatsächlich ein wenig fror. Ohne zu zögern schnappte sich Quentin seine Kapuzenjacke, die neben ihm lag, und hängte sie mir um die Schultern.

»Jetzt nicht mehr«, sagte ich lächelnd.

»Gut.«

Quentin ließ den Kopf nach hinten gegen die Mauer sinken und betrachtete den Sternenhimmel. »Hast du gewusst, dass es im Weltraum fast vollkommen still ist?«, fragte er gedankenverloren. »Es gibt Vibrationen und Schallwellen, die für Menschen nicht wahrnehmbar sind, da im Weltraum ein Vakuum herrscht.«

»Nein, das wusste ich nicht.«

»Ich auch nicht, bis mir Wikipedia ein wenig Nachhilfeunterricht gegeben hat. Die Vorstellung, dass dort oben beinahe absolute Ruhe herrscht, hat etwas.«

Während Quentin sprach, kam ich nicht umhin, sein Profil zu

mustern. Seine glatte Stirn, die etwas zu große Nase und die schmalen Lippen. Alles an ihm war von einer gewissen Ernsthaftigkeit durchdrungen, die mich instinktiv fragen ließ, was er im Leben schon alles durchgemacht hatte.

»Wärst du gerne dort? Ich meine, im Weltraum?«

Es dauerte einen Moment, bis er antwortete. »Manchmal. Ein Ort, an dem nur Schönheit und Stille existiert, fasziniert mich.«

»Und was ist, wenn es dort gar nicht so schön ist?«

Er streckte die Beine aus. »Daran denke ich nicht. In meinen Gedanken gibt es dort keine Freude, kein Leid, nur eine unbändige Stille. Das macht für mich die Schönheit des Universums aus. Und natürlich die funkelnden Sterne.«

Er nahm einen Schluck aus seiner Wasserflasche, bevor er sie mir hinhielt. Obwohl ich keinen Durst hatte, trank ich daraus, weil mir die Vorstellung gefiel, dass sich unsere Lippen dadurch irgendwie näher kamen.

»Bist du so ein funkelnder Stern, Widney?«, fragte Quentin dann.

Seine Frage überraschte mich. Bei jedem anderen Typen hätte ich sie vielleicht als plumpe Anmache verstanden, aber nicht bei ihm. Bei Quentin hatte ich das Gefühl, dass er jedes seiner Worte sehr bewusst wählte, als hätte er nur eine beschränkte Anzahl davon.

»Ich denke nicht, dass ich ein funkelnder Stern bin. Ich bin mehr der Typ schwarzes Loch.«

Quentin sah mich amüsiert an. »So schlimm siehst du gar nicht aus.«

Ich zuckte mit den Schultern. »Wahrscheinlich sollte man nicht nach dem Äußeren gehen.«

»Da hast du auf alle Fälle recht. Es ist nur eine Oberfläche, die irgendwann vergehen wird. Und dann?«

»Und dann?«, wiederholte ich seine Frage etwas leiser. »Keine Ahnung, was dann ist. Aber ich hoffe, dass – egal, was nach dem Tod passiert –, es dann okay ist.« Ich spürte, wie sich mir die Kehle zudrückte. Die Erinnerungen an Aiden drohten mich zu ersticken. Die Erinnerungen an den Morgen, an dem er starb, an den umgeworfenen Hocker auf dem Holzboden, den wir erst ein paar Wochen zuvor gemeinsam bei Ashley Furniture gekauft hatten, an seine blassen Zehen, in denen von nun an kein Leben mehr steckte. Ich beschloss, lieber schnell das Thema zu wechseln.

»Wie lange wohnst du schon hier?«

»Ungefähr ein Jahr.«

»Und wie klappt es so mit den anderen?« Da waren sie wieder. Die Fragen, die mich davon abhielten, zu viel über mich selbst zu verraten.

»Gut.« Offenbar hatte Quentin nicht vor, sich von mir in ein oberflächliches Gespräch entführen zu lassen.

Ein paar Minuten saßen wir dann einfach nur da und betrachteten den Himmel.

Wie unwichtig ich mir bei diesem Anblick vorkam, wenn ich die Sterne sah, die schon lange vor mir und noch lange nach mir da sein würden.

»Sterne können Milliarden Jahre alt werden«, sagte ich nachdenklich mehr zu mir selbst als zu Quentin.

Er nickte und schnippte mit den Fingern. »Im Gegensatz zu dieser Lebensspanne sind wir nicht einmal eine Eintagsfliege.«

»Wir sind nicht einmal ein Wimpernschlag«, stimmte ich zu. »Wir sind so was von unbedeutend.«

Quentin betrachtete mich interessiert. »Wow. Du hast echt Talent, für Stimmung zu sorgen.«

»Sorry, ich wollte nicht …«

»Nein, schon gut, Widney. Ich finde das absolut in Ordnung, denn es ist die Wahrheit. Wir sind unbedeutend im Vergleich zu dem, was schon war oder noch kommen wird. Der Planet wird uns überleben, aber die Menschheit wird sich irgendwann einfach selbst vernichten.«

»Jetzt sorgst du aber für die gute Stimmung hier.«

Quentin lachte. Ich mochte sein Lachen, ich mochte es wahrscheinlich zu gerne.

»Ich bin nur realistisch. Die Dinosaurier lebten hundertsiebzig Millionen Jahre auf der Erde, ich glaube nicht, dass die Menschen es so lange schaffen werden.«

Ich legte den Kopf leicht schief. Eine Brise Wind fuhr mir durch die Haare und ich genoss es, einfach hier mit ihm zu sitzen. Unter uns die Party, über uns der Himmel und wir befanden uns irgendwo dazwischen. »Ja, sehr wahrscheinlich wird die Menschheit schon vorher aussterben«, sagte ich seufzend. »Allerdings werden wir es ziemlich sicher nicht mehr erleben.«

Quentin senkte den Blick, sein Ausdruck wurde wieder etwas ernster. »Jeder von uns wird sterben, die Frage ist nur *wann*.«

Seinem *Wann* schien eine besondere Bedeutung anzuhaften, genau wie meinem. Ich schluckte, als sich die Bilder wieder in meinen Kopf drängten und den alten Schmerz mitbrachten.

»Manche sterben viel zu früh.« Ich wusste, warum ich das dachte, aber ich wusste nicht, warum ich es laut aussprach. Die letzten Monate hatte ich gelernt, eine Mauer rund um mich aufzubauen und das Thema weit zu umschiffen, um sowohl mir als auch den anderen die unangenehme Situation voller erdrückender Pausen und tiefer Seufzer zu ersparen.

Quentin drehte sich zu mir und sah mich eindringlich an. »Du hast jemanden verloren.«

Ich zog meine Beine heran und umschlang meine Knie mit den Armen. »Meinen Bruder.« Ich atmete tief ein und lauschte dabei nach innen, ob sich ein Widerstand aufbaute, Quentin davon zu erzählen. Doch aus irgendeinem Grund fühlte es sich okay an. »Er hieß Aiden. Und er … hat sich selbst dafür entschieden zu gehen.«

»Wieso?«

»Er hatte Depressionen.«

»Was für welche?«

»Bipolare affektive Störung mit manischen und depressiven Episoden«, wiederholte ich die Diagnose der Ärzte, die sich nicht nur wie ein Todesurteil angefühlt hatte, sondern auch zu einem geworden war. »Er hatte verdammt gute Tage und verdammt schlechte Tage. Dazwischen gab es nichts.«

»Und wie geht es dir jetzt damit?«, wollte Quentin wissen. Das Licht der Sterne schien sich in seinen dunklen Augen zu reflektieren. Keine Ahnung wie er es anstellte, aber er traf den richtigen Ton und ich fühlte mich nicht ausgefragt oder ausgehorcht in seiner Gegenwart, wie ich es nach Aidens Tod so oft getan hatte. Die ganze Stadt war natürlich an uns interessiert gewesen, an der Tragödie des

Country Stars. Vielleicht war es auch etwas anderes, die Geschichte mal jemandem zu erzählen, der sie noch nicht kannte.

»Ich bin wütend, dass er es getan hat. Ich bin so unglaublich wütend«, gab ich zu. »Gleichzeitig bin ich traurig. Und ich spüre die Angst noch immer, als würde sie in jeder Faser meines Körpers feststecken.«

Quentin richtete sich neben mir auf, er wirkte noch wachsamer als zuvor. »Welche Angst?«

»Die Angst, die ich damals hatte. Als es in seiner Wohnung so leer war und ich kein einziges Geräusch hörte, obwohl ich wusste, dass er da war. Die Angst, die ich immer weggeschoben hatte, weil ich mir sagte, dass er so etwas nie tun würde, dass er viel zu sehr am Leben hing, um diesen beschissenen Schritt zu tun. Fakt ist, dass er es doch getan hat und ich auf meine Angst hätte hören sollen.« Ich zog tief die Luft ein und schämte mich ein wenig dafür, diese intimen Gedanken mit jemandem zu teilen, den ich kaum kannte. »Es tut mir leid. Ich …«

Quentin griff nach meiner Hand. »Es muss dir nicht leidtun, Widney. Du hast vollkommen recht, wir hören zu selten auf unsere Ängste.« Er ließ seinen Kopf wieder gegen die Mauer sinken und starrte hinauf in den Nachthimmel. Da war er wieder, dieser ernste Ausdruck in seinem Gesicht.

Er holte tief Luft, als müsse er selbst ausholen, als müsse er für die folgenden Sätze Anlauf nehmen, weil sie es sonst nicht zur Gänze aus seinem Mund schafften.

»Vor ein paar Jahren war ich mit meinem besten Kumpel feiern, er war einer von diesen begnadeten Footballspielern, denen es einfach im Blut liegt. *Immer höher, immer weiter* war Dylans Motto. Und das nicht nur im Sport; auch wenn es ums Feiern ging, haben wir nichts ausgelassen. Wir haben uns die Birne zugeknallt, bis nichts mehr ging. Ich weiß noch genau, wie wir auf dieser einen Party waren und Dylan beschlossen hat, noch Nachschub zu holen. Er hat sich in den Wagen gesetzt und da war er auch. Dieser eine Moment. Obwohl ich schon recht weggetreten war, blitzte sie auf, die Angst, dass ihm was passieren könnte, dass er zu betrunken war, um sich in sein Auto zu setzen, dass ich ihn besser davon abhalten sollte. Ich habe ihm noch etwas hinterhergeschrien, aber er hat abgewinkt, hat sich in seinen Ford Mustang gesetzt und ist davongedüst. Noch heute sehe ich die Rücklichter ganz deutlich vor mir.«

»Und dann?«

Quentin ließ seinen Kopf in meine Richtung fallen. Der Ausdruck in seinen Augen war traurig. »Und dann hatte er einen Unfall. Er ist auf die Gegenfahrbahn geraten und mit einem Van kollidiert. Nicht nur Dylan starb, sondern auch eine junge Familie, die gerade aus dem Urlaub zurückkam. Der Junge war gerade mal vier Jahre alt.«

Ich schluckte und wusste nicht recht, was ich sagen sollte. Ich kannte die ganzen Sprüche, die man losließ, wenn jemand eine nahestehende Person verloren hatte, ich hatte sie alle gehört. Es gab fast nichts, was in dem Augenblick half, wenn der Schmerz so tief saß, dass er einen immer begleitete, dass er sich nicht aus dem Körper schreien ließ, sondern wie ein Schatten über einem hing.

»Fühlst du dich verantwortlich?«

Quentin presste die Lippen aufeinander. »Manchmal. Mein Verstand kapiert, dass es seine Entscheidung war, mein Verstand kapiert, dass Dylan keiner war, der sich Vorschriften machen ließ, aber dieses Gefühl, es versaut zu haben, zu wissen, dass ich den Unterschied hätte machen können, das bleibt.«

»Ich weiß genau, was du meinst. Es sind diese beschissenen *Hätte-ich-* oder *Wäre-ich-Gedanken*. Hätte ich doch etwas gesagt, wäre ich vielleicht früher draufgekommen ...« Wie oft war ich dieser Spirale verfallen, wie oft hatte ich in meinem Kopf die Möglichkeiten durchgespielt, in denen es mir gelungen wäre, Aiden doch noch zu retten. Hätte ich besser hingesehen, hätte ich ihm mehr zugehört, wäre ich an diesem Tag schon früher in sein Apartment gekommen ... Unzählige Optionen waren wie Insektenschwärme in meinem Kopf gekreist und hatten doch nichts verändert.

»Es ist zu spät für *hätte* und *wäre*, Widney.«

»Ich weiß«, sagte ich resigniert. »Ich wünschte, es wäre anders.«

Er lächelte sanft und drückte meine Hand. Aus irgendeinem Grund hatten wir uns noch immer nicht losgelassen. »Und schon wieder hat sich eines eingeschlichen.«

Ich nickte. »Sie sind böse.«

»*Wäre* und *hätte* sind hinterlistige Biester«, stimmte er mir zu.

»Deswegen sollte man auch so viele Dinge wie möglich einfach tun«, murmelte ich gedankenverloren. »Um hinterher nicht zu bereuen, dass man die Chance verpasst hat. Und darüber nachzudenken, was vielleicht *hätte* sein können, wenn man nur etwas mutiger gewesen wäre.«

Quentin starrte mich an und für einen Moment hatte ich das Gefühl, dass sich die Luft zwischen uns auflud. Ein wenig verlegen glitt mein Blick zu seiner Gitarre, dabei räusperte ich mich. »Der

Song, den du vorhin gespielt hast, hast du den nach Dylans Tod geschrieben?«

»Ja, tatsächlich. Wie kommst du darauf?«

»War nur so ein Gefühl. Mein Vater macht auch Musik und verarbeitet mit seinen Songs so einiges.«

Quentin sah mich fragend an. »Hat er auch Depressionen?«

Ich zögerte kurz. »Ich würde es nicht so ausdrücken, aber er hat wahrscheinlich eine Tendenz in die Richtung. Scheint erblich bedingt zu sein.«

»Und du?«

»Ich wurde adoptiert«, sagte ich. Meine Eltern hatten daraus nie eine große Sache gemacht. Nach Aidens Geburt hatten sie sich noch ein Kind gewünscht, aber es hatte nicht mehr geklappt. Schon von klein auf hatte ich gewusst, dass Aiden ihr leibliches Kind war, ich aber nicht. Mum und Dad hatten nie einen Unterschied zwischen uns beiden gemacht, weswegen es auch für mich kein Thema war.

In dem Moment öffnete sich die Terrassentür und Xander kam mit einer Flasche Rum herausgetorkelt.

»Widney! Hier hast du dich versteckt!«, rief er über die Dächer der Stadt und kam auf uns zu. Dabei wankte er, als würde er sich auf hoher See befinden. Seine Augen waren glasig und sein weißes Hemd viel zu weit aufgeknöpft.

Quentin war sofort auf den Beinen, um Xander abzustützen. »Ich bringe dich mal besser wieder nach unten.«

Xander grinste übers ganze Gesicht. »Quentin. Ich liebe dich. Mann, wie ich dich liebe.« Er blickte zu mir. »Und dich liebe ich auch, Widney.«

»Und vor allem liebst du deinen Rum«, erklärte Quentin gelassen, während er Xander Richtung Wendeltreppe bugsierte. Dabei warf er mir noch einen belustigten Blick über die Schulter zu. »Wenn Freud zu viel getrunken hat, dann liebt er die ganze Welt.«

»Die Welt ist auch wunderbar«, sagte Xander seufzend. »Ist die Nacht nicht wunderbar? Und du erst, Mann, du bist auch wunderbar. Selbst Ash ist wunderbar, aber sie zeigt es nicht so gern.«

Lächelnd folgte ich den beiden über das flache Dach des Hochhauses, als mein Nacken plötzlich zu kribbeln begann. Als ich mich noch ein letztes Mal umschaute, fröstelte ich. Denn dort, wo Quentin und ich gesessen hatten, hatten sich drei Raben auf der Brüstung niedergelassen. Drei Raben, die mich nicht aus den Augen ließen, bis ich endlich den Handlauf der Wendeltreppe erreicht hatte.

KAPITEL 6

»Das war so eine tolle Party«, schwärmte Kim noch Tage später, als wir in der Mensa draußen Platz genommen hatten. Es war ein warmer Septembertag und die Strahlen der Sonne blitzten durch das Blätterdach der Bäume, die den Außenbereich der Kantine säumten. Mittlerweile fand ich mich schon ein wenig besser auf dem Gelände zurecht, auch wenn ich mich manchmal noch immer verirrte.

»Du hast dich gut mit Josh verstanden«, sagte ich und tauchte ein Pommes in das Ketchup auf meinem Teller.

»Josh ist cool. Also der Typ weiß unglaublich viel, nicht nur über Comics. Sein Spitzname passt echt gut zu ihm. Wahnsinn, dass er auch erst neunzehn ist.«

Ich sah Kim interessiert an, doch sie winkte sofort ab. »Ich finde ihn cool, aber nicht auf die besondere Art.«

»Auf die besondere Art?«, wiederholte ich amüsiert.

»Na, eben nicht auf diese romantische Ich-bin-vom-Blitz-getroffen-worden-Art.«

Ich schmunzelte. »Du liest nicht nur Comics, sondern auch Liebesromane, oder?«

Sie zuckte mit den Schultern und nahm gelassen einen Schluck von ihrer Sprite. »Ja, und ich schäme mich nicht dafür. Ich mag Liebesromane und am liebsten die ganz schnulzigen. Wenn sie am Schluss mit ihrem Helden in den Sonnenuntergang reitet, das finde ich richtig gut.«

»Und mit welchem Helden würdest du gerne in den Sonnenuntergang reiten, wenn es nicht Josh ist?«

Sie überlegte oder tat zumindest ein paar Sekunden lang so. »Ich finde deinen anderen Mitbewohner ganz interessant.«

»Xander?«

»Nein, den natürlich nicht. Der ist total anstrengend. Ich hatte eher an Cooper gedacht, aber es wäre wahrscheinlich besser, wenn ich mir den aus dem Kopf schlagen würde. Cooper scheint nicht an Sonnenuntergängen interessiert zu sein.«

Sie seufzte und meine Gedanken wanderten ganz automatisch von Cooper zu Quentin, dem ich nach unserem Gespräch auf der Terrasse noch zwei Mal in der Küche und einmal beim Wäschewaschen über den Weg gelaufen war. Es waren stille, kleine Momente gewesen, bei denen wir uns nur wortlos angelächelt hatten, da immer irgendjemand aus der WG in der Nähe war.

In dem Moment klingelte mein Handy. Ich zog es aus meiner Tasche und schaltete es auf lautlos, bevor ich es umgedreht auf den Tisch legte.

»Deine Eltern?«

Ich nickte. »Mein Vater.«

Kim biss seufzend von ihrem Sandwich ab. »Meine Eltern rufen mich auch noch regelmäßig an, ich hoffe, dass diese Inquisitionsphase bald abnimmt. Also das kann ja nicht das ganze Semester lang so weitergehen.«

»Mein Vater wollte mit mir wahrscheinlich über etwas anderes sprechen«, bemerkte ich abgelenkt, während mein Nacken kribbelte und ich ein paar schwarze Raben beobachtete, die sich etwas verteilt auf einem der Bäume niedergelassen hatten. Es waren vier Vögel, die alle in meine Richtung starrten. Bei ihrem Anblick kroch mir eine Gänsehaut über den Rücken und ich dachte an das, was ich vor ein paar Tagen noch gegoogelt hatte, nachdem mir die Raben auf der Dachterrasse ein ungutes Gefühl beschert hatten. Während der Rabe in der Antike noch als göttlicher Vogel mit magischen Kräften verehrt worden war, stand er im Mittelalter für Unglück und Tod.

Für Unglück und Tod.

Unruhig rutschte ich auf meinem Hartplastikstuhl herum.

»Worüber wollte dein Vater denn sprechen?«

»Über meinen Geburtstag. Ich habe mir noch immer nichts gewünscht.« Die Raben starrten weiterhin in meine Richtung, auf diese eindringliche Weise, als könnten sie jedes meiner Worte verstehen.

»Wann hast du denn Geburtstag?«, wollte Kim wissen, worauf ich nicht sofort antwortete. »Sag mal, wo bist du denn bloß mit deinen Gedanken, Widney?«

Ich löste meine Aufmerksamkeit von den Raben. »Sorry. Es klingt vielleicht total irre, aber ich habe fast das Gefühl, dass mich die Vögel dort oben beobachten.«

Kim drehte sich um. »Sie scheinen dich tatsächlich anzustarren.«

»Wirklich? Oder verarschst du mich nur?«

Sie schüttelte den Kopf und wandte sich wieder mir zu. »Nein, ich meine es ernst. Aber ich mag Vögel auch nicht besonders, seit ich Hitchcocks Film *Die Vögel* gesehen habe. Sie sind irgendwie gruselig.« Kim fischte ihren Terminplaner samt Füllfeder aus ihrer Tasche und ich registrierte erleichtert, dass die Raben sich wieder in die Lüfte schwangen und krächzend davonflogen. Vielleicht waren es doch nur ganz normale Vögel gewesen. Vielleicht war die Sache mit den Raben wirklich nur ein verdammter Zufall.

»Dann wollen wir mal«, sagte Kim und öffnete ihre Füllfeder. Bei ihrer Entschlossenheit musste ich schmunzeln.

»Was machst du jetzt? Schreibst du jetzt etwa eine Liste über die zehn Filme, die man sich auf keinen Fall ansehen sollte?«

Sie lachte. »Nein, ich notiere mir deinen Geburtstag. Wann ist er denn?«

Das Funkeln in Kims Augen ließ mich innehalten. »Du planst aber keine Überraschungsparty oder so was, wenn ich es dir sage, oder?«

Kim legte die Stirn in Falten und schüttelte heftig den Kopf. »Wen sollte ich denn einladen? Ich kenne doch überhaupt niemanden hier. Mal abgesehen von meiner chaotischen Zimmergenossin, die sicher schon was Besseres vorhat, als zu einer von mir arrangierten Geburtstagsfeier zu kommen. Außerdem finde ich Geburtstage ziemlich lahm.«

»Tatsächlich?«

Kim nahm noch einen Schluck von ihrer Sprite und nickte genauso heftig, wie sie vorher den Kopf geschüttelt hatte. »Komm schon. Die ganze Aufmerksamkeit nur auf einer einzigen Person? Das ist für die anderen doch total öde.«

Obwohl ich ihr die Anti-Geburtstagsrede nicht ganz abnahm, begann ich zu schmunzeln. »Okay. Mein Geburtstag ist in drei Tagen. Aber ich warne dich. Ich mag keine Überraschungen.«

»In drei Tagen schon?« Kim trug sich das Datum im Kalender ein und ringelte es ein paar Mal zu oft ein.

»Keine Überraschungen, Kim.«

Sie verdrehte die Augen. »Schon gut! Hast du ein Überraschungstrauma oder was ist los? Außerdem kennen wir uns erst seit Anfang der Woche.«

Ich kniff die Augen zusammen und versuchte, Kim einzuschätzen. Heute war Donnerstag, was bedeutete, dass wir uns tatsächlich erst seit vier Tagen kannten. Allerdings kam es mir irgendwie länger vor. Vielleicht war Kim einfach einer dieser Menschen, die einem das Gefühl gaben, sie schon ewig zu kennen. Oder unsere Beziehung fühlte sich deshalb intensiver an, weil wir beide sonst niemanden hatten. In meinen Vorlesungen hatte ich bisher nur oberflächliche Kontakte geknüpft, wobei der Smalltalk nicht an die Gespräche mit Kim beim Mittagessen heranreichte. Dank ihrer unzähligen Listen und ihrer offenen Art wusste ich inzwischen schon so einiges über meine neue Freundin (zum Beispiel, dass sie total gut in Sprachen war, sich auch im Winter die Fußnägel bunt lackierte, weil es ihr beim Sockenausziehen ein Glücksgefühl gab, oder dass sie vorigen

Sommer jodeln gelernt hatte, da es ein natürliches Anti-Aging-Mittel war. Ich hatte im Internet nachgelesen: Tatsächlich sollte das Gesichtsmuskeltraining gut gegen Falten sein und die Wirbelsäule durch die kräftigen Schwingungen der Jodeltöne elastisch bleiben). Im Gegenzug hatte ich Kim erzählt, dass ich seit meinem sechsten Lebensjahr jede Woche zum Taekwondo ging und mich in der Uni für einen Fortgeschrittenen-Kurs angemeldet hatte – und dass ich Kaviar nicht ausstehen konnte, weil ich es eklig fand, wenn die Fischeier zwischen meinen Zähnen zerplatzten. Die Sache mit Aiden hatte ich aber noch für mich behalten.

Kim steckte sich ihre letzte Pommes in den Mund und warf einen Blick auf ihr Handy. »Oh Gott. Spät dran. Muss los!«

»Oh weh. Dann lauf. Viel Glück!«, motivierte ich sie ebenfalls mit lauter Zwei-Wort-Sätzen.

Kim grinste kurz, bevor sie aufsprang und gestresst ihre Sachen einpackte. Meine nächste Vorlesung fing erst in einer Stunde an, sodass ich noch in Ruhe einen Nachtisch essen konnte, bevor ich losmusste.

»Ach, und falls wir uns nicht mehr sehen: Viel Spaß heute Abend bei deinem Donnerstags-Date mit deiner neuen WG.«

»Nenn es nicht so«, erwiderte ich, da mich die Aussicht auf meinen ersten gemeinsamen Abend mit all meinen Mitbewohnern ein wenig nervös machte. Wobei ich mir nicht sicher war, woran das lag. Vielleicht weil ich Quentin wiedersehen würde und Ash besser kennenlernen musste.

»Okay, dann viel Spaß bei deinem langweiligen Abend zu Hause. In deinem langweiligen Loft mit deinen langweiligen Mitbewohnern, dem langweiligen Flachbildfernseher und dem langweiligen Ausblick auf die Stadt«, rief Kim mir über die Schulter zu, bevor sie zwischen den Tischen hindurch zum Ausgang flitzte und dabei fast einen schlaksigen Kerl mit Brille über den Haufen lief.

Lächelnd blickte ich ihr nach. Kim hatte recht, wenn sie mich aufzog. Denn egal, wie ich den Abend heute nannte, langweilig würde er wahrscheinlich nicht werden.

Die Nervosität war noch immer da, als ich abends aus dem Lift ausstieg. Sie hatte mich den ganzen Tag über begleitet, was ich selbst ein wenig lächerlich fand. Xander hatte mir erklärt, dass es sich eingebürgert hatte, den Donnerstagabend gemeinsam zu verbringen, wobei es gegen keine WG-Regel verstieß, nicht dabei zu sein. Mit anderen Worten: Ich war nicht gezwungen, die nächsten Stunden mit meinen neuen Mitbewohnern zu verbringen, aber es war sicher hilfreich, um mich einzugliedern.

Und das musste ich. Als ich den Schlüssel ins Schloss steckte und die Tür aufsperrte, hörte ich Ash herzhaft lachen. Ich ertappte mich bei dem Gedanken, dass ich ihr so ein sympathisches Lachen gar nicht zugetraut hatte. Immer, wenn wir uns über den Weg gelaufen waren, hatte sie einen ziemlich distanzierten Eindruck auf mich gemacht, was vielleicht auch daran lag, dass die Geschichte mit dem Gingerale einen tiefen Graben zwischen uns geschaffen hatte.

Mit einem langen Atemzug drückte ich die Tür weiter auf. Ash und Quentin saßen auf dem Sofa, Cooper entdeckte ich bei dem braunen Sandsack. Er trug ein Muscleshirt zu einer grauen Jogginghose und drosch konzentriert auf den Boxsack ein. Ein paar

Schritte rechts davon spielten Josh und Xander Billard, halb verdeckt von dem frei stehenden Mauerpfeiler neben der Tür. Josh hatte mir den Rücken zugewandt und fixierte über seinen Queue hinweg eine der Billardkugeln.

»Und? Sind dir an ihr schon Anzeichen aufgefallen?«, fragte er gedämpft Xander, der in dem Moment aufsah und meinem Blick begegnete. Für eine Sekunde hätte ich schwören können, so etwas wie Erschrecken in seinen Augen wahrzunehmen, bevor er mich breit anlächelte.

»Widney! Wir haben schon auf dich gewartet.«

Josh zuckte zusammen und verpfuschte seinen Stoß, sodass die weiße Kugel an die gegenüberliegende Bande knallte, ohne eine farbige auch nur berührt zu haben. Als er sich schließlich zu mir umdrehte, waren seine Wangen von einer leichten Röte überzogen.

»Mist, ich werde nicht besser«, murmelte er.

Irritiert blickte ich zwischen ihm und Xander hin und her. Hatten die beiden gerade eben über mich gesprochen?

»Sieh es ein, deine Angst, gegen mich zu verlieren, lähmt dich«, bemerkte Xander und ließ wieder mal den Psycho-Doc raushängen.

»Ich habe keine Angst. Es macht nur keinen Spaß, gegen dich zu verlieren, weil du dann wieder tagelang über nichts anderes sprichst.«

»Das bin nicht ich, das ist deine Wahrnehmung.« Xander beugte sich über den Tisch und versenkte die blaue Kugel mit einem perfekten Stoß. »Besonders emotionale Situationen bleiben uns stärker im Gedächtnis haften. Wenn dich deine Niederlagen nicht so mitnehmen würden, wärst du auch schneller darüber hinweg.«

»Was für ein Blödsinn«, sagte Josh. »Ich wäre schneller darüber hinweg, wenn du mich nicht jeden Tag beim Frühstück daran erinnern würdest.«

Xander zuckte mit den Schultern. »Jeder Mensch hat pro Tag ungefähr siebzigtausend Gedanken. Da wird es mir doch erlaubt sein, wenigstens einen davon auf meine Siege zu verwenden.«

Josh stützte sich auf seinem aufgestellten Queue ab und schüttelte den Kopf. »Klar. Wenn du es im Stillen tun würdest, tust du aber nicht.«

»Freud kann eben nicht verlieren«, meldete sich Cooper keuchend zu Wort, der noch immer auf den Sandsack eindrosch. Seine Muskeln glänzten bereits vor Schweiß, doch er schien nicht vorzuhaben, seine Geschwindigkeit zu drosseln.

Xander ging um den grünen Billardtisch herum. »Selbstverständlich kann ich verlieren«, erwiderte er cool, während er eine weitere Kugel in einer der Seitentaschen versenkte. »Mit fünfzehn habe ich meine Unschuld verloren, mit sechzehn meinen guten Ruf in der Highschool und mit neunzehn …«, er warf einen kurzen Blick in meine Richtung, »das Interesse daran, noch länger bei meinen Eltern zu wohnen. Etwas, das uns verbindet, Widney, nicht wahr?«

Seine Bemerkung traf wieder einmal ins Schwarze. Ich hängte meine Jacke an den frei stehenden Kleiderständer aus schwarzem Holz, während ich versuchte, einen neutralen Gesichtsausdruck beizubehalten. Was in Anbetracht der Umstände gar nicht so leicht war. Zum einen erinnerte mich Xanders beiläufige Bemerkung an den Grund für meinen Auszug und zum anderen beschäftigte mich noch immer die hartnäckige Frage, ob die beiden vorher tatsächlich über mich gesprochen hatten.

Sind dir an ihr schon Anzeichen aufgefallen.

Was konnte das bedeuten? Kurz überlegte ich, Josh direkt zu fragen, auch wenn mir Xander daraufhin höchstwahrscheinlich Paranoia attestieren würde.

»Ich schätze, jeder von uns hatte Lust, seine Eltern zu verlassen. Sonst wären wir nicht hier, oder?«, erwiderte ich und schlüpfte aus meinen Schuhen. Dem Drang, Josh zu fragen, widerstand ich, weil es sicher keine gute Idee war, den Donnerstagabend so zu beginnen.

»Schuldig«, sagte Josh und hob die Hand. Dann lehnte er den Queue an die graue Bruchsteinwand und marschierte an mir vorbei in die Küche. »Ich hol mir was zu trinken. Willst du auch was, Widney?«

»Ich bin sicher, sie schafft es auch ohne deine Hilfe, nicht zu verdursten«, meldete sich Ash von der riesigen Ledercouch nüchtern zu Wort und schlug die Beine übereinander. Sie trug eine enge, schwarze Lederhose zu einem ebenfalls schwarzen Oberteil, was ihr in Kombination mit den verschränkten Armen vor der Brust eine ziemlich abweisende Optik verpasste.

»Ich hab dir Gingerale mitgebracht«, erwiderte ich ruhig und klopfte auf meinen Rucksack. »Eine Sechserpackung.«

»Kluges Mädchen«, sagte Xander grinsend, während Josh in der Küche leise gluckste.

Ash erwiderte nichts darauf und ich erlaubte mir, zum ersten Mal an diesem Abend Quentin neben ihr genauer zu mustern. Er hatte den Blick gesenkt und wirkte wesentlich verkrampfter als das letzte Mal, als wir uns gesehen hatten. Kurz schoss mir der Gedanke durch den Kopf, ob er vielleicht Schmerzen hatte, als seine rechte Hand heftig zu zittern anfing. Erschrocken starrte ich auf seine Finger. Das Zittern war so stark, dass Quentin sein Wasserglas aus der Hand glitt und auf dem Boden zersplitterte.

»Fuck«, hörte ich Ash sagen, während Quentin die Lippen zusammenpresste und die Hand zu einer zitternden Faust ballte. Dabei wich er so deutlich meinem Blick aus, dass ich das Gefühl bekam, als ob ich beim Starren erwischt worden wäre. Peinlich berührt sah ich zu Boden. Gleichzeitig registrierte ich die Bewegung, die in die Gruppe kam. Cooper hörte zu boxen auf und wischte sich mit dem Unterarm den Schweiß von der Stirn, während Xander seinen Queue ebenfalls zur Seite stellte.

»Ich hole einen Besen«, sagte Ash ruhig und stand auf. Auf dem Weg in die Küche kam ihr Josh mit einem kleinen Handkehrbesen entgegen, den er ihr stumm überreichte.

Was war mit Quentin? War er krank? Ich vermied es, in seine Richtung zu sehen, da es sich anfühlte, als wäre ihm die Situation unangenehm. Lieber ging ich in die Küche, um das Gingerale in den Kühlschrank zu stellen. Danach nahm ich mir eine Cola, und nachdem ich fertig eingeschenkt und den ersten Schluck genommen hatte, war Quentin aufgestanden und ans Fenster getreten, sodass er mir den Rücken zuwandte. Seiner Hand schien es wieder gut zu gehen und der Boden war auch wieder sauber.

Ash kam in die Küche. Sie warf mir einen auffordernden Blick zu. Ich brauchte eine halbe Sekunde, bis ich checkte, dass ich vor dem

Unterschrank mit dem Mülleimer stand und bemühte mich, rasch auszuweichen.

»Danke«, sagte sie knapp. Mein Friedensangebot hätte ich mir wahrscheinlich sparen können. Ich holte tief Luft und hatte keine Ahnung, was mich heute noch alles erwarten würde. Quentins Stimmung schien wesentlich düsterer zu sein, was höchstwahrscheinlich mit seinen unkontrollierbaren Muskelzuckungen zusammenhing. Solche Symptome konnten viele Ursachen haben, das wusste ich aus den ganzen Arztserien, die ich immer verschlungen hatte. Von einer Schilddrüsenüberfunktion bis hin zu psychischen Auslösern oder sogar Alzheimer war so gut wie alles möglich.

»Harry kommt heute früher«, sagte Quentin in diesem Moment, woraufhin Cooper sich rasch ein Handtuch schnappte und sich damit das Gesicht abrubbelte.

»Jetzt schon?«, stieß er hervor.

»Ja. Macht das Licht aus.«

Irritiert beobachtete ich, wie Josh zum Lichtschalter lief und die Deckenbeleuchtung des Lofts mit einem schnellen Schlag zum Erlöschen brachte, während Xander leise lachte.

»Mann, die können es ja anscheinend gar nicht erwarten.«

»Wovon redet ihr?«, fragte ich und stellte meine Cola sicherheitshalber auf dem Küchenblock ab, da das Loft jetzt nur noch von den Lichtern der umliegenden Hochhäuser erleuchtet wurde. Es war hell genug, um die Möbel schemenhaft erkennen zu können, aber zu dunkel, um die Gesichtsausdrücke meiner Mitbewohner zu entschlüsseln.

»An unseren gemeinsamen Donnerstagabenden sehen wir uns

nicht nur ein Footballspiel im Fernsehen an«, erklärte Josh, der neben mir aufgetaucht war. »Wir sehen uns auch noch etwas anderes an.« Er machte eine einladende Handbewegung in Richtung der riesigen Fensterfront, die sich über die ganze Breite des Lofts spannte.

»Und was?« Meine Neugier war geweckt.

»Sagen wir, es ist eine andere Art von Spiel.« Xander hatte plötzlich eine Schüssel Popcorn in der Hand, aus der er mir etwas anbot. »Eher eines für Erwachsene.«

KAPITEL 7

»Showtime«, sagte Quentin, dessen schlanke Silhouette sich durch die schwache Beleuchtung von draußen deutlich vor den Sprossenfenstern abzeichnete. Langsam begannen sich meine Augen auch an die veränderten Lichtverhältnisse zu gewöhnen.

»Wer hat das Fernglas?«, fragte Cooper und hängte sich sein Handtuch um den Nacken. »Doch nicht etwa du, Widney?« Sein dreckiges Grinsen war selbst im Halbdunkel gut zu erkennen.

»Richtig, das hatte ich ja genommen, um dich besser beim Krafttraining abchecken zu können«, erwiderte ich trocken und hörte, wie Josh und Quentin neben mir zu lachen begannen. Selbst Ash glitt unerwartet ein flüchtiges Lächeln über die Lippen.

Cooper band sich mit einem breiten Grinsen seine Haare zu einem neuen Knoten, wobei er mich nicht aus den Augen ließ. »Verständlich, Widney. Aber du kennst die Regeln. Ich fürchte, mehr als Anschmachten ist nicht drin.«

Ich biss mir auf die Lippen, um keine weitere flapsige Antwort zu geben. Es war wahrscheinlich besser, es an unserem ersten gemeinsamen Abend nicht gleich zu übertreiben – vor allem, da ich mir nicht sicher war, ob mir das, worauf hier alle so erpicht zu warten schienen, genauso viel Spaß machen würde wie meinen anderen Mitbewohnern.

»Und was machen wir jetzt?«, fragte ich, nachdem wir uns alle nebeneinander am Fenster versammelt hatten.

»Jetzt genießen wir unser Donnerstagabendprogramm«, erklärte Xander amüsiert. Er hatte Popcorn mitgebracht, Josh Chips, und Ash öffnete zischend eine Dose Gingerale, als sie plötzlich ein Ruck durchfuhr.

»Sieh mal unter dem Sofakissen nach«, sagte sie dann zu Cooper.

Cooper war mit zwei langen Schritten bei der Couch und hob eines der grauen Kissen hoch, unter dem das vermisste Fernglas lag.

»Ah ja. Hier ist es«, sagte er und strich sich seine blonden Haare zurück.

»Sex oder Streit, was glaubt ihr?«, fragte sie in dem Moment.

»Sex«, sagte Quentin.

Die Art, wie er das Wort aussprach, trieb meinen Puls in die Höhe. Ein klein wenig aufgeregt schaute ich ebenfalls aus dem Fenster und entdeckte in dem Hochhaus schräg gegenüber ein hell erleuchtetes Apartment. Es hatte bodentiefe Fenster, die einen uneingeschränkten Blick ins Innere zuließen. Darin standen sich ein Mann mit einem Schnauzbart und eine blonde Frau in einem Schlafzimmer gegenüber. Da uns nur etwa fünfzig Meter Luftlinie trennten, waren beide gut zu erkennen. Mit leichtem Befremden betrachtete ich das

Paar. Sie war etwa Mitte dreißig und trug einen seidenen Morgenmantel, während er deutlich älter zu sein schien.

»Und das tut ihr jeden Donnerstag?«, hakte ich ungläubig nach. »Ihr beobachtet eure Nachbarn beim Sex?«

Cooper kam mit dem Fernglas zu mir geschlendert. »Sie haben nicht immer Sex«, erwiderte er gelassen. »Manchmal streiten sie auch nur.«

»Wir haben ihr den Namen Amber gegeben«, erklärte Xander nun. »Ihn haben wir Harry getauft. Er sieht auch irgendwie aus wie ein Harry, findest du nicht?«

Die Unterhaltung war so absurd, dass ich trotz meiner Vorbehalte schmunzeln musste. Wobei der Typ tatsächlich wie ein Harry aussah. Er hatte einen braunen Schnurrbart, trug einen zerknitterten Anzug und wirkte, als würde er in einem Großraumbüro arbeiten.

»Wir glauben, er ist Scheidungsanwalt«, fuhr Josh fort. »Jeden Donnerstag besucht er Amber, weil seine Frau sich da mit ihren Freundinnen vom Buchclub trifft. Allerdings wird er sie nie für Amber verlassen.«

»Weshalb sie die Hälfte der Zeit mit Sex und die andere Hälfte der Zeit mit Streiten zubringen«, stellte Quentin fest.

»Und das habt ihr euch alles ausgedacht?«, fragte ich, während es bei Amber und Harry schon zur Sache ging.

Cooper warf einen Blick durch das Fernglas. »Er macht wieder das mit der Zunge in ihrem Ohr.«

»Ekelhaft«, kommentierte Ash, wobei ich ihr ausnahmsweise recht geben musste.

Xander warf sich ein Popcorn in den Mund. »Wir haben es uns

nicht ausgedacht, Widney. Wir haben die beiden studiert. Psychische Analyse. Das perfekte Langzeitstudienprojekt.«

»Seit einem halben Jahr besucht er sie jeden Donnerstag ohne Ausnahme«, erklärte Josh. »Da steckt Hingabe dahinter.«

»Da steckt Geilheit dahinter«, sagte Ash ungerührt.

Amber und Harry taumelten in der Zwischenzeit eng umschlungen zu dem cremefarbenen Boxspringbett im Schlafzimmer.

Cooper sah noch immer durch das Fernglas. »Ich wette, er lutscht wieder an ihren Zehen.«

»Zwanzig Mäuse dagegen«, sagte Quentin ruhig. »Heute ist Schlagsahne-Tag. Das hab ich im Gefühl.«

»Schlagsahne«, stimmte auch Xander zu.

Hin- und hergerissen zwischen der Faszination, die das hemmungslose Gaffen bei mir erzeugte, und dem schlechten Gewissen deswegen, blieb ich am Fenster stehen.

»Zehen!«, drängte Cooper, als Harry seiner Amber die halterlosen Strümpfe abstreifte.

»Schlagsahne«, konterte Quentin überzeugt. Seine Hände hatte er inzwischen locker in den Hosentaschen vergraben, doch anhand seiner entspannten Körperhaltung konnte ich sehen, dass das Zittern vorbei war.

»Schlagsahne!«, bestätigte Xander triumphierend und reckte die Faust in die Höhe, als Harry sich zum Nachttisch beugte und eine Dose Sprühsahne aus der Lade holte. Dann sprühte er etwas davon auf Ambers Bein und leckte es genüsslich vom Knöchel bis zum Knie ab.

»Igitt«, murmelte ich, als ich mir vorstellte, wie die Schlagsahne in Harrys Bart kleben blieb.

»Das kannst du laut sagen«, sagte Cooper seufzend.

Quentin grinste schief. »Her mit der Kohle.«

Widerwillig ließ Cooper das Fernglas sinken und schlurfte zu seiner ausgebeulten Sporttasche, um seine Wettschulden zu bezahlen. »Ich müsste es langsam echt besser wissen.«

»Jetzt folgt der widerliche Teil«, sagte Ash und drehte sich um, als Harry sein Hemd aufknöpfte.

»Du meinst, der *kurze* Teil«, sagte Josh und sah grinsend auf die Uhr.

Ich nutzte die allgemeine Aufbruchsstimmung, um gemeinsam mit Xander und Quentin zurück zum Sofa zu gehen. Einer der Jungs schaltete den Flachbildfernseher ein, dessen kaltes Licht den Raum mit blauen Schatten füllte. Ash tastete in ihrer Jeans nach einem Feuerzeug und zündete zwei dicke hellgraue Kerzen an, die auf einem eckigen Untersetzer auf dem Couchtisch standen. Sofort wurde die Atmosphäre behaglicher.

»Und das macht ihr jeden Donnerstag?«, fragte ich, als wir alle saßen und ein Footballspiel leise über den Bildschirm flimmerte.

»Das machen wir jeden Donnerstag«, bestätigte Xander, bevor er sich eine Handvoll Chips in den Mund schob. »Und Cooper verliert fast jede Woche sein Geld an uns.«

»Hey, bohr nicht in seiner Wunde.« Ash gab dem muskulösen Kerl neben sich einen ruppigen Knuff in die Seite. »Sonst fängt er noch an zu heulen.«

»Ich fange nicht an zu heulen«, sagte Cooper bestimmt. »Immerhin muss ich keine Betrunkenen aus einem Club werfen und mich dabei anlabern, antatschen oder ankotzen lassen.«

»Glaub mir. Mich labert, tatscht oder kotzt ebenfalls keiner an.« So wie Ash das sagte, glaubte ich es ihr aufs Wort.

»Du arbeitest in einem Nachtclub?«, nahm ich den Faden auf. Es war das erste Mal, dass ich ein wenig mehr über meine einzige weibliche Mitbewohnerin erfuhr, die tagsüber viel schlief, sodass ich sie kaum zu Gesicht bekam.

»An drei Tagen in der Woche. Ich habe auch einen Security-Job im Museum.«

»Wow.« Ich nickte anerkennend. Zwei Jobs neben dem Studium waren nicht ohne. Wobei ich mir nicht ganz sicher war, ob Ash wirklich noch studierte oder schon hingeschmissen hatte.

»Und was arbeitest du?«, fragte ich Cooper.

»In erster Linie arbeitet er an seinem Sex-Appeal«, sagte Xander kauend.

Cooper starrte gebannt auf den Fernsehbildschirm, bevor er sich losriss. »Mein Aussehen ist wichtig für meine Karriere.«

»Und für deinen Erfolg bei Frauen«, meinte Ash grinsend. So lange es nicht um mich ging, schien sie relativ entspannt zu sein.

»Ein positiver Nebeneffekt.« Er zwinkerte ihr zu.

»Kommt darauf an, wie du positiv definierst. Wenn es dir nur darum geht, so viele wie möglich ins Bett zu bekommen, dann vielleicht.«

Cooper grunzte. »Worum sollte es denn sonst gehen?«

Josh räusperte sich. »Beziehungen vielleicht? Eine echte Bindung zu jemandem aufbauen?«

Bei seinen Worten glitt mein Blick beinahe ohne mein Zutun zu Quentin. Er hatte sich bisher aus dem Gespräch herausgehalten und wirkte irgendwie in sich gekehrt. Als ob die Schmerzen, die ich vorher vermutet hatte, zurück wären.

»Kommt immer darauf an, was für ein Typ man ist«, dozierte Xander. »Ich persönlich glaube ja, dass die Bedeutung einer starken zwischenmenschlichen Bindung umso mehr in den Vordergrund rückt, je weniger Sex man in seinem Leben hatte.«

»Blödsinn«, schnaubte Josh.

Ash lehnte sich auf der Couch zurück und schlug die Beine übereinander. »Kann ich nicht bestätigen. Das würde ja im Umkehrschluss bedeuten, dass du Bindungen deshalb so wenig Wert beimisst, weil du schon so oft Sex hattest.«

Cooper grinste. »Jetzt hast du ein Fass aufgemacht, Mann.«

Xander lächelte. »Ich denke, es ist Zeit, das Thema zu wechseln.«

»Schade. Ich hätte schon Lust, dass du wieder mal meine Socken wäschst«, erklärte Cooper.

Verwirrt sah ich zwischen den beiden hin und her. »Was?«

»Die WG-Regeln«, erklärte Josh. »Ash und Freud haben dagegen verstoßen, deshalb gab es Sanktionen für die beiden.«

»Klappe, Josh.« Ash presste ihre roten Lippen aufeinander und beugte sich nach vorne, um eine Handvoll Popcorn aus der Schüssel zu nehmen.

»Sie haben es getrieben wie die Tiere, deshalb mussten sie unsere Wäsche waschen, die Toiletten putzen, den Geschirrspüler ein- und ausräumen …« Cooper seufzte. »War eigentlich eine coole Zeit, abgesehen von dem ganzen Drama, das wir miterleben mussten.« Er duckte sich, als ein paar Popcorn aus Ashs Richtung geflogen kamen.

»Die morgendlichen Schreiduelle in der Küche werde ich so

schnell nicht vergessen«, ergänzte Quentin, dem es wieder etwas besser zu gehen schien.

»Lasst es gut sein«, verlangte Ash angespannt. »Das ist kein Thema mehr. Es wird auch nie wieder passieren.«

»Aber es macht doch so viel Spaß, euch damit aufzuziehen«, konterte Cooper mit einem schiefen Grinsen.

Xander schnaubte. »Leider ist es eine typische Verhaltensweise, andere zu verspotten, um sich selbst besser zu fühlen. Kommt vor allem bei Leuten mit einem geringen Selbstbewusstsein vor. Die menschliche Psyche ist wahnsinnig interessant, nicht wahr?«

»Studierst du deshalb Psychologie?«, fragte ich Xander, um die Spannung etwas rauszunehmen. »Um die menschliche Psyche besser zu verstehen?«

»Nein, er studiert Psychologie, damit er uns allen auf den Sack gehen kann«, murrte Cooper.

Josh schüttelte den Kopf. »Ich glaube, er studiert Psychologie, damit er sich später mal selbst therapieren kann, sobald er sich seine Bindungsunfähigkeit eingestanden hat.«

»Blödsinn«, sagte Quentin. »Xander studiert Psychologie, weil er in Geld schwimmen möchte und denkt, dass er dieses Ziel am besten dadurch erreicht, ein Star-Therapeut zu werden.«

»Schuldig«, bekannte Xander. »Wobei ich damit nicht allein dastehe. Cooper ist doch auch nur auf die Kohle aus.«

Mein Blick glitt wieder zurück zu dem muskulösen blonden Mann. »Was willst du denn werden?«, fragte ich und beugte mich zum Tisch vor, um mir eine Handvoll Chips aus der Schüssel zu nehmen.

»Schauspieler«, erwiderte Cooper kurz angebunden.

»Berühmter als sein Bruder«, korrigierte ihn Xander. »Schwerer Fall von geschwisterlichem Wettkampf, gepaart mit unheilbarer Geltungssucht.«

Daraufhin brummte Cooper nur.

Josh bekam eine Nachricht aufs Handy und schrieb sofort zurück, während Quentin mich aus halb geschlossenen Augen beobachtete. Unter seinem Blick wurde mir warm. Als ich registrierte, dass Ash mich ebenfalls betrachtete, sorgte das für den nötigen Ausgleich. Ihr Blick war prüfend und kalt, als ob ich eine Art Eindringling wäre, den sie am liebsten wieder losgeworden wäre.

»Wie habt ihr euch eigentlich alle kennengelernt?«, fragte ich, da mich das viel mehr interessierte als das Footballspiel.

Sofort veränderte sich die Stimmung auf der Couch. Cooper starrte mit einem Räuspern noch intensiver auf den Fernseher, Josh blickte von seinem Handy hoch und Xander wechselte einen bedeutungsschwangeren Blick mit Ash, die alarmiert wirkte.

Nur Quentin reagierte kaum. Er hatte sich auf dem Sofa zurückgelehnt und bedeckte mit der Hand sein linkes Knie, das ganz leicht zuckte.

»Wieso willst du das wissen?«, fragte Ash misstrauisch.

Ungläubig erwiderte ich ihren unnachgiebigen Blick.

»Hey, ich wollte euch nur ein bisschen besser kennenlernen.«

»Alles klar.« Sie stand auf. »Wir haben uns rein zufällig kennengelernt«, erklärte sie dann, während sie in die Küche marschierte und ihre leere Gingerale-Dose auf dem Weg dorthin zerdrückte. »Willst du sonst noch etwas wissen, Widney? Vielleicht meine Sozialversicherungsnummer oder welche Blutgruppe ich habe?«

»Ja, die Blutgruppe wäre sicher hilfreich«, erwiderte ich trocken. Ashs ständige Stimmungsschwankungen nervten immer mehr. Es war okay, dass sie mich nicht mochte, schließlich mochte ich auch nicht jeden. Aber dass sie es mir so schwer machte, wurde langsam echt anstrengend.

Ash pfefferte ihre Dose in den Mülleimer. »Mir reicht's für heute«, presste sie dann hervor. »Ich geh nach oben.«

Ihr »Ich geh nach oben« klang zwar mehr nach einem »Du kannst mich mal«, aber ich hielt vorsorglich die Klappe. Besonders dann, als sie zur Treppe stapfte und die arme Yucca-Palme als elendes Miststück bezeichnete, das doch endlich verrecken solle. Es war keine psychologische Meisterleistung notwendig, um herauszufinden, wen sie wirklich damit meinte.

Als die Schiebetür zu ihrem Zimmer mit einem lauten Knall einrastete, hob ich die Augenbrauen. »Sie geht jetzt aber nicht davon aus, dass mir ihre Beleidigung einen Wachstumsschub beschert?«

Cooper grinste schief. »Es sei denn, du bist eine SM-Pflanze, Widney. Bist du aber nicht. Oder doch?«

Ich schüttelte den Kopf. »Darauf werde ich dir garantiert keine Antwort geben.«

»Das ist bei Cooper im Allgemeinen eine gute Strategie«, bemerkte Quentin, während er sich müde über die Augenlider fuhr. »Und Ash wird sich schon wieder beruhigen.«

Cooper nickte und steckte sich eine große Portion Chips in den Mund. »Wahrscheinlich hat sie wieder einen dieser Tage.«

Josh seufzte. »Nur, dass die in letzter Zeit häufiger zu werden scheinen.«

»Also, wie habt ihr euch kennengelernt?«, fragte ich noch einmal, weil ich keine Lust hatte, eine Diskussion über Ashs Stimmungsschwankungen zu führen.

Xander und Quentin wechselten einen blitzschnellen Blick. Dabei hatte ich den Eindruck, als wäre ihnen die Frage unangenehm. Es dauerte nur ganz kurz und vielleicht bildete ich es mir auch nur ein, aber ich wurde den Eindruck nicht los, dass sie etwas vor mir verheimlichten.

»Über die Uni«, behauptete Josh dann schnell. Er legte viel Überzeugung in seine Stimme, etwas zu viel für meinen Geschmack. »Irgendwann waren ein paar von uns mal zusammen auf einer Party und haben uns gut verstanden. Und als Xanders Onkel mit diesem Wahnsinnsangebot um die Ecke gekommen ist, haben wir die Gelegenheit beim Schopf ergriffen.«

Xander sah Josh kopfschüttelnd an. »Du redest wie ein mittelalter Mann.«

»Und du wie jemand, dem die Gefühle aller anderen am Arsch vorbeigehen«, konterte Josh unbeeindruckt.

»Und wann seid ihr dann eingezogen?«

Quentin und Xander tauschten wieder einen kurzen Blick. »Vor einem Jahr ungefähr«, meinte Xander dann.

Cooper fasste sich mit der Hand aufs Herz. »Es war Liebe auf den ersten Blick«, gestand er und breitete die Arme aus. »Das Loft. Nicht die hässlichen Typen hier.«

Die Jungs begannen zu lachen und auch ich musste schmunzeln.

Auf einmal wirkten alle gelöster, selbst Quentin war wieder entspannt. Ich mochte die Art, wie sie miteinander umgingen, diese angenehme Vertrautheit, die zwischen ihnen herrschte.

»Und warum seid ihr nicht eine reine Männer-WG?« Es schien mir einleuchtender, wenn sie sich für diesen Schritt entschieden hätten. Und problemloser.

»Übersetzt willst du also wissen, warum wir Ash aufgenommen haben«, bemerkte Josh etwas leiser. »Wir fanden ein wenig weiblichen Ausgleich ganz gut, Widney. Frei nach der Yin-und-Yang-Philosophie, um etwas Balance in unsere Gemeinschaft zu bringen.«

»Und wieso habt ihr zwei der Zimmer dann freigelassen?« Unwillkürlich glitt mein Blick zu der verschlossenen Schiebetür hinter dem Boxsack. Auch wenn sich dahinter nur ein Abstellraum befinden sollte, war es seltsam, dass er immer abgesperrt war. Wobei es natürlich sein konnte, dass auch Ash dort ihre Sachen aufbewahrte und Angst hatte, dass ich sie anfassen könnte.

»Wolltet ihr das Risiko nicht eingehen, zu viel Yin zu haben?«, fuhr ich stockend fort. »Oder gab es vor mir noch jemanden?« Ich merkte selbst, dass ich viele Fragen stellte, was noch immer an meinem Gefühl lag. Mein Gefühl, das mir sagte, dass hier irgendetwas eigenartig war. Yin und Yang … Irgendwie kaufte ich das Josh nicht ab.

Mit einer sportlichen Bewegung sprang Cooper über das Sofa und holte sich eine Flasche Wasser aus dem Kühlschrank. Dabei warf er Xander einen merkwürdigen Blick zu.

»Du bist wirklich neugierig, Widney, eine harte Nuss«, meinte Xander daraufhin, bevor er sich räusperte. »Dir scheint hier etwas seltsam vorzukommen, oder? Du hast auch recht damit. Wir müssen zum Glück nicht alle Zimmer vermieten, denn durch das Verhandlungsgeschick meines Onkels haut es finanziell auch so hin. Wir dachten nur, es wäre gut, wenn Ash nicht das einzige Mädchen in der WG ist.«

»Oh mein Gott. Das ist nicht euer Ernst.« Ich wusste nicht, ob ich laut loslachen sollte. Mein Blick huschte zu Quentin, der entschuldigend die Schultern hob.

»Ich bin hier, damit Ash eine Freundin bekommt?« Es fühlte sich an, als wären zu viele Widersprüche in diesem Satz. Ash. Freundin. Ich.

Xander rieb sich über das Kinn. »So hätte ich es nicht unbedingt ausgedrückt, aber wir dachten, dass Ash sich etwas entspannt, wenn sie weibliche Gesellschaft hat.«

»Funktioniert ja prima«, sagte ich und war knapp davor, einen Lachkrampf zu bekommen. »Sagt mal, wer ist denn auf diesen Schwachsinn gekommen?«

»Es war Freuds Idee«, bemerkte Cooper schnell. Mit der Wasserflasche in der Hand kam er auf die Couch zugeschlendert. »Und ja, es war keine seiner Sternstunden. Wobei Freud das wahrscheinlich wie immer anders sieht.«

Argwöhnisch richtete ich meinen Blick auf Xander. »Bitte sag mir, dass ich nicht auch so ein Experiment bin wie eure Yucca-Palma.«

»Nein, das bist du nicht, Widney. Natürlich bist du das nicht.«

»Warum glaube ich dir kein Wort?«

»Weil Freud einen gerne unsicher macht«, meinte Josh und strich sich über sein knallgrünes T-Shirt, auf dem das Green-Lantern-Symbol prangte. »Je mehr er den anderen verunsichert, desto wohler fühlt er sich.«

»Josh. Ich bin beeindruckt. Deine Analyse ist zwar nicht zutreffend, aber es gefällt mir, dass du dich mit der menschlichen Psyche beschäftigst«, bemerkte Xander. »Hat jemand eigentlich Pizza bestellt?«

In dem Moment wurde unsere Aufmerksamkeit auf den flimmernden Flachbildschirm gelenkt, auf dem noch immer das Spiel lief. Die Stimme des Sportmoderators wurde auf einmal hektischer, als die New York Giants gegen die Chicago Bears einen Touchdown erzielten. Spontaner Jubel brach im Loft aus und von da an wurde nur noch über die Spielzüge der Quarterbacks und Runningbacks diskutiert. Cooper stammte aus Illinois und war ein eingefleischter Bears-Fan, während Xander und Quentin die New York Giants unterstützten. Josh verhielt sich relativ neutral, punktete aber mit seinem unglaublichen Wissen über die Running Yards und Pass Yards der verschiedenen Spieler. Football hatte es mir nie besonders angetan, aber es war irgendwie cool, das Spiel gemeinsam mit den Jungs zu verfolgen. Später gab es noch Pizza und ich genoss den Abend, bis ich irgendwann müde in mein Zimmer ging. Ich drehte die Nachttischlampe auf, schlüpfte in mein weißes, überdimensionales Schlafshirt, das Kim garantiert nicht gefallen hätte, und schob gähnend die Tür zum Badezimmer auf, in dem Quentin mit nacktem Oberkörper vor dem Spiegel stand.

KAPITEL 8

»Sorry«, sagte ich schnell. »Ich wusste nicht, dass du hier drin bist.«

Quentin drehte sich halb zu mir um. Er stand in eng anliegenden schwarzen Boxershorts am Waschbecken und war gerade dabei gewesen, Zahncreme auf seine blaue Zahnbürste aufzutragen. Mein Blick glitt dabei automatisch zu seinem freien Oberkörper und den verschlungenen Tattoos auf seinen Unterarmen. Sein schlanker Körper wirkte sehnig und durchtrainiert, aber auch irgendwie gebrochen.

»Ich habe offenbar vergessen abzuschließen. Anscheinend hat mich die Diskussion mit Cooper doch mehr mitgenommen, als ich dachte.«

Lächelnd blieb ich an der Tür stehen. »Kurz habe ich echt geglaubt, dass ihr euch gleich darum prügeln würdet, welche Mannschaft den besseren Quarterback hat. Ich wusste gar nicht, dass du so ein großer Giants-Fan bist.« Es war nur eine blöde Floskel, die ich am liebsten wieder in meinen Mund zurückgestopft hätte. Immerhin kannte ich Quentin gerade mal ein paar Tage, selbstverständlich wusste ich viel mehr *nicht* über ihn, als ich von ihm wusste.

»Ich bin gar kein so großer Fan«, gab er zu. »Mein Dad ist einer.«

»Und warum legst du dich dann mit Cooper an?«

»Es gefällt mir, ihn ein wenig aus dem Konzept zu bringen.«

»Das ist dir gelungen«, meinte ich. Gleichzeitig überlegte ich, einfach wieder in mein Zimmer zu spazieren, damit Quentin sich in Ruhe fertig machen konnte. Meine Beine blieben jedoch wie angewurzelt stehen und weigerten sich, sich fortzubewegen.

»Wir können es auch gemeinsam tun«, meinte Quentin in dem Moment, als könne er meine Gedanken lesen.

Ich schluckte. »Was können wir gemeinsam tun?« Es kostete mich Willenskraft, ihm ganz normal in die Augen zu sehen und meinen Blick nicht weiter nach unten driften zu lassen.

Quentin runzelte die Stirn, während er die Zahncreme wieder auf die Ablage des Waschbeckens stellte. »Zähneputzen. Woran hast du denn gedacht?«

Die leise Anspielung in seinen Worten brachte mich dazu, mein Schlafshirt ein Stück nach unten zu ziehen. Dabei bereitete es mir ein wenig Genugtuung, dass Quentins Blick automatisch über meine Beine wanderte und ein Lächeln in sein Gesicht zauberte.

»Ich dachte, du sprichst noch immer von Cooper. Dass wir ihn gemeinsam aus dem Konzept bringen«, rettete ich mich und lächelte genau wie Quentin. »Aber klar, wieso sollten wir nicht auch gemeinsam Zähneputzen?«

Ich schnappte mir meine Zahnbürste, die auf der anderen Seite des Waschbeckens lag. Dabei streifte ich Quentin unabsichtlich mit der Schulter und ignorierte das warme Prickeln, das seine Berührung unter meinem Shirt auf meiner Haut hinterließ.

»Lasse ich dir zu wenig Platz?«, fragte er, als ich mir gerade ein wenig Zahnpasta auf die Zahnbürste drückte. Automatisch machte ich einen Schritt zurück, doch so hatte er es nicht gemeint. Quentin deutete mit dem Kinn auf das Waschbecken, auf dem hauptsächlich seine Sachen lagen. Neben Zahnpasta, Mundwasser, Kamm und Aftershave hatte er auch noch Rasierschaum und Rasierpinsel ausgebreitet.

»Ich hab gar nicht so viel«, antwortete ich schnell, was auch der Wahrheit entsprach. Ich benutzte nur wenig Make-up und das, was ich hatte, befand sich in meinem Zimmer, inklusive meines Reinigungswassers und meiner Hautcreme.

Er lachte leise. »Super. Ich dachte, ich bin hier der Kerl.«

»Das habe ich auch nicht bezweifelt.«

Quentin setzte einen gespielt verzweifelten Gesichtsausdruck auf. »Kannst du nicht wenigstens ein paar Sachen von dir hier aufstellen? Du musst doch irgendetwas haben, irgendetwas in kleinen Flaschen oder Dosen? Breite dich hier ruhig aus, Widney, zumindest, damit ich mich besser fühle. Egal was, stelle es einfach ins Bad.«

»Ich habe noch ein paar Stifte, die könnte ich hier unterbringen.«

»Super.«

»Und ein paar Bücher.«

»Was immer du willst.«

»Und eine kleine Yucca-Palme.«

»Okay, jetzt gehst du zu weit.« Wir fingen beide an zu lachen. Es gefiel mir, mir mit Quentin ein Bad zu teilen. Bislang waren wir uns in diesem Raum noch nicht begegnet, aber ich hoffte, dass es nicht das letzte Mal war. Es hatte etwas Vertrautes, auch wenn Quentin mir eigentlich noch so fremd war.

Eigentlich.

Still begannen wir, nebeneinander unsere Zähne zu putzen. Dabei dachte ich daran, neben wem ich schon alles meine Zähne geputzt hatte. Da waren natürlich meine Eltern und Aiden, sowie meine Freundinnen aus der Junior-Highschool, als Übernachtungen noch angesagt gewesen waren. Außerdem meine Ex-Freunde Patrick und Neil, mit denen ich jeweils nicht länger als ein paar mickrige Monate zusammen gewesen war. Patrick war einer von Dads Bewunderern gewesen, der sich zu gerne in seinem Dunstkreis bewegte, und Neil war die Sache mit Aidens Tod einfach zu viel geworden. Anfangs war er noch da gewesen, aber irgendwann hatte er sich aus meinem Leben gestohlen. Wenn ich fair war, musste ich zugeben, dass ich es ihm auch nicht leicht gemacht hatte, an meiner Seite zu bleiben. Zu groß war der Schmerz und zu groß war das Gefühl, dass Neil mich nicht verstand. Er war mehr der Typ Weitermachen, aber Weitermachen fiel mir viel zu schwer.

Quentin spuckte aus und drehte den Wasserhahn auf, um nachzuspülen. Dann deutete er einladend auf das Waschbecken. Ich tat es ihm gleich, danach legte ich meine Zahnbürste wieder neben den Wasserhahn.

»So. Jetzt haben wir unser erstes Mal hinter uns gebracht«, erklärte er bedeutungsschwanger und schob sich eine dunkle Haarsträhne aus der Stirn. »War es für dich auch so schön?«

»Etwas kurz«, kommentierte ich und brachte ihn damit zum Grinsen.

»Wir müssen uns wahrscheinlich noch aufeinander einspielen.«

»Machst du das öfters?«

»Mich auf jemanden einspielen? Oder Zähneputzen? Zähne putze ich eigentlich jeden Tag. Manchmal sogar unglaubliche drei Mal.«

»Das heißt, du blockierst richtig oft das Bad?«

»Klar«, sagte er. »Schau dir an, wie viele Badartikel ich habe. Die wollen auch benutzt werden. Aber das war glaube ich nicht deine Frage.«

Da war es wieder. Dieser eindringliche Blick, der viel zu weit ging.

»Ich weiß nicht. Vergiss es einfach«, winkte ich schnell ab.

»Nein, komm schon, Widney. Was wolltest du wissen?«

Ich zögerte, bevor ich antwortete und mich auf das dünne Eis begab. »Du bist gerade so locker und ungezwungen. Ich mag diese Seite an dir, versteh mich nicht falsch, aber auf der Terrasse warst du irgendwie *ehrlicher*.«

Für ein paar Sekunden schwang das letzte Wort im Bad nach und bekam dadurch mehr Gewicht, als ich beabsichtigt hatte. Wahrscheinlich zu viel Gewicht für das dünne Eis.

Quentin schnaubte. »Xander hatte recht. Du bist eine harte Nuss. Du kennst echt keine Gnade.«

Jetzt tat es mir verdammt leid, dass ich mein Gefühl ausgesprochen hatte. Ich wollte Quentin nicht in die Enge treiben, das war nicht meine Absicht gewesen.

»Ich bin zu direkt, nicht wahr?« Es klang wie eine Frage, aber in Wirklichkeit war es eine Feststellung.

Er holte tief Luft. »Du bist *anders*.«

Anders hieß nicht unbedingt etwas Gutes. Anders war auch der Hund vom Nachbarn, der sich ständig den Po ableckte, statt den Eichhörnchen nachzujagen. Oder der Mann von der Post, der einem von seinen selbst gestrickten Pullovern erzählte.

»Du wirst ab nun deine Badezimmertür gut zusperren, nicht wahr?« Meine Frage sollte scherzhaft klingen, war es aber nicht. Tatsächlich hatte ich Sorge, zu weit gegangen zu sein, und bildete mir ein, das Krachen des Eises von jeder Seite zu hören.

Quentin ließ die Schultern sinken. »Nein, im Gegenteil, Widney. Ich würde meine Tür jetzt eher offen stehen lassen. Es beeindruckt mich, dass du meinen erbärmlichen Versuch, etwas zu überspielen, was dich unweigerlich beschäftigen muss, sofort erkannt hast. Dass du auch nicht zögerst, es anzusprechen.«

Darauf sagte ich nichts, weil wir beide wussten, was mich nicht losließ und dass es an ihm war, mich einzuweihen – wenn er es wollte.

»Multiple Sklerose«, sagte er dann.

Es waren nur zwei Worte, zwei Worte, die zusammen eine hässliche Kombination ergaben. Die Krankheit mit den tausend Gesichtern, die so unterschiedlich verlaufen konnte. Die beste Freundin meiner Mutter litt auch daran, schon seit vielen Jahren. Wegen ihr wusste ich, dass MS eine chronisch-entzündliche Erkrankung des zentralen Nervensystems war, bei der es zu multiplen Entzündungsherden in Gehirn und Rückenmark kam. Und dass diese wiederum für die Zerstörung von Nervenfasern verantwortlich waren. Aber ich wusste nicht, was ich jetzt sagen sollte. Mein Mund wurde ganz trocken und ich konnte nicht anders, als Quentin anzustarren, der mit seiner schwarzen Boxershort und dem klaren Blick vor mir stand.

»Komm schon, Widney, lass mich jetzt bloß nicht hier hängen.«

»Es tut mir leid. Ich weiß nicht, was ich sagen soll.« Es war wahrscheinlich das Blödeste, was ich sagen konnte, und ich sagte es auch noch.

»Ich hätte nicht gedacht, dass ich dich sprachlos erlebe.«

»Ich habe vermutet, dass du krank bist, aber nicht so.«

»Ich bin auch nicht gerne *so* krank.«

Unzählige Fragen tröpfelten in meinen Kopf, da war die angehende Medizinerin in mir, die gerne etwas über den Krankheitsverlauf, seine Symptome und seine Prognose erfahren hätte. Da war aber auch die Mitbewohnerin in mir, die sich zu Quentin hingezogen fühlte und das Schicksal dafür hasste, dass er MS hatte. Die Mitbewohnerin, die nicht noch einmal jemanden verlieren wollte.

»MS ist nicht tödlich«, war das Einzige, was ich gerade noch herausbrachte.

Quentin richtete sich auf, sodass er kerzengerade vor mir stand. »Das stimmt. In einer 1971 durchgeführten Studie wurde festgestellt, dass die Lebenserwartung im Vergleich zu Normalsterblichen um weniger als fünfzehn Prozent gekürzt wird.« Seine Stimme klang sachlich, viel zu sachlich.

»Es tut mir leid.« Ich wollte nicht, dass wir uns auf diese Ebene begaben. Dass wir so distanziert miteinander sprachen, dass wir auf einmal so weit weg voneinander waren.

»Was genau, dass ich MS habe?«

Ich sah ihm tief in die Augen. »Ja, das tut mir leid, und dass ich eben so beschissen reagiert habe. Ich wollte dich mit meiner Sprachlosigkeit nicht kränken.«

Quentin nickte verstehend. »Du warst enttäuscht. Enttäuscht, dass ich zu der Anzahl meiner Badartikel passe und kein ganzer Kerl bin.«

»Das stimmt nicht.«

Er kniff ein Auge zusammen. »Nicht ein wenig?«

»Ich hatte plötzlich Angst, noch jemanden zu verlieren. Aber wie gesagt, MS ist nicht tödlich.« Auch wenn ich eine Tendenz zur Ehrlichkeit hatte, hätte ich das unter normalen Umständen nicht gesagt. Aber das hier war kein normaler Umstand. Alles mit Quentin schien irgendwie anders zu sein, es gab hier keinen typischen Verlauf, keine Diagnose oder Prognose.

Es gab nur Quentin und mich.

»Nein, MS ist nicht tödlich«, stimmte er mir zu. »Trotzdem ist es scheiße.«

Ich nickte. Dabei flirrte ein Gedanke durch meinen Kopf, der die ohnehin beschissene Situation noch unerträglicher machte.

»Was ist?« Quentins dunkelbraune Augen bohrten sich in meine.

»Ich dachte nur gerade …« Mein Blick wollte zum Boden ausweichen, doch ich nahm meinen ganzen Mut zusammen und sah ihm stattdessen ins Gesicht. »Ich habe mich nur gerade gefragt, wie sich die Krankheit auf dein Medizinstudium auswirkt.«

Da war sie wieder. Die nächste brutale Ehrlichkeit. Keine Ahnung, wie viele dieser Sätze wir noch verkrafteten.

Doch Quentin schien es mir nicht übel zu nehmen. »Ich werde

niemals operieren können, das ist klar. Oder als Zahnarzt jemandem im Mund herumstochern.« Bei seinen Worten glitt ein kurzes Lächeln über seine Lippen. »Dennoch wird es Dinge geben, die ich tun kann. Ob ich irgendwann als medizinischer Berater arbeite oder in einem Röntgenlabor – ich möchte mir diese Möglichkeiten nicht von vornherein nehmen. Die Diagnose schränkt mein Leben genug ein, sie soll nicht über alles bestimmen.«

Ich sah zu ihm hoch. »Das verstehe ich.«

Die Offenheit in seinem Blick berührte mich tief. Da war eine Verletzlichkeit in seinen Augen, die ich voll und ganz nachvollziehen konnte, auch wenn ich sie aus gänzlich anderen Gründen mit ihm teilte. Sekundenlang starrten wir einander an. Die Luft schien immer wärmer zu werden und sich mit Sehnsucht aufzuladen. Ich spürte, wie es mich näher zu ihm hinzog, wie ich plötzlich das Bedürfnis hatte, seine Haut zu berühren.

Keine Ahnung, woher ich den Mut nahm, aber ich griff nach seiner Hand. Meine Finger verflochten sich mit seinen, so wie sie es schon auf der Terrasse getan hatten. Die Berührung fühlte sich selbstverständlich und schön an.

Quentin atmete lange aus. Sein Brustkorb senkte sich langsam, dann hob er sich sachte wieder.

»Wirst du petzen?«, fragte ich leise.

»Was soll ich petzen?«, meinte er irritiert.

»Wirst du petzen, wenn ich gleich gegen eine WG-Regel verstoße?«

Ich machte einen Schritt auf ihn zu, bis ich ihm direkt gegenüberstand, ganz nah. Die Frage lag zwischen uns und ich stellte mich langsam auf die Zehenspitzen. Innerlich zitterte ich, doch den Gedanken, dass ich mich gleich vielleicht total lächerlich machen würde, schob ich weit, weit weg.

Ich war bereit, alles auf eine Karte zu setzen. Wollte meinen Gefühlen lieber folgen, als hinterher zu bereuen, dass ich meine Chance verpasst hatte, weil ich nicht mutig genug gewesen war.

Unser Blickkontakt war intensiv und eindringlich zugleich. Erleichtert registrierte ich, wie Quentin lächelnd seinen Kopf senkte, bis sich unsere Lippen berührten und zu einem langen, vorsichtigen Kuss verschmolzen. Es war wie ein Sonnenaufgang, der den Himmel zum Leuchten brachte.

Als unser Kuss endete und ich mich wieder von Quentin löste, sahen wir uns noch immer in die Augen. Keiner von uns schien den anderen loslassen zu wollen.

»Damit hast du noch nicht gegen die Regel verstoßen«, bemerkte er rau.

Ich betrachtete ihn fragend.

»Kein Sex zwischen WG-Mitgliedern lautet die Regel«, führte er weiter aus. »Ich meine, außer du hast noch etwas vor …«

Er grinste schief, doch bevor ich noch etwas erwidern konnte, ließ er meine Hand vorsichtig los und sagte: »Gute Nacht, Widney. Schlaf gut.«

KAPITEL 9

Als ich am nächsten Morgen aufstand, war Quentin zwar schon aus dem Haus, aber noch lange nicht aus meinem Kopf. Er besetzte jeden meiner Gedanken, sowohl beim Zähneputzen, als auch beim Anziehen und selbst beim Zusammenpacken meiner College-Unterlagen.

Dabei fragte ich mich auf dem Weg zur Uni, ob ich mit meinem Kuss nicht doch zu weit gegangen war. Der Mut, den ich gestern Abend im Badezimmer noch gehabt hatte, war verflogen, dafür fühlte ich noch immer Quentins weiche Lippen auf meinen und entschied mich, einfach einmal nichts zu bereuen und lieber tief durchzuatmen.

Immerhin hatte ich etwas riskiert.

Es kam mir verrückt und richtig vor, beides zugleich, und genau daran dachte ich, als ich in der Vorlesung saß und eigentlich über die Biologie einer Zelle nachdenken sollte. Mit Kim sprach ich nicht über den Kuss, damit es sich noch länger nach etwas Besonderem anfühlte. Solange ich niemandem etwas davon erzählte, schien der Augenblick mir ganz allein zu gehören, zumindest machte ich mir das vor.

Außerdem hatten Kim und ich kaum Zeit, miteinander zu sprechen, da ich von einer Vorlesung in die nächste hetzte. Obwohl mein Kopf woanders war, versuchte ich, so viele Informationen wie nur möglich aufzusaugen. Das Studium am Columbia College war anspruchsvoll, das wusste ich. Viele der Neulinge gaben schon bald wieder auf. Ich wollte nicht eine von ihnen werden, um nichts in der Welt wollte ich zurück zu meinen Eltern, weil ich es nicht geschafft hatte.

Den Samstag verbrachte ich mit Lernen und mit Kim, die mich zu einem ausgedehnten Shoppingtrip schleifte, um meine Garderobe aufzumotzen und dafür zu sorgen, dass ich auch ein paar Kleider *in meiner Größe* besaß. Als ich am Abend vor meinem Geburtstag müde ins Bett fiel, rasten die Eindrücke des Tages durch meinen Kopf. Das Licht des Mondes fiel in mein Zimmer und zauberte einen hellen Streifen auf den Boden. Raben hatte ich heute zum Glück keinen gesehen – zumindest keinen, der mich ins Visier genommen hatte.

Ein Geräusch ließ mich aufhorchen. Es schien jedoch nicht vom Bad zu kommen, sondern von unten. Vorhin war ich nur Cooper begegnet, der offenbar noch ausgehen wollte. Ich hatte keine Ahnung, wo sich meine anderen Mitbewohner aufhielten, wobei ich vor allem an einen dachte.

Still lauschte ich in die Dunkelheit. Die Hoffnung, Quentin im

Bad rumoren zu hören, ließ mich noch etwas länger wach bleiben, bis mir irgendwann dann doch die Augen zufielen und der Gedanke vorbeiglitt, dass dies das Ende jenes Lebensjahres war, in dem ich Aiden das letzte Mal lebend gesehen hatte.

Der nächste Morgen empfing mich mit einem stillen grauen Himmel. Er war wie die meisten anderen Morgen, dennoch wachte ich an diesem Sonntag mit einem drückenden Gefühl in der Magengrube auf. Noch bevor ich die Augen aufschlug, sagte mir dieses Gefühl, dass heute irgendetwas anders war.

Dass heute irgendetwas passieren würde.

Der Gedanke hatte so eine dunkle Kraft, dass sich das hässliche Gefühl in meinem Magen auch auf meine Brust und meine Kehle ausbreitete.

Herzlichen Glückwunsch zum Geburtstag, Widney.

Genervt von meinen eigenen Empfindungen richtete ich mich im Bett auf und stützte mich auf den Ellbogen ab. Dabei atmete ich so ruhig wie möglich ein und aus. Es ging mir gut. Es gab keinen Grund, so zu reagieren. Ich würde den Tag ganz entspannt und in Ruhe genießen können.

Entschlossen schwang ich meine Beine aus dem Bett und stand auf. Mir war ein wenig schwindelig und ich musste mich an der Wand abstützen, aber das ging sicher gleich vorüber. Genauso wie die Glückwünsche vorübergingen. Zuerst telefonierte ich mit Mum und Dad, dann mit meinen Mädels aus Lorrytown und zum Schluss noch mit ein paar entfernten Verwandten, die sich nur einmal im Jahr meldeten.

Danach hoffte ich Geburtstagswunsch-frei zu sein, wobei mir eine kleine Stimme in meinem Kopf zuflüsterte, dass da noch Kim war. Kim war die Kategorie Mädchen, die besondere Anlässe besonders wichtig nahmen, und ich hoffte inständig, dass sie diesen Tag nicht dazuzählte.

Noch immer ein wenig wackelig schlüpfte ich in meine Sportklamotten, putzte mir die Zähne und marschierte nach unten in die Küche, um zu frühstücken.

»Hallo, Widney. Gut geschlafen?«, fragte Josh, der heute ein dunkelblaues Captain-America-Shirt trug. Er stand gerade vor der silbernen Kaffeemaschine und drückte einen Knopf, der offenbar Milchschaum produzierte. Cooper saß auf einem der Barhocker und mampfte eine Schüssel Cornflakes.

»Hi. Ja, sehr gut, danke«, log ich, während ich zum Wasserkocher ging, um mir einen Tee zu machen.

Nicht nur Josh, sondern auch Cooper sahen mich an, als würden sie auf irgendetwas warten.

»Ist was?«, fragte ich.

»Nö, wieso auch«, meinte Cooper, der sich geräuschvoll eine weitere Ladung Cornflakes in den Mund schob.

»Alles okay«, pflichtete ihm Josh bei und richtete seine Aufmerksamkeit wieder auf den Kaffee.

Das Wasser in dem gläsernen Wasserkocher begann zu sprudeln. Irgendwie wurde ich das Gefühl nicht los, dass es nicht das Einzige war, das hier brodelte.

In dem Moment kam eine hübsche Rothaarige die Treppe herunter. Sie trug diesen typischen Waschbären-Look, den Frauen bekamen, wenn sie sich nicht abschminkten, und sah so aus, als hätte sie eine wilde Nacht hinter sich gebracht. Bei dem zufriedenen Lächeln, das sie Cooper zuwarf, hatte er dabei garantiert eine wichtige Rolle gespielt.

Im Vorbeigehen drückte sie ihm einen flüchtigen Kuss auf die Wange, bevor sie in ihre Pumps schlüpfte und das Loft verließ. Dabei rief sie ihm noch locker ein »Man sieht sich« zu, das Cooper nur mit einem Kopfschütteln quittierte, bevor er aufstand und seine leere Schüssel in den Geschirrspüler räumte.

»Und wieder eine, die deinem guten Aussehen ins Netz gegangen ist.« Josh sagte es wertfrei, allerdings mit einem fast schon wissenschaftlichen Interesse.

»Ist zumindest ehrlicher, als wenn sie nur deshalb mit mir in die Kiste wollte, weil ich reich und berühmt bin.«

Irgendwas in Coopers Stimme ließ mich aufhorchen. Offenbar fand er es okay, wenn Frauen andere Männer auf Äußerlichkeiten reduzierten, so lange sie sich nicht von Dingen wie Reichtum und Macht blenden ließen. Nachdenklich schüttete ich mir heißes Wasser in die Tasse und hängte den Teebeutel hinein, eine Mischung aus Ingwer und Zitrone. Noch immer fühlte ich mich seltsam, fast als würde ich krank werden.

»Weißt du überhaupt ihren Namen?«, bohrte Josh weiter, der an seinem Latte macchiato schlürfte.

Cooper zuckte mit den Schultern. »Emily.«

»Den hast du gerade erfunden.«

»Woher willst du das wissen?«, murrte Cooper.

»Sie heißt Natascha und studiert Mikrobiologie.«

»Das wusste ich.«

Josh hob eine Augenbraue. »Unwahrscheinlich, denn in Wirklichkeit heißt sie Allison und studiert Anthropologie.«

»Du kennst sie aus deinem Studium?«, mischte ich mich ein.

Josh seufzte. »*Kennen* ist zu viel gesagt.«

Cooper schüttelte nur den Kopf, sodass sein blonder Zopf leicht hin und her schwang. »Mann, wir hatten eine heiße Nacht, mehr muss ich nicht wissen, Wikipedia.«

»Tja, damit reduzierst du zwar das Risiko, in einem Drama à la Freud & Ash zu landen, aber du nimmst dir auch die Chance, jemals eine Frau wirklich kennenzulernen.«

»Damit kann ich leben«, bestätigte Cooper gutmütig und legte Josh seine große Hand auf die Schulter, bevor er auf die Uhr schielte. »Shit, ich komme noch zu spät.«

»Was ist es heute? Einkaufszentrum?«

»Elektromarkt-Eröffnung, aber sie zahlen gut.«

Josh nickte wissend. »Häschen?«

»Bär«, antwortete Cooper, schnappte sich seine riesige Sporttasche und verschwand aus dem Loft. Verdutzt blickte ich dem großen, muskulösen Mann hinterher, zu dem Wörter wie *Häschen* und *Bär* überhaupt nicht passten.

»Ich muss nicht verstehen, was das gerade war, oder?«

Josh lächelte breit. »Was glaubst du denn, was es gerade war?«

Ich verzog grübelnd das Gesicht. »Eine herzliche Verabschiedung mit euren Kosenamen? Kryptische Codewörter, die ihr austauscht, kurz bevor ihr die Weltherrschaft an euch reißt?«

»Fast«, meinte Josh grinsend und drehte das Kaffeeglas in seiner

Hand. »Es geht um Coopers Jobs, die er neben dem Schauspielstudium macht, um sich alles selbst zu finanzieren.«

»Okay«, sagte ich gedehnt und nahm an einem der Barhocker Platz. »Er arbeitet für eine Stripperagentur, die sich auf Frauen mit einem seltsamen Fetisch spezialisiert hat?«

»Schon wieder fast. Er jobbt als Schauspieler. Bedeutet für ihn: in Häschen- oder Bärenkostüme zu schlüpfen, wenn es irgendwo eine Eröffnung oder einen runden Geburtstag eines Ladens gibt. Er macht fast alles. Manchmal spielt er auch in kurzen Werbespots mit oder macht irgendwelche Promosachen. Das verschafft ihm Geld und eine gewisse Sichtbarkeit.«

Ich nippte an meinem Tee. »Er hofft, entdeckt zu werden?«

»Sagen wir so: Ihm ist klar, dass er von ganz unten anfangen muss, wenn er es allein schaffen möchte. Und er möchte es schaffen, unbedingt.«

Ich dachte an Xanders Kommentar Donnerstagabend, als er behauptet hatte, dass sich Cooper beweisen wollte.

»Damit er es seinem Bruder zeigen kann?«

»So in etwa.«

»Wer ist denn sein Bruder?« Ein berühmtes Geschwisterkind würde vielleicht erklären, warum Cooper so eine Abneigung gegen Frauen hatte, die sich von Ruhm und Geld angezogen fühlten. Gleichzeitig hoffte ich, mich nicht wie eines dieser Mädchen anzuhören, die total ausflippten, sobald jemand auch nur irgendwie bekannt war.

»Alex Lennox.«

»Alex Lennox?« Der Name sagte mir nichts.

»Spielt in einer Netflix-Produktion eine Hauptrolle. Sie heißt *Doctor's Life*, Alex ist dort ein Oberarzt, auf den alle Frauen stehen. Die Serie ist megaerfolgreich.«

»Oh.« Langsam tauchten die passenden Bilder in meinem Kopf auf. Ich hatte die Serie zwar nie gesehen, aber meine Mutter war ihr total verfallen.

»Du sagst es. Oh. Verdammt schweres Los, wenn es dein Bruder geschafft hat. Er dreht gerade in Südafrika einen Kinofilm für die Marvel Studios.«

»Doppelt oh.« Der Oberarzt der Serie war zwar nicht mein Typ, aber mir war bekannt, dass alle einen Hype um ihn machten. Jetzt, wo ich es wusste, war die Familienähnlichkeit zu Cooper deutlich zu erkennen.

»Für Cooper ist das nicht leicht zu verkraften. Also sprich ihn besser nicht darauf an.« Josh schnappte sich einen Toast und bestrich ihn mit Butter.

»Wahrscheinlich übernimmt das schon Freud für uns.«

»Davon kannst du ausgehen.«

Wie aufs Stichwort glitt Xanders Schiebetür hinter dem Boxsack zur Seite. Gähnend kam er auf uns zu. Seine hochgegelten Haare mit den hellblonden Spitzen standen ihm noch wilder vom Kopf ab als sonst. »Morgen.«

»Morgen«, sagten Josh und ich gleichzeitig.

Xander schlenderte in die Küche und schaltete die Kaffeemaschine ein. »Worüber habt ihr geredet?«

»Über Coopers *Ich-habe-einen-berühmten-Bruder*-Dilemma«, erwiderte Josh freimütig.

Xander seufzte. »Nicht zu vergessen sein *Meine-Eltern-sind-verdammte-Snobs*-Problem. Da hat es Quentin noch leichter, seine Eltern sind zwar auch reich, aber wenigstens behandeln sie ihn anständig.« Er machte eine kurze Pause. »Selbst wenn er immer wieder für ein paar Tage zu ihnen nach Hause fliegen muss, um seiner Mutter zu beweisen, dass es ihm gut geht.« Xander holte sich eine Tasse aus dem Schrank, stellte sie unter die Kaffeemaschine und sah mich dann prüfend an. »Hast du gut geschlafen, Widney?«

»Großartig«, sagte ich über das Brummen der Kaffeemaschine hinweg. »Danke der Nachfrage.«

»Ich hab das nicht höflich gemeint. Du siehst ehrlich gesagt ziemlich fertig aus. Hast du schlecht geträumt?«

Seine unverblümte Ehrlichkeit war irgendwie erfrischend und unmöglich zugleich. »Wieso fragst du? Willst du jetzt etwa meine Träume analysieren?«

Xander kniff die Augen zusammen und zog seine Kaffeetasse unter der silbernen Maschine hervor. »Willst du denn, dass ich deine Träume analysiere?«

»An dem Punkt waren wir schon mal«, sagte ich und schnappte mir einen Apfel. Meine Träume von Xander analysieren zu lassen, stand ganz unten auf meiner Wunschliste.

Xander legte den Kopf leicht schief, womit er mich wieder an die Therapietanten erinnerte, an die ich lieber nicht denken wollte. »Du siehst aber wirklich blass aus. Fühlst du dich nicht gut? Irgendwie anders als sonst?«

Ich schüttelte den Kopf, obwohl es nicht ganz der Wahrheit entsprach. »Nein, mir geht's gut.« Tatsächlich spürte ich noch immer ein leichtes Schwindelgefühl und eine Beklemmung, die ich mir nicht erklären konnte. Gleichzeitig hatte ich den Eindruck, dass die Jungs auf irgendetwas warteten, dass sie mich beobachteten, als müsste sich eine Veränderung bei mir abzeichnen. Dass sie von meinem Geburtstag wussten, glaubte ich nicht, und selbst wenn, hätten sie deswegen nicht so einen Aufruhr gemacht.

»Okay, ich muss dann los.«

»Was machst du?«, wollte Josh wissen.

»Ich gehe zum Taekwondo.«

Xander nickte. »Dann viel Spaß beim Tritteverteilen.«

Halb erwartete ich, dass er wieder eine seiner Pseudoanalysen vom Stapel lassen würde, doch stattdessen nahm er sich nur einen Apfel, ohne mich aus den Augen zu lassen.

Ich nickte ihm und Josh zu, dann ging ich in Richtung Treppe, um meine Sporttasche mit den Duschsachen von oben zu holen. Als ich schon fast bei der Yucca-Palme war, bemerkte ich, dass die sonst immer abgeschlossene Tür zum sogenannten Abstellraum heute etwa zwanzig Zentimeter weit offen stand. Neugierig blieb ich stehen. Ein schneller Blick über die Schulter zeigte mir, dass Xander und Josh mir keine Aufmerksamkeit schenkten, da sie in ein intensives Gespräch darüber verwickelt waren, ob man als Erfinder einer neuen Dating-App in der heutigen Zeit noch reich werden konnte, oder ob der Zug schon abgefahren war. Lautlos änderte ich meine Richtung und ging näher zu dem halb offen stehenden Zimmer, in dem sich irgendjemand bewegte. Erst zu spät erkannte ich Ash, die gerade eine längliche Kiste unter einem vollgeräumten Bett verstaute, neben dem sich auch mehrere braune Umzugskartons stapelten. Als könnte sie meine Anwesenheit fühlen, drehte sie sich just in dem Moment um. Es war schon beinahe gespenstisch.

»Was machst du denn hier?«, fuhr sie mich an. Mit einer schnellen Bewegung schob sie die Kiste, auf der ein Sonnensymbol prangte, ganz unters Bett und kam dann auf mich zu. Sie trug eine tief sitzende Hose zu einem kurzen Tank Top, das einen freien Blick auf ihre beeindruckenden Bauchmuskeln erlaubte, die sich bei jedem Schritt sichtbar anspannten. »Halte dich von meinen Sachen fern und hör auf, mir nachzuspionieren, wenn du keinen Ärger haben willst!« Ihre Stimme hatte etwas von einem Fauchen und das Misstrauen in ihrem Blick hatte auch einen neuen Grad erreicht. In der Küche hörte ich, wie das Gespräch von Xander und Josh abrupt verstummte.

»Den Ärger hab ich doch schon.« Egal, was ich tat, jemandem wie Ash würde ich es nie recht machen können. Wir beide würden sicher keine Freundinnen werden, selbst wenn sich die Jungs das vielleicht wünschten.

»Du hast noch nicht mal einen Schimmer, wie Ärger aussieht«, zischte Ash, bevor sie zurück in das Zimmer trat und mir die Schiebetür vor der Nase zuschmiss.

Schnaubend wandte ich mich um und ging zurück zur Treppe, wo noch immer die Yucca-Palme auf mich wartete, die ich mit einem »Ich trete dir sowas von in den Hintern, du launenhaftes Miststück« bedachte. Dabei kam es mir so vor, als ob mich die Jungs seltsam beäugten, aber vielleicht bildete ich mir das auch nur ein.

Heute war ein echt sonderbarer Tag.

Und nicht etwa, weil es mein Geburtstag war.

Im oberen Stockwerk angekommen steuerte ich mein Zimmer

an. Ich hatte überhaupt keinen Bock, dass das mit Ash jetzt ewig so weiterging, schließlich wohnten wir zusammen. Außerdem mussten wir jeden Monat etwas gemeinsam unternehmen, und dann gab es auch noch die Donnerstagabende, von denen ich mich wegen ihr nicht fernhalten wollte.

Ich war noch immer genervt, als Quentins Zimmertür aufging und er in einer ausgewaschenen Jeans und einem weißen T-Shirt auf den Flur trat. Seine rabenschwarzen Haare waren noch feucht von der Dusche.

»Hey«, sagte er.

»Hey«, antwortete ich. Schon allein sein Anblick machte, dass ich mich ein wenig besser fühlte.

Quentins dunkelbraune Augen glitten zu meinem Gesicht. Wie beim letzten Mal fühlte es sich ungewöhnlich vertraut an, was eigentlich keinen Sinn machte, da wir uns doch erst seit einer Woche kannten.

Unwillkürlich machte ich einen kleinen Schritt auf ihn zu. »Ich habe dich die letzten beiden Tage gar nicht gesehen.«

Mist. Das klang so, als ob ich es ziemlich schade fände, was eigentlich ja auch stimmte. Dennoch war mir der Satz unangenehm. Es war vielleicht albern, aber so wie ich hier vor Quentin stand, war ich plötzlich unglaublich nervös. Und das führte dazu, dass ich seltsame Dinge von mir gab und mir jetzt vorkam wie Kim, mit ihrer „Ihr teilt euch ein Bad"-Ansage.

»Und fandest du das gut oder schlecht?«

»Dass ich dich nicht gesehen habe?«, fragte ich irritiert, während ich mir unsicher eine Haarsträhne aus dem Gesicht strich.

Er nickte und ein kleines Lächeln tauchte in seinem Gesicht auf. »Du bist nervös, Widney.«

»Nein, bin ich nicht.«

Das kleine Lächeln wurde größer. »Du bist eine miserable Lügnerin.«

»Vielleicht bin ich etwas angespannt.«

»Du hast meine Frage nicht beantwortet. Scheint eine Angewohnheit von dir zu sein.«

Ich holte tief Luft, denn ich hatte hier nichts mehr zu verlieren. Wenn man einmal begann, alles auf eine Karte zu setzen, dann war es wahrscheinlich wie mit dem Lügen: Man machte einfach weiter.

»Ich fand es überhaupt nicht gut, dich nicht zu sehen«, gestand ich etwas leiser, da ich nicht wollte, dass irgendeiner der anderen etwas von unserem Gespräch mitbekam. Ein flüchtiger Ausdruck der Erleichterung huschte über Quentins Gesicht und zauberte mir sofort ein Lächeln auf die Lippen.

»Du warst auch nervös«, stellte ich fest.

»Natürlich.« Die Selbstverständlichkeit, mit der er das zugab, brachte mein Lächeln dazu, auf eine überdimensionale Größe anzuwachsen.

Quentin beugte sich ein Stück zu mir. »Das kann man jetzt bis nach Brooklyn sehen. Steht dir gut.« Dabei strich er mir sanft über den Arm. Es war nur eine kleine Berührung, aber sie reichte, dass ich mir mehr davon wünschte.

»Was hast du heute noch vor?«, fragte mein Mund weiter.

Quentin warf einen raschen Blick über die gläserne Brüstung nach unten, bevor er ebenfalls einen kleinen Schritt auf mich zumachte.

Nun standen wir so nah voreinander, dass ich meine Hand nur ein wenig hätte ausstrecken müssen, um seine Finger zu berühren.

»Ich treffe mich noch mit einem Freund von der Uni.« Seine Stimme klang bedauernd. »Wir arbeiten an einem Projekt, um uns bei einem unserer Professoren einzuschleimen.«

»Heute?« Die Frage war lächerlich – wie so vieles, was ich in den letzten paar Minuten von mir gegeben hatte.

Er hob die Finger und strich mir ganz sanft über die Wange. »Ja. Jetzt. Aber es wird nicht ewig dauern.«

»Gut.«

Seine Fingerkuppen verweilten auf meiner linken Wange und hinterließen dort kribbelnde Abdrücke aufregender Hitze.

»Das finde ich auch. Außerdem bin ich mir sicher, dass wir uns bald wieder über den Weg laufen«, raunte Quentin verheißungsvoll.

Schmunzelnd hob ich beide Augenbrauen. »Ich weiß, wo du wohnst.«

»Das ist auch gut so. Sonst würdest du den Weg nach Hause nicht finden«, meinte er grinsend, bevor er seine warmen Finger zurückzog und nach unten ging. Ich widerstand der Versuchung, ihm hinterherzuschmachten, und holte stattdessen die Sporttasche aus meinem Zimmer, als mich erneut dieses Schwindelgefühl überkam. Es war so stark, dass ich mich kurz auf mein Bett setzen musste. Die Enge in meiner Brust nahm zu, bis ich das Gefühl hatte, keine Luft mehr zu bekommen.

Atme, Widney, atme.

Erst nach einigen Sekunden war es mir möglich, wieder aufzustehen. Obwohl ich mich ein wenig wacklig auf den Beinen fühlte, machte ich mich dennoch zehn Minuten später auf den Weg zum Taekwondo.

Draußen auf der Straße ging es mir schon ein wenig besser, was auch am frischen Wind lag, der mit half, die seltsamen Empfindungen zu verbannen. Schließlich ging es mir gut, dieser Tag war ein Tag wie jeder andere. Auch wenn Aiden nicht hier war, um mir sein übliches Geburtstagsgedicht vorzutragen, diesen fürchterlich schiefen Reim, bei dem er fast alle Wörter verdreht hatte, damit sie irgendeine Art von Rhythmus ergaben.

Es war ein Tag wie jeder andere.

Das sagte ich mir vor, als ich an dem kleinen indischen Restaurant vorbeiging, dessen Currygeruch bis auf die Straße drang, und ich sagte es mir vor, als ich schon einen Block weiter war und an einem heruntergekommenen Sportstudio vorbeikam, dessen Fenster alle auf den Bürgersteig zeigten. Mehr durch Zufall warf ich einen Blick in die kleine Halle und stoppte mitten in der Bewegung, als ich zwei Männer darin erkannte.

Ungläubig starrte ich auf Xander und Quentin, die darin trainierten. Quentin strich sich die schwarzen Haare zurück und führte dann eine Reihe von schnellen Schlägen und Fußtritten gegen Xander aus, der eine Art Gummischild vor seiner Brust hielt.

Eine Frau auf der Straße schimpfte leise, weil sie mir ausweichen musste und ich noch immer mitten im Weg rumstand. Allerdings konnte ich gerade nichts anderes tun, als auf die beiden Jungs zu starren. Auf Quentin, der sich doch eigentlich mit einem Freund von der Uni treffen wollte.

Kurz überlegte ich, ob ich an die Scheibe klopfen und mich bemerkbar machen sollte – einfach nur, um zu sehen, wie sie reagieren würden –, als mich ein hörbares Krächzen hinter mir herumfahren ließ. Das Krächzen wurde begleitet von einem heftigen Kribbeln in meinem Nacken, das sich so anfühlte, als ob sich gerade jedes einzelne Härchen dort aufgestellt hatte. Gleichzeitig blickte ich nach oben.

Auf den Fenstervorsprüngen des Hauses neben mir hatten sich fünf schwarze Raben niedergelassen. Zwei von ihnen glätteten mit ihrem Schnabel ihr Gefieder, der Rest schien mich anzustarren.

Mit pochendem Herzen wich ich zurück und schulterte hastig meine Sporttasche, um mit schnellen Schritten weiterzugehen. Dabei versuchte ich, die Ruhe zu bewahren.

Es sind nur Vögel, Widney. Sie können dir nichts tun.

Dennoch wurde ich schneller und warf immer wieder einen Blick zurück, um sicherzugehen, dass sie mich nicht verfolgten. Als ich schließlich das kleine Studio erreichte, in dem der Taekwondo-Kurs stattfand, war ich komplett durchgeschwitzt. Es waren hauptsächlich Jungs dort, aber das störte mich nicht. Ich war nur erleichtert, dass mich die Raben nicht weiter verfolgt hatten.

Die nächsten eineinhalb Stunden konzentrierte ich mich darauf, meine Energie in Schläge umzusetzen, um einerseits alle quälenden Gedanken aus meinem Kopf zu bekommen und andererseits meinen Kreislauf zu stabilisieren. Doch wie sehr ich mich auch bemühte – das leichte Schwächegefühl von heute Morgen wollte einfach nicht verschwinden. Genauso wenig wie meine wiederkehrenden Fragen darüber, was ich plötzlich an mir hatte, das mich für eine Schar Raben so interessant machte.

KAPITEL 10

Überraschenderweise ging es mir nach dem Training tatsächlich ein wenig besser. Die Kicks hatten mir gutgetan und mich im Kopf wieder etwas freier gemacht. Erst, als ich die Eingangstür zu unserem Loft aufsperrte und Kim mit einer riesigen Torte vor sich auf unserer Couch sitzen sah, zerfiel meine Stimmung wieder.

»Happy Birthday, Widney!«, quietschte sie und sprang auf, bevor sie mich in eine herzliche Umarmung schloss. Hinter ihrem Rücken stand das herzförmige Ungetüm mit jeder Menge Marzipan und pinkfarbener Schokoglasur auf dem Couchtisch.

»Wow.« Ich wusste im ersten Moment nicht, was ich sagen sollte. »Das ist aber eine Überraschung.«

Kim ließ mich los. Sie verdrehte die Augen, aber bei ihr sah es irgendwie entzückend aus, denn es passte zu ihrem weißen Pullover, auf dem lauter rote Herzen abgedruckt waren. »Ich weiß. Du magst keine Überraschungen und es wäre dir am liebsten, wenn ich deinen

Geburtstag komplett ignorieren würde. Aber das bin ich nicht. Deshalb habe ich einen Kompromiss für uns geschlossen.«

»Ach ja?«

»Ja«, bestätigte sie. »Ich hätte es total cool gefunden, alle deine Mitbewohner zu mobilisieren, das ganze Loft zu dekorieren, dein Zimmer mit Happy-Birthday-Girlanden zu schmücken und überall bunte Luftballons herumfliegen zu lassen. Aber stattdessen«, sie senkte die Stimme und deutete auf die herzförmige Torte, »habe ich mich darauf beschränkt.«

Ich spürte die Erleichterung in jeder Zelle meines Körpers. »Das ist echt nett von dir. Und damit machst du mir das größte Geschenk.« Plötzlich fand ich die Torte gar nicht mehr so schlecht.

»Sag ich doch.« Kim grinste. »Wir haben nur ein Problem.«

»Und welches?«

»Josh ist noch nicht da.«

»Und warum ist das ein Problem?«

»Weil Josh dein Geschenk hat.«

»Aber die Torte reicht doch schon«, bemerkte ich und hoffte, dass Josh einfach nie wieder auftauchen würde. Geschenke machten mich verlegen, und ich hatte wirklich nicht vor, heute auch noch verlegen zu werden.

»Wo ist Joshs Zimmer?«, ging Kim über meine Worte einfach hinweg.

»Ich habe keine Ahnung.«

»Du lügst doch. Wo ist es? Ich kann Karate.«

»Jetzt lügst du.«

Kim seufzte. »Das stimmt. Ich würde gern Karate können. Aber das, was ich total gut kann, ist anderen Leuten auf die Nerven zu gehen. Wenn du nicht den ganzen Abend überzeugt werden möchtest, dass ich dir doch die Fingernägel bunt lackiere, weil ich das bei meiner Schwester so gut …«

»Oben«, sagte ich schnell, weil Kim in dieser Hinsicht sicher nicht log.

Grinsend nahm sie meine Hand und schleifte mich hinter sich her. Ich musste lachen, weil sie auf dem Weg nach oben die Yucca-Palme als den miserabelsten Geburtstagszwerg aller Zeiten beschimpfte, und danach erleichtert wirkte, weil sie die Worte losgeworden war.

»Ich bin mir nicht sicher, ob wir das tun sollten«, murmelte ich, nachdem Kim die Schiebetür zu Joshs Zimmer geöffnet hatte.

»Josh ist cool. Er wird nichts dagegen haben.« Kim betrat den Raum, der sich von meinem ein wenig unterschied. Vor allem deshalb, weil es so vollgeräumt war. Auf Joshs dunklem Futonbett lagen unzählige Bücher, auf einer großen Pinnwand hingen massenhaft Zeitungsausschnitte und auf dem Edelstahl-Schreibtisch standen drei Laptops, die offenbar irgendetwas herunterluden. Vor den bodentiefen Fenstern befanden sich ein paar üppige Grünpflanzen, die dem ganzen Raum einen Dschungel-Flair verpassten, der nicht mit der sonstigen Atmosphäre des Lofts harmonierte. Auch am Boden stapelten sich Bücher und zerknüllte Blätter. Josh war anscheinend kein Freund des Aufräumens, was ihn für mich noch einen Tick sympathischer machte.

»Da«, Kim deutete auf den Schreibtisch, auf dem zwischen zwei Laptops ein silbernes Kuvert lag. »Das muss es sein.«

Triumphierend schnappte sie sich den Umschlag. Währenddessen blieb mein Blick an der überfüllten Pinnwand hängen, an der mehrere Zeitungsartikel und Notizen mit bunten Stecknadeln fixiert worden waren. Ein Artikel erregte besonders meine Aufmerksamkeit, weil seine Headline mit Leuchtmarker doppelt unterstrichen worden war. *»Rätselraten nach Diebstahl im Metropolitan Museum of Art. Wertvolles archäologisches Exponat spurlos verschwunden.«*

»Hey, Mädels ... sorry ... dass ich ... zu spät bin«, hörte ich Josh in dem Moment hinter mir schnaufen. Mit einer Hand lehnte er am Türstock und japste nach Luft. Seine rotbraunen Locken klebten an seiner Stirn, der Rest des Gesichts hatte fast die Farbe seines knallroten Flash-Shirts angenommen.

»Kein Problem, ich hab es schon.« Kim wedelte freudig mit dem silbernen Kuvert vor seiner Nase herum.

»Super.« Josh sagte zwar super, aber es klang nicht so, als ob er es wirklich super fand. Sein Blick lag kritisch auf mir und es kam mir vor, als hätte ich ihn irgendwie verärgert, weil ich auf seine Pinnwand gesehen hatte.

»Lass es Widney lieber unten auspacken. Mein Zimmer ist nicht gerade aufgeräumt.«

»Wem sagst du das«, meinte Kim. »Ein wenig Ordnung würde dir sicher guttun.«

»Ein anderes Mal.« Josh lächelte kühl, bevor er uns aus seinem Zimmer hinauslotste. Ich wurde den Eindruck nicht los, dass es ihm nicht schnell genug gehen konnte, wobei er sich mit jedem Schritt, den wir uns von seinem Zimmer entfernten, etwas mehr entspannte.

Als wir uns auf das schwarze Ledersofa fallen ließen, schien er wieder der Alte zu sein. Feierlich überreichte mir Kim das silberne Kuvert.

»Es ist zwar ein Gemeinschaftsgeschenk von deiner WG und mir, aber sie meinten, du darfst es auch ohne sie aufmachen, da sie nicht wissen, wann sie heimkommen, und Ash heute sowieso im Museum arbeiten muss. Also los, mach es auf, mach es auf!«, feuerte mich Kim an, weil ich den Umschlag nicht sofort öffnete.

»Ich könnte mit dem Geschenkeöffnen doch warten, bis alle da sind«, erwiderte ich, einfach nur, um sie zu ärgern.

Josh begann zu lachen und ich hätte schwören können, Kim in dem Moment knurren gehört zu haben. Amüsiert schob ich meinen Zeigefinger unter die Lasche des Kuverts und riss den Umschlag vorsichtig auf.

Unruhig rutschte Kim auf der Couch herum. »Schneller.«

Ich erhöhte mein Tempo und zog eine Karte aus dem Umschlag.

»Es ist ein Konzertticket!«, schrie sie begeistert, noch bevor ich das Ticket in Augenschein nehmen konnte. Kim war definitiv eine von den Leuten, denen es ganz viel Freude bereitete, anderen Freude zu bereiten.

»Wow. Ein Konzert von *NEBEN*«, sagte ich, nachdem ich Gelegenheit gehabt hatte, einen kurzen Blick auf die Karte zu werfen.

»Ja, sie treten nächsten Freitag in dem Club auf, in dem Ash arbeitet«, sagte Kim aufgeregt. »Deshalb sind wir so kurzfristig noch an Tickets gekommen. Magst du die Band?« Sie warf ihre schwarzen Haare nach hinten. »Ich meine, jeder liebt die Band und ich hoffe, du bildest hier keine Ausnahme. Sonst muss ich dich auf der Stelle entfreunden.«

»Die Band ist echt cool«, sagte ich zu ihrer Erleichterung. »Wir gehen also Freitagabend auf das Konzert?«

»Ja, wir alle zusammen«, bestätigte Josh und grinste breit.

Kaum hatte er das gesagt, ging die Eingangstür auf und Xander betrat gemeinsam mit Quentin das Loft. Sie waren beide noch vom Training verschwitzt und ich spürte, wie mich das entspannte Lächeln auf Quentins Gesicht aus dem Gleichgewicht brachte.

»Hey, Leute.« Kim winkte den Jungs vom Sofa zu.

Josh blickte von mir zu unseren beiden Mitbewohnern und räusperte sich. »Ihr habt die Geschenkübergabe gerade verpasst.«

»Oh, wie schade«, sagte Xander und schlüpfte aus seinen Sneakers. Dann kam er mit langen Schritten zum Sofa und beugte sich über mich, um mich in eine kurze Umarmung zu schließen. »Happy Birthday, Widney.«

»Danke«, erwiderte ich.

»Für unser Gemeinschaftsgeschenk oder dafür, dass ich dich so verschwitzt nur kurz berühre?«

»Für beides«, erklärte ich schmunzelnd, bevor mein Blick zu Quentin glitt. Er stand noch an der Tür und hatte sich ebenfalls gerade die Schuhe ausgezogen. In seinen Augen war auch keine Spur von schlechtem Gewissen zu finden, weil er mich angelogen hatte. Vielleicht hatte er das auch gar nicht und es gab eine andere Erklärung.

In dem Moment ging die Haustür schon wieder auf und Cooper betrat das Loft. Er stellte seine große Tasche neben sich ab und spähte in den Wohnbereich. »Hey, seid ihr schon am Feiern?«

»Du kommst gerade rechtzeitig«, meinte Kim lächelnd.

»Sehr gut. Alles Gute zum Geburtstag, Widney.« Er zog hastig seine Jacke aus und warf sie Richtung Kleiderständer, bevor er zu mir joggte und mir einen Kuss auf die Wange drückte. Dann ließ er sich neben Kim aufs Sofa fallen. »Wollen wir die Torte gleich anschneiden? Ich bin am Verhungern.«

»Das merkt man«, bemerkte Quentin, der Coopers Jacke, die den Kleiderständer verfehlt hatte und am Boden gelandet war, spöttisch beäugte.

»Aber klar, lass sie uns anschneiden.« Kim sprang sofort in die Höhe. »Ich hole uns ein paar Teller aus der Küche.«

»Ich helfe dir«, sagte Josh und stand ebenfalls auf.

»Danke!«, rief Cooper den beiden nach und kniff die Augen zusammen. »Ist das alles Marzipan da oben drauf?«

Ich nickte.

»Ich dachte, du magst kein Marzipan.«

»Tu ich auch nicht«, erwiderte ich leise, damit Kim mich nicht hörte, da sie das ja nicht wissen konnte. Im selben Moment stockte ich. Cooper konnte es nämlich genauso wenig wissen. Ich starrte ihn immer noch irritiert an, als Quentin nun auch endlich das Sofa erreichte.

»Happy Birthday, Widney.«

Seine raue Stimme lenkte mich ein wenig ab, aber nicht genug, um meinen Blick von Cooper zu nehmen.

»Woher weißt du, dass ich kein Marzipan mag?«

Er stockte für einen Moment und warf einen Blick zu Quentin und Xander.

»Du magst kein Marzipan?«, wiederholte Kim erschrocken. Sie

und Josh waren auf halbem Weg von der Küche zum Sofa stehen geblieben.

»Äh … also, es ist jetzt nicht mein Lieblingsüberzug«, stammelte ich, da ich nicht vorgehabt hatte, das Kim auf die Nase zu binden.

»Also ich persönlich kenne niemanden, der Marzipan mag«, sagte Quentin und setzte sich neben mich.

Xander schüttelte den Kopf. »Also ich auch nicht.«

»*Ich* mag Marzipan«, erwiderte Kim. »Sehr sogar.« Sie überwand die restlichen paar Schritte zu uns und stellte die Teller auf dem Couchtisch ab.

»Sorry.« Cooper zuckte entschuldigend mit den Schultern. »Ich wusste nicht, dass Menschen wie du tatsächlich existieren. In unserer WG kann sonst keiner Marzipan leiden.«

Mit zusammengekniffenen Augen blickte ich ihn an. Cooper war wieder ganz entspannt und schien die Wahrheit zu sagen.

»Was ist eigentlich mit deinem Auftritt als Bär heute geworden?«, hakte Xander in dem Moment nach.

Cooper beugte sich nach vorne und nahm einen der Teller, die Kim auf den Tisch gestellt hatte. Sie wirkte nicht mehr ganz so glücklich wie eben noch, was mir leidtat.

»Das war der größte Scheiß überhaupt. Ich bin hingefahren, aber die Ladeneröffnung fand gar nicht heute statt. Sie haben den Termin verschoben und es verpennt, dem Maskottchen Bescheid zu sagen. Idioten.«

»Und du?« Ich drehte mich in die andere Richtung zu Quentin, der gedankenversunken auf meine Hand starrte. »Wolltest du dich nicht mit einem Freund von der Uni treffen?«

Er nickte. »Ja, wollte ich. Allerdings hat sich Collin letzte Nacht so die Kante gegeben, dass er jetzt verkatert im Bett liegt und nur Dunkelheit erträgt.« Quentin beugte sich zum Tisch nach vorne und nahm sich ebenfalls einen Teller mit einem Stück von der herzförmigen Torte, die Kim angeschnitten hatte. »Ich war gerade auf dem Weg nach Hause, als mich Xander angerufen hat, ob wir nicht ein wenig miteinander trainieren wollen.«

Cooper steckte sich grinsend ein Riesenstück Torte in den Mund. »Ihr seid ja süß. Vielleicht wird aus euren Muskeln ja noch irgendwann mal was.«

Quentin schüttelte nur den Kopf, während Josh einwarf, dass nicht jede Frau auf so aufgeblasene Kerle stand. Kim sagte dazu nichts, aber die verstohlenen Blicke, die sie Coopers Bizeps schenkte, sprachen Bände.

Ich ließ mich mit meinem Stück von der Torte ebenfalls auf dem Sofa zurücksinken.

»Oje«, sagte Kim besorgt. »Die Torte schmeckt dir wirklich nicht, oder?«

»Doch«, erwiderte ich schnell und schob mir ein Stück Kuchen in den Mund. »Sie ist fantastisch.«

Nachdem ich runtergeschluckt hatte, lächelte Kim.

»Gut. Dann lass uns Musik aufdrehen und ein bisschen für Partystimmung sorgen. Schließlich wirst du nur einmal in deinem Leben neunzehn.«

Der Vorschlag, Musik anzumachen, erwies sich als gute Idee. Ich merkte, wie meine Stimmung stieg und ich mich immer mehr entspannte. Cooper erzählte von seinen absurdesten Promotionsjobs und Xander von den Experimenten, die er am liebsten an Menschen durchführen würde, während Josh ein paar Geschichten beisteuerte, mit welchen verrückten Start-up-Ideen er in seinen Jugendjahren erfolgreich werden wollte, wenn seine zweite Leidenschaft – die Entdeckung noch unbekannter Dschungelpflanzen – nichts werden sollte. Quentin blieb die ganze Zeit neben mir sitzen und wir redeten mit Kim und den anderen über Gott und die Welt, was sich einfach nur schön anfühlte.

Viel zu schnell zogen die Stunden vorüber, bis sich Kim irgendwann verabschiedete und ich selbst auch todmüde in mein Zimmer ging. Ich drehte die Nachttischlampe auf, schlüpfte in mein Schlafshirt und blickte mich suchend nach meiner Haarbürste um.

In diesem Moment passierte es.

Da war es wieder.

Dieses Kribbeln im Nacken.

Ich blickte hoch und prallte vor Schreck zurück, als ich an der großzügigen Fensterfront auf einmal die vielen pechschwarzen Raben sah. Es war ein ganzer Schwarm, der sich um die besten Plätze auf meinem Fenstersims zankte. Das glänzende Gefieder der Vögel schimmerte im Mondlicht, als sie immer wieder in die Höhe flatterten, bis schließlich ein jeder seinen Platz gefunden hatte.

Mit trockenem Mund wich ich an die Wand zurück.

Bis gerade eben hatte ich noch das Gefühl gehabt, dass es eine gute Entscheidung gewesen war, nach New York zu gehen und in diese WG zu ziehen. Dass es richtig gewesen war, Lorrytown hinter sich zu lassen, mit all seinen Erinnerungen und Einwohnern.

Aber das hier wurde mir echt zu unheimlich, zuerst heute auf der Straße und jetzt das. Der Blick eines Raben begegnete meinem und für einen Moment hatte ich den Eindruck, dass wir uns direkt ansahen. Die Härchen auf meinen Unterarmen stellten sich auf. Er fixierte mich, als könnte er meine Gedanken lesen, als könnte er mit seinem dunklen Blick direkt in meinen Kopf eindringen. Mein Herz begann heftiger zu schlagen, immer schneller und schneller, bis sich der ganze Schwarm abwandte und mit kräftigen Flügelschlägen in die Nacht davonflog.

Ich starrte den gut fünfzehn Raben hinterher und fühlte meinen rasenden Puls in jeder Zelle. Dabei bildete ich mir ein, auch das Schlagen der Flügel hören zu können, sie dröhnten flatternd in meinen Ohren, was überhaupt keinen Sinn ergab.

Schnell schnappte ich mir eine Wasserflasche und trank ein paar Schlucke. Egal, was hier abging, es war einfach zu verrückt. Diese Raben. Kündigten sie mir tatsächlich ein Unglück an, wie es im Mittelalter vermutet worden war?

Angespannt ließ ich mich auf mein Bett fallen und zog meinen Laptop hervor. Durch Kims Geburtstagsüberraschung waren die Raben, die ich vor dem Taekwondo-Kurs gesehen hatte, in den Hintergrund gerückt, aber sie waren da gewesen.

Genau wie die Raben jetzt. Irgendetwas stimmte hier nicht. Warum suchten diese Tiere meine Nähe?

Ich schaltete meinen Laptop ein und verbrachte die nächsten Stunden damit, mich noch einmal intensiver mit der Geschichte der Raben zu beschäftigen. Wie ich bereits wusste, hatten sie ihren schlechten Ruf im Mittelalter erhalten, weil sie das Fleisch der Gefallenen auf dem Schlachtfeld fraßen oder von jenen, die am Galgen gehängt worden waren. Sie wurden als die Abgesandten des Bösen betrachtet, als dämonische Wesen, deren Auftauchen als Vorzeichen von Tod, Unheil und Pest galt.

In der nordischen Sagenwelt hingegen symbolisierte der Rabe Weisheit. Göttervater Odin hatte nicht nur zwei Raben auf seiner Schulter sitzen, die ihm von seinen Botenflügen berichteten, sondern konnte sich selbst auch in einen Raben verwandeln, weshalb er auch als »Rabengott« bezeichnet wurde. Denn als Rabe konnte er sich unerkannt zwischen den Menschen bewegen.

Auch in anderen Kulturen wurde dem Raben etwas Göttliches zugesprochen. In der ägyptischen Mythologie kündigten ganze Schwärme das Auftauchen eines dunklen Gottes an und auch die indische Göttin Kali wurde von Rabenvögeln begleitet.

Das blaue Licht meines Laptops strahlte durch mein Zimmer, während ich mich von Website zu Website klickte. Untersuchungen zufolge waren Raben die Vögel mit der größten Intelligenz, da sie fähig waren, auch komplexere Aufgaben zu lösen und zu planen. Nachdem ich einen Artikel über ihr beeindruckendes Sozialverhalten studiert hatte, gelangte ich zu einer Seite über die Indianerstämme Nordamerikas, bei denen Raben bis heute über ein hohes Ansehen verfügten. Der Rabe wurde als gottgleiches Wesen verehrt, als ein Schöpfer, der Sonne, Mond und Sterne ans Firmament gehängt hatte. Ich las gerade einen Beitrag über seine mannigfache Gestalt und dass er als Hüter und Bewahrer aller Kultur verstanden wurde, als mir irgendwann die Augen zufielen.

KAPITEL 11

Flügelschlagen.

Ein helles, hektisches Flattern.

Das Gefühl, als würden schwarze Spinnweben über mein Gesicht streichen, nur seidiger. Vielleicht sind es auch keine Spinnweben, sondern Federn, die von meinem Kinn bis zur Wange wandern. Ich versuche sie wegzustreichen, aber sie sind überall, berühren meine Haut, verfangen sich in meinen Haaren, krallen sich in meinen Körper. Keuchend kämpfe ich mich durch die klebrige Dunkelheit. Jede Bewegung ist langsamer als die zuvor, bis ich in Zeitlupe um mich schlage.

Vor mir ist irgendetwas.

Es sieht aus wie ein Körper, der zu schweben scheint. Die schwammige Silhouette wird langsam klarer, bis sie eindeutige Konturen erhält.

Ich pralle zurück. Nein, ich will das nicht sehen.

Der Körper schwebt nicht, er hängt. Er hängt von der Decke und schwingt leicht, aber er bewegt sich nicht mehr. Alles Leben ist aus ihm gewichen, als wäre es einfach davongeflogen, weit, weit weg von hier. Ein trockenes Schluchzen bricht aus meiner Brust. Es hört sich an, als würde es nicht zu mir gehören, genauso wenig wie die blassen Zehen vor meinen Augen.

Sie zucken nicht mehr. Sachte schwingen sie vor meinen Augen hin und her. *Aber sie zucken nicht mehr.*

Mit einem Ruck setzte ich mich in meinem Bett auf. Mein eigener Atem dröhnte mir in den Ohren, begleitet von dem rhythmischen Pochen meines Herzens. Es trommelte so heftig in meiner Brust, als hätte es vor, hinauszuspringen, als wollte es diesen Käfig aus Rippen, Fleisch und Muskelsträngen endlich verlassen, um dem Schmerz zu entgehen.

Zitternd strich ich mir die Tränen von den Wangen. Ringsum war es dunkel, aber es war eine andere Dunkelheit als zuvor, das hier war eine reale Dunkelheit, nur durchbrochen von dem schimmernden Streifen Mondlicht, der durch meine Fenster auf den Teppich fiel.

Es war nur ein Traum gewesen.

Dumpf starrte ich auf den Streifen Licht. Mein Kopf fühlte sich heiß und fiebrig an, mein ganzer Körper fühlte sich heiß und fiebrig an, selbst meine Gedanken fühlten sich heiß und fiebrig an. Erst jetzt fiel mir auf, dass mein verschwitztes Schlafshirt an mir klebte. Wahrscheinlich wurde ich krank.

Langsam schwang ich die Beine aus dem Bett. Die reale Dunkelheit rings um mich begann sich zu drehen, als meine nackten Fußsohlen mit dem Teppich in Kontakt kamen. Zu dem Schwindel kam jetzt auch noch eine diffuse Übelkeit hinzu. Keuchend schloss ich die Augen und versuchte, mich auf das Gefühl der Matratze unter meinen Fingern zu konzentrieren. Sie gab mir Halt, zumindest für den Moment. Ich hatte Durst, musste etwas trinken, vielleicht ging es mir dann besser. Nach ein paar tiefen Atemzügen stand ich auf und machte einen wackeligen Schritt auf die Badezimmertür zu.

In diesem Moment hörte ich es. Ein helles, hektisches Flattern. Es war direkt hinter mir. *Es war in meinem Zimmer.*

Mein Herz zog sich zusammen, als wäre es ein verletzliches Tier, das sich bei Gefahr zusammenrollte. In der nächsten Sekunde schlug es jedoch heftig weiter, um den erhöhten Sauerstoffbedarf meines Körpers zu decken. Hastig fuhr ich herum, bereit, in die Augen der Raben zu starren, die mich seit Tagen verfolgten.

Doch da war nichts. Mein Zimmer lag verlassen vor mir. Kein Vogel saß auf dem Fenstersims oder flatterte mir ins Gesicht. Ich wurde offenbar gerade verrückt.

Noch immer unsicher auf den Beinen tastete ich mit der Hand nach dem Kleiderschrank rechts von mir und machte einen Schritt zurück. Meine Beine fühlten sich kraftlos an, als hätte jemand die Knochen darin gegen Gummi getauscht. Blinzelnd stützte ich mich an dem kühlen Material ab. Meine Augen sagten mir eindeutig, dass hier nichts war, aber es fühlte sich anders an.

Es fühlte sich an, als wäre ich nicht allein.

Als würde irgendetwas in den dunklen Schatten lauern und nur darauf warten, dass ich ihm den Rücken zukehrte. Ich wusste, dass es Blödsinn war, doch der Blödsinn motivierte mich, das Zimmer nach möglichen Verstecken abzusuchen. Das Futonbett war zu niedrig, niemand würde darunter liegen können. Der Platz hinter dem Polsterstuhl am Fenster zu gering und der Bereich unter dem Schreibtisch zu schmal.

Meine Hand lag noch immer auf der glatten Oberfläche des Schrankes. Langsam wandte ich den Kopf, bis ich auf meine Finger starrte, die sich hell von der grauen Schrankwand abhoben. Meine Vernunft sagte mir, dass sich niemand dahinter versteckte, doch mein Gefühl behauptete das Gegenteil. Mein Herz donnerte wie ein eingesperrtes Wesen gegen meinen Brustkorb, bereit für den nächsten Moment.

Tu es, flüsterte mir eine Stimme zu. *Sieh einfach nach, damit du aufhören kannst, darüber nachzudenken.*

Ich schluckte trocken und übte mehr Druck auf die Schiebetür aus, bevor ich meine Hand langsam nach links bewegte. Mit einem kaum wahrnehmbaren Geräusch glitt die Schranktür zur Seite. Neben den Ablagefächern gab es einen geräumigen Bereich mit einer Stange und Kleiderbügeln, groß genug, um einem Erwachsenen Platz zu bieten. Meine Vernunft sagte mir, dass es außer meinen beiden Kleidern und den paar Blusen nichts hinter der Tür zu sehen gab.

Mein Gefühl widersprach jedoch.

Die Schranktür glitt immer weiter nach links, enthüllte mehr und mehr von der Dunkelheit im Inneren des Schrankes. Enthüllte mehr und mehr von meiner Angst. Ich spürte, wie meine Fantasie mit mir durchging, wie ich mich unbewusst in Kampfhaltung brachte, bereit, blitzschnell zuzuschlagen und zu fliehen. Das Blut rauschte in meinen Ohren und das Zimmer drehte sich schon wieder, obwohl es das nicht sollte.

Nichts war so, wie es sein sollte.

Mit einem Ruck riss ich die Schranktür beiseite. Die Umrisse meiner Kleider und Blusen wirkten gespenstisch in der Dunkelheit, doch sie waren allein. Ansonsten war der Schrank leer.

Mit einem tiefen Atemzug lehnte ich meine Stirn gegen die kühle Schiebetür.

Verdammt.

Es ging mir nicht gut.

Es ging mir ganz und gar nicht gut, wahrscheinlich wurde ich wirklich krank und fantasierte deshalb so viel wirres Zeug. Wackelig wandte ich mich zur Badezimmertür, um sie beiseite zu schieben. Dabei dachte ich dran, dass sich die Gefahr vielleicht deshalb so real angefühlt hatte, weil sie es auch war. Weil sich derjenige, vor dem ich mich so fürchtete, nicht in meinem Zimmer, sondern im Bad versteckte.

Bevor der Wahnsinn übermächtig werden konnte, betätigte ich hastig den Lichtschalter. Die Deckenlampe schaltete sich augenblicklich ein und beleuchtete die glatten Konturen der Einrichtung. Die gläserne Dusche war leer, ebenso der Rest des Bades. Erleichtert sackte ich gegen die Tür, schloss die Augen und realisierte, dass ich so eine ausgeprägte Form von Nachtangst lange nicht mehr erlebt hatte. Ich konnte mich nicht daran erinnern, mich in meinem Erwachsenenalter jemals so gefühlt zu haben.

Mein Körper zitterte immer noch, als ich die zwei Schritte zu dem Waschbecken überwand und den Wasserhahn aufdrehte, um meine Hände unter den Strahl zu halten und mir etwas davon ins Gesicht zu spritzen.

Das kalte Wasser tat mir gut. Es beruhigte mich, kühlte meine heiße Haut und gab mir das Gefühl, im Jetzt anzukommen. Die irrationalen Ängste einfach abzuspülen, die der Traum in mir hinterlassen hatte. Es musste an dem Traum liegen, alles andere ergab keinen Sinn. Wahrscheinlich sollte ich einfach wieder ins Bett gehen.

Dann passierte es erneut.

Flügelschlagen.

Direkt hinter mir. Ich spürte, wie sich mein rechtes Handgelenk erwärmte, während ich gleichzeitig aus dem Augenwinkel etwas Schwarzes wahrnahm, das an mir vorbeiflatterte. Erschrocken fuhr ich herum und starrte in die glühenden bronzefarbenen Augen eines tiefschwarzen Raben, der vor mir in der Luft flatterte und mich dabei ansah. Er wurde von einem zarten goldenen Schimmer umgeben, der keinen natürlichen Ursprung zu haben schien.

Das konnte nicht sein.

Ohne das Wasser abzudrehen, stürzte ich aus dem Bad. Ich wollte nur weg, musste fort von hier.

Der Anblick seiner leuchtenden Augen verfolgte mich, als ich aus meinem Zimmer hinaus auf den Korridor schlitterte. Blindlings wandte ich mich nach links und stolperte los, dabei spürte ich ganz deutlich, dass ich knapp davorstand, durchzudrehen. Da war kein leuchtender Vogel in meinem Bad gewesen, da konnte kein leuchtender Vogel gewesen sein. Das alles spielte sich nur in meiner Einbildung ab, war nicht mehr als ein Hirngespinst, das mich verfolgte.

Als ich an Quentins Zimmer vorbeikam, war ich knapp davor, bei ihm anzuklopfen und ihn zu fragen, ob ich heute Nacht bei ihm bleiben durfte. Nur um nicht allein zu sein.

Zögernd blieb ich stehen. Ich hatte die Hand schon zur Hälfte erhoben, als schräg von mir Ashs Zimmertür aufging und meine Mitbewohnerin in Schlafklamotten auf den Korridor trat. Ihre Haare waren zerstrubbelt, aber ihr Gesichtsausdruck war extrem wachsam.

Mein Herz setzte aus, als sich unsere Blicke trafen. Plötzlich war die Hitze auf meinem Handgelenk wieder zu spüren, viel heißer diesmal, als ob mir jemand eine brennende Kerze an die Haut halten würde. Irritiert senkte ich den Blick auf meinen Unterarm, gleichzeitig glitt der sanft leuchtende Rabe mit den goldglühenden Augen an mir vorbei. Mit der Flügelspitze streifte er meine Schulter; sofort erfasste mich eine diffuse Panik.

Der Feind war hier.

Er war unter uns.

Das Gefühl war so stark, dass ich sogar den Raben vergaß, der sich auf der gläsernen Brüstung der Galerie niedergelassen hatte. Ich sah die Angst in Ashs Augen, die gar nicht zu ihr passte, und die sie wegzublinzeln versuchte, bevor sie einen Schritt zurück in ihr Zimmer machte und die Tür hinter sich schloss. In dem Moment, als die Schiebetür mit einem dumpfen Laut im Schloss einrastete, verschwand auch meine Angst, als ob es sie nie gegeben hätte, genauso wie sich der Rabe mit den glühenden Augen in der Dunkelheit auflöste. Was allerdings blieb, war das Hitzegefühl auf meinem rechten Handgelenk, auf dem sich ein Abdruck gebildet hatte. Ein Abdruck, der mich an eine schmale Mondsichel erinnerte und der einfach nicht mehr verschwinden wollte.

Am nächsten Morgen kam mir die Angst absurd vor, auch wenn ich sie noch immer in mir spürte. Sie hallte nach wie etwas, das sich in mir festgekrallt hatte.

Ich hatte keine Ahnung, was gestern passiert war. Vielleicht lag es an der neuen Stadt, vielleicht lag es an den Veränderungen, vielleicht lag es auch einfach an mir. Vielleicht hätte ich Lorrytown nicht verlassen sollen. Ein hässliches Bauchgefühl sagte mir jedoch, dass es nicht daran lag. Dass mir auch in Lorrytown die Raben begegnet wären, dass es keinen Ort der Welt gab, an dem sie mich nicht gefunden hätten.

Was wollten sie von mir?

Und was zum Teufel war das gestern mit Ash gewesen?

Was genau war da passiert? Und was hatte es mit dem Sichelmal auf sich?

Bei all meiner Verwirrtheit war ich mir jedoch sicher, dass die Vögel nichts mit Aiden zu tun hatten. Das hier war kein Trauma, das sich in pechschwarzen Raben mit goldenen Augen manifestierte, das hier war etwas anderes. Denn das Sichelmal an meinem Handgelenk war nicht wegzudiskutieren, auch wenn ich im Internet darüber nichts gefunden hatte. Dennoch schien es jetzt zu mir zu gehören. Der Gedanke schnürte mir die Kehle zu, weswegen ich versuchte, ihn so weit wie möglich von mir wegzuschieben.

»Apropos vergessen«, meinte Kim, als wir den Vorlesungssaal verließen, in dem uns der Professor gerade darauf hingewiesen hatte, dass er Ausreden mit den Worten *vergessen*, *verschlafen* oder *verloren* nicht tolerierte. »Ich hoffe, du hast nicht vergessen, dass wir Ende der Woche ein Date haben.«

»Natürlich nicht«, sagte ich und versuchte freundlich zu lächeln, auch wenn es mir im Moment verdammt schwerfiel. Wir folgten dem Strom an Studenten durch den Korridor der Uni. Viele von ihnen unterhielten sich, beschäftigten sich mit ihrem Handy oder lachten, und ich wünschte, ich hätte genauso ausgelassen sein können wie sie. Genauso unbeschwert.

»Das hört sich aber nicht besonders begeistert an.« Skeptisch strich sich Kim über ihren geflochtenen Zopf, der perfekt zu ihrem karierten Rock und dem schwarzen Pullover passte. »Liegt es an Ash? Weil sie auch mit auf das Konzert geht?«

Wieder war da dieses unheimliche Gefühl, das mich an gestern Nacht erinnerte. An den Ausdruck in Ashs Augen und die Angst, die ich verspürt hatte.

Der Feind ist unter uns.

Kim seufzte. Offenbar reichte ihr mein Gesichtsausdruck als Antwort. »Okay, Ash ist nicht unbedingt der Hauptpreis, aber ich hoffe, dass wir nicht so viel von ihr zu sehen bekommen. Immerhin muss sie arbeiten. Was macht sie noch mal in dem Club?«

»Sie ist dort Türsteherin. Wahrscheinlich lässt sie uns gar nicht rein.«

»Blödsinn. Wir haben Karten, darüber kann selbst sie sich nicht hinwegsetzen«, meinte Kim und winkte einem Mädchen, das sie mir schon in der Mensa gezeigt hatte. Lächelnd kam ihre Mitbewohnerin auf uns zumarschiert. Sie hatte blonde Haare, die ihr in weichen Wellen über die Schultern fielen, und ein Lächeln, das mich an Marilyn Monroe erinnerte.

»Hey, Kim.«

»Widney, das ist Chelsey, meine Mitbewohnerin«, stellte uns Kim vor. »Chelsey wird auch zu dem Konzert gehen.«

»Oh ja. Und ich freue mich schon riesig«, schwärmte Kims Mitbewohnerin und offenbarte ein paar Grübchen in ihrem Gesicht. »Ich kann es gar nicht mehr erwarten, die Band live zu sehen.« Noch immer lächelnd wandte sie sich an Kim. »Du, ich habe vorhin meinen Schlüssel zu Hause vergessen, kannst du mir vielleicht deinen borgen?«

»Schon wieder?«

Chelsey setzte einen zerknirschten Gesichtsausdruck auf. »Ja, schon wieder, tut mir echt leid. Aber ich brauche ihn, weil ein paar Jungs nachher noch vorbeikommen, um den Fernseher in meinem Zimmer anzuschließen.«

Kim runzelte die Stirn. »In deinem Zimmer? Ich dachte, du wolltest ihn in unserem gemeinsamen Wohnzimmer anbringen?«

Chelsey nickte eifrig. »Ja, das dachte ich zuerst auch, aber dann fand ich, dass er in meinem Zimmer doch praktischer ist, weil ich dich dann nicht störe, wenn ich in der Nacht noch Serien gucke. Außerdem hilft mir das beim Einschlafen.« Sie lächelte Kim freundlich an. Offenbar war sie eines dieser Mädchen, die immer bekamen, was sie wollten, was vermutlich auch mit ihrem guten Aussehen zusammenhing.

Unwillig zog Kim ihren Schlüssel, der an einem pinkfarbenen Band hing, aus der Hosentasche. »Aber ich brauche ihn heute Nachmittag wieder. Bist du gegen siebzehn Uhr zu Hause?«

»Natürlich.«

»Versprich es.«

Chelsey hob grinsend die Hand. »Hoch und heilig.«

Kim händigte ihrer Mitbewohnerin den Schlüssel aus, woraufhin ihr diese einen dicken Kuss auf die Wange drückte. »Du bist die Beste.«

»Ich weiß«, meinte Kim schmunzelnd und schielte auf ihre Uhr. »Hast du jetzt nicht gleich dieses Treffen mit deinem Prof?«

»Nein, das ist doch erst morgen.«

»Bist du sicher?«

Chelsey nickte, fischte aber dann einen roten Terminkalender aus ihrer schicken Ledertasche. »Oh mein Gott. Du hast recht. Wie konnte ich das nur vergessen, er wird mich umbringen, wenn ich zu spät komme.«

In der Sekunde passierte es schon wieder.

Zuerst erwärmte sich das sichelförmige Mal auf meinem Handgelenk, dann spürte ich eine Welle der Angst und sah einen goldglitzernden schwarzen Raben an mir vorbeigleiten, der mich mit der Spitze eines Flügels leicht berührte. Mit einem Keuchen riss ich den Kopf zur Seite. Diesmal schien das goldene Leuchten rund um sein tiefschwarzes Gefieder noch einen Tick intensiver zu sein als gestern Nacht. Gleichzeitig fühlte ich einen enormen Druck auf dem Bauch, während die Sekunden erbarmungslos weiterliefen und mich eine vibrierende Nervosität erfasste.

Mir rennt die Zeit davon.

»Scheiße. Scheiße«, presste Chelsey hervor, ehe sie auf dem Absatz umkehrte und gestresst den Gang hinunterrannte, bis sie durch eine der Glastüren nach draußen schlüpfte.

»Sie ist sowas von chaotisch«, sagte Kim lachend. »Hey, was ist los mit dir? Du siehst auf einmal so bleich aus, Widney.«

»Ich … ich … weiß nicht«, stammelte ich und lehnte mich gegen die Wand des Korridors. Noch immer war da diese plötzliche Angst, zu spät zu kommen, diese Angst, den wichtigen Termin zu versäumen. Eine Angst, die nichts mit mir zu tun hatte. Eine Angst, die offenbar irgendwie von Chelsey auf mich übergeschwappt war, obwohl sich das total irre anhörte.

»Ist dir übel? Musst du dich übergeben?«

Ich schloss die Augen, versuchte, mich innerlich zu beruhigen, versuchte, das Brennen auf meinem Handgelenk zu ignorieren und mich stattdessen auf meinen Atem zu konzentrieren, der noch immer viel zu schnell ging.

Atme, Widney. Atme.

»Jetzt sag doch was. Du machst mir Angst«, hörte ich Kim neben mir. In dem Moment wurde es noch schlimmer. Ich spürte, wie eine diffuse Sorge sich mit dem Gefühl, etwas zu verpassen, vermischte, wie die Kraft der Emotion meine Lippen zum Kribbeln brachte, und wie sich dieses Kribbeln auf meinen ganzen Körper ausdehnte.

Was passiert mit mir?

Meine Muskeln verkrampften. Ich spürte ein Taubheitsgefühl in den Händen, atmete viel zu schnell, viel zu flach, und begann überall zu zittern.

»Scheiße, Widney. Du hyperventilierst ja.« Abwesend bekam ich mit, wie mich Kim aus dem Korridor nach draußen zog, wie sie mich zu einer Bank dirigierte und mir eine Papiertüte in die Hand drückte, in die ich langsam ein- und ausatmen sollte. Ich stülpte mir das braune Ding, das nach Käsesandwich roch, über Mund und Nase und wusste, dass ich so keinen neuen Sauerstoff einatmete, sondern stattdessen die Konzentration von Kohlendioxid in meinem Blut erhöhte, damit sich meine Atmung wieder verlangsamte.

»Atme, Widney, atme. Langsam«, sagte Kim zu mir. Es war tröstlich, diese Worte einmal von jemand anderem zu hören. Nach und nach stabilisierte sich meine Atmung und auch das Flattern der Flügel war nicht mehr zu hören.

»Geht es wieder?«

Ich nickte und nahm die braune Papiertüte von meinem Gesicht. »Danke.«

»Hey. Alles gut. Das kann jedem mal passieren.« Kims Worte klangen beruhigend, aber sie erreichten mich nicht. Ich wusste, dass das nicht jedem mal passieren konnte. Gerade eben hatte ich die Angst von Kims Mitbewohnerin gefühlt, das war alles andere als normal.

Die Angst eines anderen Menschen.

»Hast du das öfters?«

Ich schüttelte langsam den Kopf. »Nein, also nicht so.«

Ein kühler Wind fuhr mir durch die Haare. Um uns herum tummelten sich die Studenten über die schmalen Wege, keiner kümmerte sich um uns. Jeder schien in seiner eigenen Welt zu sein, keiner hatte das hyperventilierende Mädchen und seine Freundin beachtet, die zwischen zwei großen Büschen auf einer grauen Bank saßen.

»Was heißt: *nicht so?*«

Es war zu verrückt, um es irgendjemandem zu erzählen, selbst wenn es Kim war. Sie war in New York das, was einer Freundin am nächsten kam, aber dennoch würde sie nicht anders können, als mich in die Psychiatrie einzuweisen, wenn ich ihr von den Raben und den Ängsten erzählte.

Kim sah mich besorgt an. »Geht es um deinen Bruder?«

Ein Kloß bildete sich in meinem Hals. »Aiden? Woher weißt du von ihm?«

Ein schuldbewusster Ausdruck huschte über ihr Gesicht. »Internet. Sorry, Widney. Ich wollte es dir schon viel früher sagen, aber ich habe einen unbändigen Zwang, Leute, die ich kennenlerne, zu googeln. Und da dein Vater ja nicht ganz unbekannt ist, bin ich sehr schnell auf den Tod deines Bruders gestoßen.«

Ihre Worte kamen viel zu schnell aus ihrem Mund, sie waren wie die Salven eines Maschinengewehrs, die auf mich niederdonnerten. Ich wollte jetzt mit Kim nicht auch noch über meinen toten Bruder sprechen, das war mir gerade echt zu viel.

»Ich weiß, es ist abscheulich. Ich trage dieses Wissen schon die ganze Zeit mit mir rum und wollte eigentlich warten, bis du es von selbst ansprichst. Aber dann kam es mir falsch vor, so zu tun, als wüsste ich nichts davon. Also – ich weiß davon. Und du hast jedes Recht, überall und jederzeit zu hyperventilieren.«

»Ist schon okay«, sagte ich schnell und stand auf. »Ich sollte aber dennoch jetzt lieber nach Hause gehen. Etwas Ruhe wird mir guttun.«

Sie sah mich irritiert an. »Ich kann dich gerne begleiten.«

Ich schüttelte den Kopf, ich wollte allein sein.

»Ich melde mich später«, sagte ich, packte meine Sachen und dann ließ ich Kim zurück, und wünschte, ich könnte das mit dem Rest meiner Probleme auch tun.

KAPITEL 12

»Hey. Alles okay bei dir?« Quentin hatte nur kurz geklopft, bevor er den Kopf durch die Tür steckte.

Ich kauerte auf meinem Bett. Nichts war okay. Meine ganze Welt war durcheinandergeraten und ich hatte keine Ahnung, was mit mir los war.

»Ja, alles okay«, log ich dennoch, weil es noch besser als die Wahrheit war.

Quentin betrat mein Zimmer. Unwillkürlich richtete ich mich auf dem Bett auf, ich wollte nicht wie ein erbärmlicher Jammerlappen herumliegen. Ein Jammerlappen, der auf einmal irgendwelche Halluzinationen hatte, die wahrscheinlich doch keine waren.

»Das sieht aber nicht nach okay aus. Es hat übrigens auch nicht so ausgesehen, als du gerade eben in dein Zimmer gestürmt bist.«

Ich schlang meine Arme um ein Kissen. »Ich habe dich gar nicht bemerkt.«

»Das tut weh.«

»So meinte ich das nicht.«

Seine Augen lächelten. »Ich weiß. Xander und ich sind unten in der Küche. Willst du vielleicht zu uns runterkommen?«

Ich schüttelte nur den Kopf. Dabei zog ich den Ärmel meines Shirts über das Mal, das gestern Abend noch nicht da gewesen war.

Quentin lehnte sich an meinen Schreibtisch. Sein Blick war interessiert, aber nicht unangenehm. »Ich weiß, dass es jetzt wahrscheinlich total uncool ist, wenn ich diese Frage stelle.«

Er machte eine Pause, als überlegte er, doch noch einen Rückzieher zu machen.

»Okay. Jetzt bin ich aber gespannt«, sagte ich. Bei all der ganzen Verrücktheit in meinem Leben war Quentin irgendwie die beste davon.

»Also: möchtest du darüber reden?«

Seine Stimme klang fast dramatisch, als würde ihm der Satz körperliche Schmerzen bereiten. Wahrscheinlich war das wirklich ein Satz, der einem Jungen nicht so schnell über die Lippen kam.

Ich lachte. »Das tat weh, oder?«

»Ein wenig. Nach meinem ganzen Badezimmer-Kram jetzt noch sowas. Du musst mich für das komplette Weichei halten.«

»Nicht wirklich.«

Er hob die Augenbrauen. »Geht das auch ein wenig überzeugender?«

»Du bist kein Weichei, im Gegenteil.«

»Und du siehst schon ein wenig entspannter aus. Nur einen Tick, aber das ist schon besser. Komm, lass uns gehen.«

»Wohin?«, fragte ich irritiert.

»Nicht weit weg. Du musst nicht einmal deine Jacke mitnehmen.«

»Hier gibt es das beste Curry der Stadt«, erklärte Quentin, als wir das indische Lokal unten an der Straße betraten. Es war nicht besonders groß, verfügte aber über ein paar gemütliche Sitznischen mit bauchigen orientalischen Messinglampen und eine breite Holztheke, von der aus man in die Küche sehen konnte. Der Duft von Knoblauch und Koriander wehte uns entgegen.

»Quentin! Mein Freund Quentin!«, begrüßte uns ein kleiner Asiate mit vollem schwarzen Haar und einem breiten Lächeln im Gesicht. Er kam hinter der Theke hervor und schloss Quentin in eine herzliche Umarmung, was ziemlich lustig aussah, da Quentin beinahe doppelt so groß war wie der Mann.

»Widney, das ist Han Lu, sein Essen ist fantastisch.«

»Han, du kannst mich gerne einfach nur Han nennen, denn Quentins Freunde sind auch meine Freunde. Dieser große Mann ist etwas ganz Besonderes«, erklärte Han grinsend. »Wollt ihr was essen?«

Quentin nickte. »Widney braucht etwas von deinem berühmten Spezial-Curry.«

Hans rundliches Gesicht hellte sich auf. »Ah. Ich verstehe«, sagte er und führte uns zu der einzigen Nische, die noch frei war, ansonsten war das Lokal bis auf den letzten Tisch besetzt. Er entfernte das Reserviert-Schild und bedeutete uns, Platz zu nehmen.

»Ich hatte es heute im Gefühl, dass ich den Tisch noch brauchen werde«, erklärte er lächelnd und zückte seinen Block. »Es ist immer schön, wenn sich ein Gefühl bestätigt, nicht wahr?«

»Ist das dein heutiger Spruch?«, wollte Quentin wissen, während wir uns setzten.

Han lachte. »Nein, aber es wäre ein guter! Mein heutiges Zitat ist ein buddhistisches Sprichwort. Also, hört gut zu.« Er machte eine gewichtige Pause, bevor er weitersprach. »Ganz gleich, wie beschwerlich das Gestern war, stets kannst du im Heute von Neuem beginnen.«

»Das ist ein schönes Sprichwort«, sagte ich und wünschte, ich könnte es auch für mich umsetzen. Könnte alles, was jetzt schon Vergangenheit war, einfach vergessen und neu anfangen. Die Vögel, die Angst. Das Unbeschreibliche.

Han nickte. »Ich mag es auch sehr gerne. Denn es sagt, dass wir in jeder Sekunde unseres Lebens neu anfangen können. In jeder Sekunde«, wiederholte er, bevor er unsere Bestellungen aufnahm und Richtung Küche verschwand.

Quentin lächelte. »Han ist super.«

»Was hat es mit den Sprüchen auf sich?«, fragte ich und sah mich in dem Lokal um, in dem unzählige bunte Bilder an den Wänden hingen, die buddhistische Motive wiedergaben.

»Han sammelt Weisheiten. Er widmet jedem Tag eine dieser Weisheiten und versucht, ein Stück weit danach zu leben.«

»Und gelingt ihm das?«

»Ich denke schon. Zumindest wirkt er sehr zufrieden auf mich. Er kommt ursprünglich aus Peking, hat sich dort aber in eine Amerikanerin verliebt und ist nach New York gezogen.«

»Um ein indisches Lokal zu führen?«

»Um ein indisches Lokal zu führen«, bestätigte Quentin. »Han mag die chinesische Küche nicht besonders, aber er liebt Curry. In allen Variationen. Und er experimentiert gerne. Oft steht er selbst in der Küche, aber er ist auch gerne draußen bei den Gästen.«

»Und ihr hattet schon das eine oder andere Gespräch, so wie es sich angehört hat.«

»Das hatten wir. Ohne Hans Essen wäre ich bei manchen Prüfungen verhungert. Er sorgt dafür, dass ich nicht vom Fleisch falle.«

In dem Moment brachte uns Han die Getränke und setzte sich noch kurz zu uns, um mit uns zu plaudern. Dabei erfuhr ich, dass er vier Kinder hatte und total auf *Star Wars* abfuhr – ihm seine Frau aber verboten hatte, die Kinder nach den entsprechenden Charakteren zu benennen. Aber zumindest konnte er stolz darauf sein, dass er Han hieß, so wie Han Solo.

Obwohl ich mich nach dem Erlebnis am Campus eigentlich in meinem Zimmer hatte verkriechen wollen, merkte ich doch, dass mir die Ablenkung guttat. Hans Art war so erfrischend und herzlich, dass mein brennendes Sichelmal und der Rabe mit den goldenen Augen, den offenbar nur ich sehen konnte, für den Moment in den Hintergrund rückten.

»Das ist wirklich das beste Curry, das ich jemals gegessen habe«, schwärmte ich, nachdem ich Hans Spezialgericht probiert hatte. Es handelte sich um ein vegetarisches Curry mit viel Gemüse, und die Sauce war irgendwie total lecker. »Was genau ist da drinnen?«

Quentin nahm einen Schluck von seinem Wasser. »Das ist ein Geheimnis, das wird dir Han niemals verraten. Xander hat schon versucht, die genauen Zutaten herauszuanalysieren, aber es ist ihm nicht gelungen.«

Ich musste lachen. »Hat er dem Brokkoli dabei auch eine Persönlichkeitsstörung attestiert?«

Quentin grinste. »So in etwa. Es fuchst ihn total, dass er das Rezept nicht rausbekommt.«

»Das kann ich mir gut vorstellen. Geht er dir eigentlich auf die Nerven?«

»Xander? Mit seinen Analysen?« Er schüttelte den Kopf. »Nicht wirklich. Jeder hat bei uns so seine Macken, aber der Haufen ist schon echt okay. Lass dich von Ash nicht einschüchtern, sie tut immer etwas hart, aber im Grunde ist sie butterweich. An ihren freien Tagen hilft sie sogar im Tierheim aus und kümmert sich um die ehemaligen Streuner.«

»So hätte ich sie gar nicht eingeschätzt«, gab ich ehrlich zu. »Wie bist du eigentlich zu der WG gekommen?«

»Durch die Anzeige, die Xander aufgegeben hat.«

»Und was haben deine Eltern dazu gesagt? Sie wohnen nicht in New York, oder?«

Quentin wischte sich den Mund mit der Serviette ab, bevor er sich amüsiert auf der dunklen Bank zurücksinken ließ. »Hast du etwa Erkundigungen über mich eingeholt?«

»Natürlich nicht. Xander hat nur fallen gelassen, dass du immer mal wieder für ein paar Tage zu ihnen fliegst.«

»Das stimmt. Es war quasi der Deal, dass ich mich regelmäßig blicken lasse, wenn ich schon nicht bei ihnen in Boston studiere. Meine Mutter ist ein eher besorgter Typ Mensch, was seit meiner Diagnose nicht gerade besser geworden ist. Aus dem Grund brauchte ich etwas Freiraum für mich.«

»Verstehe. Deshalb bist du in eine WG nach New York gezogen, wo du deinen Freiraum genießt und Kakteen vor die Tür stellst.«

Verdammt. Es sollte wie ein Witz klingen, tat es aber nicht. Ich wünschte, ich hätte die Worte wieder zurück in meinen Mund holen können.

»Kakteen?« Quentin betrachtete mich intensiv. »Wie kommst du denn darauf?«

Ich kniff die Augen zusammen, während ich mit der orangefarbenen Serviette spielte, die wie ein Schwan gefaltet war. »Können wir einfach die paar Sekunden zurückspulen und so tun, als hätte ich das nie gesagt?«

Sein Gesicht blieb unbewegt. »Natürlich nicht.«

»Wieso nicht?«

»Weil es jetzt doch gerade spannend wird.«

»Das ist nicht spannend.«

Er beugte sich wieder ein Stück nach vorne, eine schwarze Haarsträhne fiel ihm in die Stirn. »Was für Kakteen stehen denn vor meiner Tür?«

Mir war klar, dass er mich nicht von der Angel lassen würde. »An dem Tag, an dem ich eingezogen bin, stand ein Kaktus vor deiner Tür. Darauf habe ich angespielt. Es sollte jetzt nicht so ein großes Thema werden, immerhin kannst du mit deinem Kaktus tun und lassen, was du willst.«

Er nickte. »Stimmt. Es ist schließlich mein Kaktus.«

So wie er es sagte, fühlte ich mich unglaublich verarscht, denn es hörte sich nicht mehr an, als würden wir über eine Pflanze sprechen.

»Du machst dich über mich lustig.«

»Ein wenig.« Er grinste und ich griff nach dem Serviettenschwan, um ihn damit zu bewerfen.

»Genieße es nicht so offensichtlich, dass ich mich unwohl fühle.«

»Ich genieße es, dass dich mein Kaktus so beschäftigt«, erklärte er rau. Viel zu rau, viel zu sexy. Ich war ihm verfallen, selbst wenn er sich über mich lustig machte.

»Können wir jetzt das Thema wechseln? Ich denke, wir haben das Wort *Kaktus* heute schon überstrapaziert. Man sollte das Wort nicht so oft an einem Tag benutzen, sonst bekommt man einen Knoten in der Zunge.«

»Tja, wenn das so ist.« Er nahm einen Schluck von seinem Wasser. »Eine Ausnahme ist aber noch drin, oder?«

Ich nickte seufzend.

»Gut, dann solltest du wissen, dass mein Kaktus seit mehr als einer Woche ein hübsches Plätzchen in meinem Zimmer bezogen hat. Dort gefällt es ihm ziemlich gut.«

Automatisch begann mein Mund zu lächeln.

»Das ist gut. Also für deinen Kaktus.«

»Gut, dass wir uns hier einig sind.« Er betrachtete mich einen Moment lang amüsiert und machte sich dann wieder über sein Curry her. Während wir aßen, warfen wir uns immer wieder kurze Blicke zu, die viel zu schön waren.

Was auch immer mit mir passierte, war so überwältigend, im guten wie im schlechten Sinn. Da gab es auf der einen Seite diese seltsamen Raben und die erschreckenden Ängste, die plötzlich zu einem Teil meines Lebens geworden waren, und auf der anderen Seite Quentin, der plötzlich auch ein Teil meines Lebens war.

»Alles okay?«, wollte er wissen. Offenbar hatten sich meine Gedanken in meinem Gesicht widergespiegelt.

Ich legte meinen Löffel nieder. »Da gibt es eine Sache, die mich irgendwie nicht ganz loslässt. Letzten Donnerstag, als ich gerade ins Loft gekommen bin, hat Josh Xander gefragt, ob ihm schon Anzeichen an ihr aufgefallen sind. Sie wirkten ein wenig überrumpelt, dass ich diesen Satz gehört habe, und haben dann nur ausweichend reagiert. Hast du eine Ahnung, was da los war?«

Quentin schüttelte den Kopf. »Davon habe ich ehrlich gesagt nichts mitbekommen.«

Was kein Wunder war. Quentin hatte einen MS-Anfall gehabt.

»Sorry, du hattest natürlich andere Sorgen …«

»Schon okay, Widney. Ich habs zwar nicht mitbekommen, aber warum beschäftigt dich das noch?« Sein Blick wurde einen Tick eindringlicher.

»Es kam mir nur so vor, als ginge es um etwas, von dem ich nichts wissen dürfte. Als würdet ihr irgendetwas vor mir verheimlichen?«

Quentin lächelte sanft. »Und was sollte das sein?«

»Okay, ich höre mich total durchgeknallt an, oder?«

»Nein. Nur ein wenig paranoid.«

Ich lachte unbeschwert. »Vielen Dank.« Doch dann verpuffte die Unbeschwertheit sofort, denn der ganze dunkle Rest kam wie ein Bumerang zurück. Die ganzen Gedanken, die mich daran erinnerten, was gestern und heute passiert war.

»Hey, alles okay?« Quentin griff nach meiner Hand. Seine Berührung fühlte sich so verdammt gut an. Nach dem Halt, den ich unbedingt brauchte. »Ich habe den Eindruck, als würde es hier nicht um diesen Satz gehen, sondern um etwas anderes. Um etwas, das dich vielleicht vorher aufs Zimmer hat laufen lassen?«

Etwas in mir wollte Quentin alles erzählen, wollte ihm gegenüber vollkommen ehrlich sein. Etwas in mir wollte meine Veränderung mit ihm teilen, wollte seine Meinung und seinen Rat einholen. Und dieses Etwas in mir sammelte all seinen Mut und gab nach.

»Seit Kurzem habe ich das Gefühl …«

Weiter kam ich nicht, da Quentins Blick plötzlich zu einer Person abdriftete, die gerade das Lokal betreten hatte.

Es war Ash, die uns missgünstig betrachtete. Ihre Augen fixierten dabei vor allem unsere Hände, die sich auf der Tischdecke noch immer berührten. Rasch zog ich meine Finger zurück, als hätte ich mich verbrannt.

»Hey, Quentin. Vergiss die Regel nicht«, sagte sie abfällig.

Er schnaubte leise. »Wer im Glashaus sitzt, Ash.«

»Ich sitze nicht im Glashaus.«

»Trotzdem ist es nicht deine Sache.«

Ash bestellte bei Han das Spezial-Curry zum Mitnehmen. »Ganz wie du meinst«, murrte sie, bevor sie ihr Handy aus der Jeans zog und uns für die restliche Zeit, bis ihr Essen kam, ignorierte.

Dennoch zerstörte ihr Auftauchen den Moment, in dem ich mich bereit gefühlt hatte, Quentin von meiner These zu erzählen, dass ich die Ängste anderer Menschen wahrnehmen konnte. Als wir später mit dem Lift wieder nach oben ins Loft fuhren, sprach Quentin mich noch einmal auf mein seltsames Verhalten heute an, doch ich hatte nicht mehr den Mut, ihm die Wahrheit zu sagen.

Die nächsten Tage waren eigenartig. Ich hielt immer wieder Ausschau nach dem Raben mit den glühenden Augen und dem Goldschimmer, aber es passierte nichts, und ich begegnete diesem Nichts mit einer Mischung aus Erleichterung und Enttäuschung.

Natürlich wollte ich nicht, dass es wieder geschah.

Natürlich wollte ich nicht schon wieder so einen Anfall erleiden, bei dem ich glaubte, keine Luft mehr zu bekommen.

Natürlich wollte ich wieder in mein normales Leben zurück.

Aber das konnte ich nicht mehr.

Etwas passierte mit mir, etwas, das nicht mehr rückgängig gemacht werden konnte und das sich nicht einfach so aus meinem Kopf streichen ließ.

Denn so funktionierte das nun mal nicht.

Ich hatte den magischen Raben gesehen, ich hatte die Angst gefühlt. Selbst wenn sich jetzt alles wieder normalisierte und ich nie wieder mit den Ängsten eines anderen oder dem pechschwarzen Vogel in Kontakt kam, selbst wenn das Sichelmal an meinem Handgelenk wieder verschwinden würde, würde mich die Frage immer beschäftigen, was genau geschehen war.

Und warum es geschehen war.

Im Internet hatte ich noch nichts Hilfreiches zu meinem Zustand entdeckt, zumindest nicht auf den Seiten, die ich fand.

»Ist wirklich alles okay bei dir?«, fragte Kim, als wir Freitagvormittag über den Campus zur nächsten Vorlesung marschierten.

»Alles okay«, sagte ich abwesend.

Kim blieb abrupt vor einem weißen Pavillon stehen, auf dessen Stufen ein paar Studenten in der Sonne saßen und ihren Kaffee tranken.

»Das versicherst du mir jetzt schon zum x-ten Mal, Widney, aber ich glaube dir kein Wort. Irgendetwas ist mit dir los. Du bist ständig mit den Gedanken woanders. Zuerst dachte ich mir, dass du vielleicht nur einen schlechten Tag hast, aber jetzt bin ich mir sicher: Du bist sauer auf mich.«

Ich runzelte die Stirn. »Wieso sollte ich sauer sein?«

»Weil ich dich gegoogelt habe. Ich weiß, das war falsch. Und dann noch die Sache mit deinem Bruder, über den du anscheinend nicht sprechen möchtest, was total okay ist. Ich habe deine Privatsphäre verletzt und das nimmst du mir übel. Was nicht überraschend ist, denn ich hätte einfach nicht so neugierig sein sollen.« Sie schlang ihre Arme um ihren dunkelblauen Mantel. »Es tut mir leid. Du hast jedes Recht, wütend auf mich zu sein, Widney. Schrei mich an, sei gemein zu mir, aber bitte, behandle mich nicht, als wäre ich gar nicht mehr anwesend.«

Ich schluckte. Die letzten Tage musste ich so mit mir selbst beschäftigt gewesen sein, dass ich Kim total vergessen hatte. Dabei nahm ich es ihr gar nicht übel, dass sie mich gegoogelt und die Sache mit Aiden herausgefunden hatte. Immerhin hatte sie es nicht in böser Absicht getan, und immerhin war es ein Teil von meinem Leben.

Ich schloss für einen Moment die Augen. »Es geht nicht um Aiden.«

»Worum geht es dann? Habe ich sonst irgendetwas falsch gemacht?« Kims Blick verriet, dass sie sich ernsthaft Sorgen machte, und ich spürte, wie sich das Mal an meinem Handgelenk erwärmte. Im nächsten Moment flatterte der pechschwarze Rabe mit den glühenden Augen an mir vorbei. Wie die letzten Male war er von einem goldenen Schimmer umgeben, doch dieser Schein schien nicht mehr aus losen Partikeln zu bestehen, sondern aus einzelnen Symbolen.

Mit rasendem Herzen stolperte ich einen Schritt zurück, als mich der Vogel mit einem Flügel am Oberarm sanft streifte. Meine Atmung beschleunigte sich, während meine Fingerspitzen gleichzeitig nervös zu kribbeln anfingen.

Ich war schon wieder zu neugierig, ich habe es schon wieder verbockt.

Erschrocken sah ich zu Kim, die mich irritiert anschaute. Obwohl sie nichts gesagt hatte, hörte ich ihre Stimme in meinem Kopf und fühlte die Angst, die wie eine Welle über mir zusammenbrach.

Nach der Sache mit Beverly hätte ich einfach meinen Mund halten sollen. Nicht, dass ich schon wieder eine Freundin verliere.

»Widney, alles okay?«, hörte ich jetzt die Kim vor mir fragen, die mich verunsichert anblickte.

Ich nahm ein paar tiefe Atemzüge und versuchte, mich selbst zu beruhigen.

Es ist in Ordnung. Das ist nicht meine Angst. Es ist Kims Angst.

Der Gedanke beruhigte mich und nach einem Augenblick hatte ich das Gefühl, wieder frei atmen zu können und die Kontrolle über meinen Körper zurückerlangt zu haben.

»Hey, habe ich schon wieder etwas Falsches gesagt?«, fragte Kim verstört.

Ich schüttelte den Kopf. »Es hat nichts mit dir zu tun, Kim.«

»Womit denn dann?« Ihre mandelförmigen Augen hatten sich erwartungsvoll geweitet. Sie rechnete mit einer Erklärung, einer einfachen Erklärung, die Sinn ergab. Einer Erklärung, die ich ihr nicht liefern konnte.

Als ich ihr keine Antwort gab, verschränkte sie die Arme vor der Brust. »Wieso vertraust du mir nicht?«

»Darum geht es nicht. Ich vertraue dir. Aber du würdest mir nicht glauben.«

Niemand bei Verstand würde mir glauben.

»Dann versuch es einfach. Sag mir, was los ist. So schlimm kann es nicht sein.«

»Es ist schlimmer«, sagte ich und zog Kim ein Stück zur Seite, zu einem kleinen Springbrunnen, an dem uns keiner hören konnte. Vielleicht war es eine dämliche Idee, Kim einzuweihen, aber vielleicht brauchte ich auch endlich jemanden, mit dem ich über die Sache reden konnte.

Ich zögerte, wartete, ob mich mein Mut verlassen würde, und dann sagte ich es einfach. »Irgendetwas passiert mit mir. Ich weiß nicht, was es ist, vielleicht werde ich auch einfach nur verrückt. Seit meinem Geburtstag hat sich etwas verändert. Auf einmal spürte ich die Angst.«

»Du sprichst von Panikattacken?«, fragte Kim behutsam, aber es schien keinen Sinn für sie zu ergeben.

»Es ist mehr. Es geht hier nicht um meine Angst, sondern um die Angst anderer Menschen. Ich kann ihre Angst fühlen und hören.« Jetzt war es raus.

Kim starrte mich an.

»Du kannst was? Die Ängste anderer Leute spüren?«

Ich nickte langsam. Aus ihrem Mund hörte es sich noch schrecklicher an.

»Bist du dir da sicher?«

Ich nickte noch einmal, woraufhin sie skeptisch die Augen zusammenkniff. »Und wie genau sieht das dann aus?«

Jetzt hatte ich wahrscheinlich noch die letzte Gelegenheit, irgendwie um die Sache herumzukommen und meinen Zustand mit irgendeiner übertriebenen Form von Empathie zu erklären.

»Das, was mir passiert, verändert sich – es scheint irgendwie zu wachsen. Zuerst konnte ich die Angst nur fühlen, dann hören – und dann hatte ich sogar die Stimme der Person im Kopf.« Ich erwähnte nicht, dass es sich bei *der Person* um Kim und bei dem *dann* um gerade eben handelte. »Außerdem sind da auch noch diese Raben.«

»Raben?«, wiederholte Kim erstickt.

»Ich weiß, es klingt völlig durchgeknallt. Und vielleicht bin ich auch völlig durchgeknallt, aber immer, wenn ich die Angst eines anderen aktiv wahrnehme, ist auch dieser Rabe da. Er hat leuchtende Augen und scheint irgendwie magisch zu sein. Im Internet stand auch, dass der Rabe früher als göttlicher Vogel verehrt wurde.«

Sie sah mich total verwirrt an. »Moment. Damit ich alles richtig verstehe: Du glaubst, einen magischen, leuchtenden Raben zu sehen, der dich die Ängste anderer spüren lassen kann?«

Ich schluckte. »Ich glaube es nicht nur, es ist so.«

Kim machte einen Schritt zurück. Ihrem Gesicht war anzusehen, dass sie nicht sicher war, was sie nun tun sollte.

»Okay, Widney. Das hört sich wirklich verrückt an. Könnte es vielleicht der ganze Stress sein, der dich so durcheinanderbringt? Oder der Ortswechsel? Einige Leute reagieren drastisch auf Luftveränderungen, vielleicht ist dir das alles hier einfach zu viel. Die laute Stadt, die ganzen Vorlesungen.« Sie seufzte nachdenklich und ein schockierter Ausdruck huschte über ihr hübsches Gesicht. »Oder hast du vielleicht irgendwelche Drogen genommen? Könnte dir jemand etwas untergemischt haben?«

»Natürlich nicht. Natürlich habe ich nichts genommen. Es ist real, Kim.«

Sie wirkte nicht überzeugt. Ganz und gar nicht.

»Ich mag dich wirklich gerne, Widney. Was hältst du davon, wenn wir vielleicht gemeinsam zu einem Arzt gehen, um zu checken, ob deine Werte okay sind? Nicht, dass ich das behaupten möchte, aber einige Formen von Gehirntumor können Halluzinationen auslösen. Dann ist es für dich real – aber für den Rest der Welt ist es das eben nicht.« Ganz offensichtlich bemühte sich Kim, irgendeine Erklärung zu finden, die nicht total abgedreht war.

»Ich habe keinen Gehirntumor.«

»Das habe ich auch nicht behauptet. Ich wollte nur sagen, dass es einen medizinischen Grund für deinen Zustand geben könnte.«

Ich zuckte mit den Schultern. »Vielleicht gibt es den auch. Fakt ist, dass ich mir das nicht nur einbilde.« Ich blickte sie eindringlich an. »Glaubst du mir denn?«

Kim sah zu Boden, bevor sie meinen Blick erwiderte. »Ich würde dir gerne glauben, ich würde dir wirklich total gerne glauben, Widney. Aber magische Raben? Ängste von anderen Menschen, die auf dich übergehen? Das hört sich schon ziemlich fantastisch an. Kannst du mir denn den Vogel zeigen?«

Ich ließ meinen Blick kopfschüttelnd über die sprühenden Wasserfontänen des Springbrunnens gleiten. »Nur ich kann ihn sehen.«

Kim hob als Antwort die Augenbrauen und ich bereute es, überhaupt damit angefangen zu haben. Kein Wunder, dass sie mir nicht glaubte, ich hätte es an ihrer Stelle auch nicht getan.

»Und was ist, wenn ich es dir anders beweisen kann?«, fragte ich dann und fühlte, wie sich mein Herzschlag wieder beschleunigte.

»Und wie?«

»Ich habe vorhin deine Angst gespürt, als du nicht wusstest, was mit mir los ist. Du hattest Angst, dass du schon wieder zu neugierig warst.«

Kims Augen verengten sich. »Das stimmt. Aber das beweist noch gar nichts, schließlich habe ich mich auch dafür entschuldigt, dass ich so neugierig war.«

»Fairer Punkt«, sagte ich und holte die Worte wieder in meinen Kopf zurück. »Was ist mit: *Nach der Sache mit Beverly hätte ich einfach meinen Mund halten sollen. Nicht, dass ich schon wieder eine Freundin verliere.*«

Kim schlug sich die Hand vor den Mund. »Das kannst du nicht wissen.«

Ich gab ihr ein paar Sekunden, in denen sie mich einfach nur anstarrte, als wäre ich der Teufel höchstpersönlich.

»Das kann nicht sein«, stammelte sie dann. »Woher weißt du das?«

Die nächsten Stunden verbrachten wir damit, dass ich Kim im Detail alles über meine Veränderung erzählte. Ich zeigte ihr mein Sichelmal, sie legte ihre Skepsis nach und nach ab und wir begaben uns gemeinsam auf die Suche nach einer Erklärung für meinen Zustand. Nebenbei schilderte mir Kim, was es mit dieser Beverly auf sich hatte und warum vorhin ein Angstgefühl bei ihr hochgekommen war. Denn auf der Highschool war Kim mit zwei Mädchen befreundet gewesen: mit Giselle und Beverly. Als sie sich beim gemeinsamen Kaffeetrinken über alles Mögliche unterhalten hatten, erzählte Giselle auch von ihrem attraktiven Freund und von einem Flashmob, den er beobachtet hatte. Kim erinnerte sich, dass Beverly den Flashmob auch in der Stadt erlebt hatte, was Beverly jedoch abstritt – woraufhin Kim so lange nachbohrte, bis herauskam, dass sich Beverly heimlich mit Giselles Freund traf – was schließlich zum Bruch der Dreierfreundschaft führte.

»Ich hätte wirklich nicht so neugierig sein sollen, auch wenn es von Beverly echt nicht in Ordnung war. Aber sie redet bis heute nichts mehr mit uns«, flüsterte mir Kim zu, als wir am Nachmittag im Lesesaal der New York Public Library saßen, die sich in der Fifth Avenue befand.

Nachdem wir in der Uni-Bibliothek keine Krankheit gefunden hatten, die meine Symptome erklären konnte, hatte Kim darauf bestanden, unsere Suche auf andere Fachbereiche auszudehnen. Dafür hatte sie eine Liste angefertigt, auf der Esoterik und Mythologie ganz weit oben standen.

Neben Kim und mir stapelten sich die Bücher, die wir aus den polierten Holzregalen gezogen hatten und die wir jetzt schon seit zwei Stunden eifrig studierten.

Gähnend schlug ich das Buch über die Griechischen Göttersagen zu, in denen Phobos, der Gott der Furcht, erwähnt wurde. Als Sohn der Geschwister Ares und Aphrodite verbreitete er Angst und Schrecken, vor allem unter den Kämpfern Trojas. Das war zwar interessant, erklärte aber noch lange nicht, warum das alles mit mir geschah.

Resigniert schob ich das Buch zur Seite. Mein Blick wanderte über die ganzen Leute, die hier saßen und die verschiedenen Werke studierten. Nicht nur Studenten waren in der Public Library anzutreffen, auch ältere Leute saßen über die alten Bücher gebeugt und sogen die Texte in sich auf.

Die Atmosphäre hier war ganz besonders, das musste ich zugeben. Noch nie in meinem Leben hatte ich so einen hübschen Lesesaal gesehen. Er hieß *The Rose*, verfügte über meterhohe Wände mit riesigen, vergitterten Rundbogenfenstern und bunten Deckenfresken, die von goldverziertem Holz umrahmt wurden. Im Lesebereich standen gut zwei Dutzend Tische, die durch einen breiten Gang getrennt waren und Hunderten von Menschen Platz boten. Auf jedem Tisch standen vier Messinglampen, außerdem hingen elegante, viergliedrige Kronleuchter von der Decke, die den riesigen Saal in ein angenehmes Licht tauchten. Die Bücherregale waren an der Seite zu finden ebenso wie auf der Galerie, die sich rund um den Raum spannte.

Kim hatte mir erzählt, dass die Bibliothek unter anderem eine Gutenberg-Bibel besaß, aber selbst diese Tatsache ließ mich nicht glauben, dass wir hier tatsächlich eine Erklärung für meine Wahnvorstellungen finden würden.

»Aber das könnte was sein«, wisperte Kim neben mir. Mit der Hand deutete sie mir, etwas näher an sie heranzurücken.

»Die Anhänger des griechischen Philosophen Epikurs sahen in der Angst eine künstliche Emotion und strebten einen angstfreien Zustand an. So wie ich das hier sehe, waren sie der Ansicht, dass der Tod kein Teil des Lebens sei und man sich deswegen auch nicht davor fürchten solle.«

»Okay, und wie soll uns das weiterhelfen?«, flüsterte ich zurück.

»Sie waren der festen Überzeugung, dass man Angst mit *Ataraxie* begegnen sollte. Einer inneren Seelenruhe, die sich von äußeren Missständen und innerem Aufruhr nicht beeinflussen lässt. Die unerschütterliche Gelassenheit gegenüber Schicksalsschlägen war das höchste Ziel. Hier wird auch eine hübsche Metapher von einem Meeresspiegel erwähnt, der durch keine Welle mehr bewegt wird.«

»Ich bin weniger der Typ unberührter Meeresspiegel, sondern mehr die vom Sturm gebeutelte See, die komplett die Orientierung verloren hat.«

Kim nickte verständnisvoll. »Aber vielleicht hilft es dir, der Angst das nächste Mal noch besser zu begegnen. Immerhin scheinst du dich mit deinem *Zustand* anfreunden zu müssen.« Sie blickte sich unbehaglich um, aber es war nur noch ein älterer Mann an unserem Tisch und der war so sehr in seine Lektüre vertieft, dass er von unserem geflüsterten Gespräch nichts mitbekam.

»Offenbar. Hast du sonst noch etwas gefunden?«

»Nicht wirklich«, meinte Kim. »Ich habe in der ägyptischen Mythologie etwas über Chons gelesen, der als blutrünstige Gottheit andere Götter fangen und erschlagen wollte. Er hat auch für Angst gesorgt.«

Stirnrunzelnd betrachtete ich meine Freundin, wahrscheinlich war ich schon zu müde, um den Zusammenhang herzustellen. »Und was hat das mit mir zu tun?«

»Hier«, Kim schob mir das Buch hin und deutete auf einen falkenköpfigen Mann, der eine Mondsichel auf dem Kopf trug.

»Der Falke. Der Falke ist ein Vogel«, wisperte sie.

»Ja, aber trotzdem ist es kein Rabe. Außerdem hatten die Ägypter doch immer viele Vögel, Katzen oder Schlangen. Fast jeder Gott hatte doch irgendein Tier«, hielt ich dagegen. Dabei fiel mir ein, was ich im Internet gelesen hatte. »Es gab aber einen ägyptischen Gott, dessen Ankunft von Raben begleitet wurde. Ist das vielleicht zufällig dieser Chons?«

»Davon steht hier leider nichts. Ich war auch nur glücklich, irgendetwas gefunden zu haben.« Ein Schatten glitt über ihr Gesicht. »Irgendwie hätte ich gedacht, dass es leichter ist, jetzt wo ich dir …«

»Wo du mir glaubst?«

Sie nickte, woraufhin ich lächeln musste. Es war echt schön, dass Kim mich nicht mehr für verrückt hielt. »Ich habe auch schon etliche Stunden im Internet verbracht und noch nichts wirklich Brauchbares gefunden. Vielleicht hattest du doch mit deinem Gehirntumor recht.«

Kim schnaubte leise. »Jetzt wo ich weiß, dass du die Wahrheit sagst, hast du sicher keinen Gehirntumor. Sonst hättest du das mit Beverly nicht gewusst.« Kämpferisch warf sie einen Blick auf ihre Uhr. »Und deshalb werde ich so lange hier sitzen bleiben, bis sie uns rausschmeißen. Oder …« Bei ihrem kurzen Stocken musste ich schmunzeln.

»Oder bis wir gehen müssen, um nicht zu spät zum Konzert zu kommen?«

»Exakt«, bestätigte Kim. »Schließlich habe ich Eric Adams noch nie live gesehen. Aber bis es so weit ist, bleibe ich hier bei dir. Versprochen.«

KAPITEL 13

»Willkommen im FEARS«, sagte Cooper, nachdem wir über die Schwelle in den angesagten Club marschiert waren, in dem das Konzert heute stattfand. Schon der Vorraum mit der tintenschwarzen Garderobe links neben uns war in ein kühles, pulsierendes Licht getaucht, das zu den House-Klängen von der Tanzfläche passte.

»Oh mein Gott. Es ist der Hammer!«, rief Kim. Da es ein milder Abend war, hatten wir keine Jacken, die wir bei der Garderobe abgeben mussten, und konnten direkt weitergehen. »Wisst ihr eigentlich, dass es das erste Mal ist, dass ich in New York ausgehe?«

»Tatsächlich? Merkt man dir gar nicht an.« Cooper legte jeder von uns eine Hand auf die Taille und ich merkte an Kims Reaktion, dass sie es genoss, ihm so nah zu sein. Dann dirigierte er uns sanft den Gang entlang zu einer blau beleuchteten Tür, hinter der helle Lichtblitze zuckten.

»Wow«, hauchte Kim, als wir nebeneinander auf eine Galerie traten, von der aus wir auf die Tanzfläche sehen konnten. Vor uns breitete sich eine riesige Halle aus, deren Stirnseite von einer schwarzen Bühne eingenommen wurde, auf der bereits einige Instrumente standen. Eckige metallene Treppen führten rechts und links von uns hinunter zur Tanzfläche, die schon jetzt beinahe aus allen Nähten platzte.

»Lasst uns mal runtergehen!«, schrie uns Cooper ins Ohr, da die Musik hier so laut war, dass man sich nicht mehr normal unterhalten konnte.

Kim und ich nickten, während wir Cooper zu einer der Treppen folgten, die auf die Tanzfläche führten. Die schiefergrauen Wände waren mit unzähligen LED-Lichtern bestückt, die im Rhythmus der Musik verschiedenfarbig aufleuchteten, sodass es so aussah, als würden sie pulsierende Blüten hervorbringen.

»Das ist der coolste Club, in dem ich jemals war.« Kim grinste übers ganze Gesicht, als wir uns an den anderen Besuchern vorbei nach unten drängten.

»Holen wir uns erst mal was zu trinken.« Cooper nickte uns zu und bahnte sich dann einen Weg durch die Menge, in Richtung der beleuchteten Bar. Die Lichter hier hatten alle einen kühlen Blaustich, der die Coolness der Location noch unterstrich. Selbst die Kellnerinnen, die in knappen silbernen Outfits zwischen der Bar und den dunklen Nischen mit den spiegelnden Tischen hin- und herpendelten, hatten glitzernden blauen Bodyspray aufgetragen.

Aiden hätte es hier gefallen. An seinen guten Tagen mochte er Partys, an seinen guten Tagen mochte er das Leben.

Der Gedanke kam wie aus dem Nichts und zerriss die Blase der

Leichtigkeit, die sich um mich gebildet hatte. Zittrig holte ich Luft und bemerkte Kims Blick, woraufhin ich schnell lächelte. Sie sollte nicht denken, dass mir ihr Geburtstagsgeschenk nicht gefiel.

»Da sind Josh und Xander.« Cooper strich sich beiläufig seine dunkelblonden Haare zurück und deutete zur Bar. Sofort hefteten sich ein halbes Dutzend weibliche Augenpaare auf ihn, da er nicht nur attraktiv, sondern auch so groß war, dass er die meisten Männer überragte.

»Wow, Ladys!«, rief Xander lächelnd, als wir uns zu ihm und Josh an die Bar durchgekämpft hatten. »Ihr seht fantastisch aus.«

Josh nahm gerade seinen Cocktail vom Barkeeper entgegen und drehte sich zu uns um. Im Gegensatz zu Freud und Cooper trug er kein dunkles Hemd, sondern ein schlichtes grünes T-Shirt, das heute keinem Superhelden zugeordnet war.

»Hey. Wollt ihr was trinken?« Er lächelte mich an, bevor sein Blick bewundernd zu Kim glitt. Sie hatte sich für ein enges schwarzes Minikleid entschieden, das ihre langen Beine besonders gut zur Geltung brachte. Zusammen mit den glänzenden, langen Haaren und den hohen Absätzen war sie ein ziemlicher Hingucker, was ich ihr draußen schon mehrmals bestätigen musste.

Kim nickte enthusiastisch. »Ich hätte gern einen Manhattan.«

»Alles klar. Und du, Widney?« Josh fragte mich, ohne die Augen von Kim zu nehmen, die sich ihrerseits zu der vollen Tanzfläche umdrehte. Sie sah aus, als ob sie sich am liebsten sofort ins Getümmel gestürzt hätte.

»Einen Mojito, bitte«, erwiderte ich, weil ich zum Glück schon als einundzwanzig durchging und ein wenig Sorglosigkeit brauchte.

Nach den seltsamen Erlebnissen der letzten Tage sehnte ich mich nach einer Auszeit, unabhängig davon, dass Alkohol keine langfristige Lösung darstellte. Mir war klar, dass ich vor dem, was gerade mit mir passierte, nicht davonrennen konnte, da es ohne Zweifel stärker wurde. Aber wegzurennen oder für einen Moment die Augen zu schließen und nicht hinzusehen, waren zwei unterschiedliche Dinge.

»Einen Manhattan und einen Mojito«, wiederholte Josh und gab die Bestellung lautstark an den drahtigen Barkeeper weiter, der routiniert die Cocktails zusammenmixte.

»Wisst ihr, wie spät es ist?« Kim streckte sich, um auf die Bühne schauen zu können. Bisher war von der Band noch nichts zu sehen.

»Es ist kurz nach neun. Das Konzert startet in einer knappen Stunde.« Xander betrachtete mich aus zusammengekniffenen Augen. »Alles okay bei dir?«

»Klar. Wann kommt denn eigentlich Quentin?«

»Der wird auch bald hier sein.«

Ich nickte.

»Willst du tanzen?«, brüllte mir Kim ins Ohr.

»Ja!«, brüllte ich zurück, um der verdammten Sorglosigkeit noch einen Schubs zu geben.

Kim griff nach meiner Hand und zog mich grinsend auf die volle Tanzfläche. Zwei dunkelhaarige Typen Anfang zwanzig machten uns sofort Platz, als sie uns kommen sahen. Was nicht nur an meiner hübschen Freundin, sondern auch an dem dunkelblauen Neckholder-Kleid mit Wasserfall-Ausschnitt liegen mochte, das Kim mir eingeredet hatte.

»Der Club ist der Hammer!«, schrie Kim, als plötzlich unzählige Seifenblasen aus der Decke auf uns herabschwebten. Sie schimmerten in allen Regenbogenfarben, bevor sie an den ausgestreckten Händen der Tanzenden zerplatzten. Kim und ich tanzten eine Zeit lang zur Musik, bis ich aufs Klo musste und ihr Bescheid gab. Sie nickte, woraufhin ich mich durch die Masse aus Leibern zu einem der seitlichen Gänge kämpfte, die mit Neonschildern und Leuchtmarkierungen ausgestattet waren.

Da vor der Toilette im Untergeschoss eine irre lange Schlange stand, drehte ich um und nahm eine der Metalltreppen nach oben. Auf dieser Etage war es ein wenig ruhiger, es gab eine eigene Bar und Sitzbereiche aus hellgrauem Leder. Die Musik war allerdings nicht ganz so laut, sodass sich die Leute an den Tischen tatsächlich miteinander unterhalten konnten. Suchend ging ich weiter, bis ich in einen Raum gelangte, der noch exklusiver wirkte als der Rest des Clubs. Zwei kristallene LED-Lüster hingen von der Decke und beleuchteten die modernen Couchlandschaften rund um die goldglänzenden Tische. Die wenigen Gäste sahen aus, als ob sie jede Menge Geld hätten. Offenbar war ich unabsichtlich in einen VIP-Bereich gestolpert.

Um nicht rausgeworfen zu werden, wandte ich mich rasch nach rechts und betrat einen Korridor mit neonfarbenen Leuchtmarkierungen, die den Weg zur nächsten Toilette anzeigten. Ein schlanker Typ mit einem schmalen Gesicht lehnte an der Wand und wischte auf seinem Handy herum. Passend zu seiner Ausstrahlung war er ganz in Schwarz gekleidet. Seine dunklen Haare fielen ihm über die Augen, während er eine Nachricht tippte.

Bei seinem Anblick verlangsamte ich unbewusst meine Schritte. Irgendetwas an ihm kam mir bekannt vor. In diesem Moment hob er den Kopf und ich verstand, woher ich sein Gesicht kannte.

Vor mir stand der Leadsänger von *NEBEN*. Seine blauen Augen trafen meine. Im selben Moment wurde mein Handgelenk unnatürlich heiß, kurz darauf kam der magische Rabe. Ich sah einen schwarzen Schnabel sowie glühende Augen neben mir aufblitzen, bevor der tiefschwarze Vogel mit kraftvollen Flügelschlägen an mir vorbeiglitt und ich seine hauchzarte Berührung auf der Wange spürte. Genau wie beim letzten Mal leuchteten goldene Zeichen rund um ihn auf, die heute jedoch so klar waren, dass ich einen gestreiften Kreis über einer gezackten Linie erkennen konnte. Gleichzeitig erfasste mich die Angst. Meine Finger verkrampften sich, meine Brust wurde eng. Ich fühlte meinen Herzschlag bis in die Zehen pulsieren. Der Rabe glitt an mir vorbei, streifte im Vorbeifliegen die Haare des Sängers und verschmolz mit dem düsteren Korridor. Sein mattschwarzes Gefieder zerfiel zu Dunkelheit, als ob es ihn nie gegeben hätte.

Aber es hatte ihn gegeben. Ich hatte ihn gesehen. Und da war noch mehr.

Die Angst um sie.

Die Angst um unser Baby.

Plötzlich hatte ich das Gefühl, die Stimme des Sängers in meinem Kopf zu hören.

Was, wenn es jetzt kam und ich nicht da war?

Was, wenn es falsch gewesen war, den verdammten Gig anzunehmen?

Der Sänger unterbrach den Augenkontakt, steckte das Handy ein und wandte sich ab. Ich spürte seine Angst noch weiter in mir nachhallen, fühlte das vibrierende Zittern in meinem ganzen Körper, unfähig, mich auch nur einen Schritt weit zu bewegen. Irgendwann ließ die Beklemmung endlich nach wie die Schatten eines Albtraums, die im Morgengrauen allmählich verblassten, sodass ich endlich den Weg zur Toilette fortsetzen konnte.

Unten auf der Tanzfläche war es mir zu laut, zu voll, und zu glücklich. Ich entdeckte Josh an der Bar, der auf Kim einquatschte. Sie nippte an ihrem Cocktail und nickte höflich, doch ihre Augen verrieten, dass sie längst ausgestiegen war.

»Hey«, sagte ich und lächelte die beiden ein wenig gezwungen an.

Kim registrierte mich erleichtert. »Widney, endlich! Ich dachte schon, du bist ins Klo gefallen.«

»Ich bin nur fast gegen Eric Adams gefallen«, erwiderte ich trocken und griff nach meinem Mojito, auf den Josh bis jetzt aufgepasst hatte.

»Eric Adams? Echt jetzt?«, quietschte sie.

Josh runzelte die Stirn. »Wusstet ihr, dass das Prügelvideo von ihm und seinem Bandkollegen mehr Klicks hat als die neueste Hit-Single?«

»Nein«, sagte Kim. »Aber ich wusste auch nicht, dass mein Cocktail einer Legende zufolge am 29. September 1874 im Manhattan Club bei einem Bankett von Jennie Churchill kreiert worden ist.«

»Echt? Das wusstest du nicht?«, fragte ich grinsend.

Kim schüttelte den Kopf.

»Dezember, nicht September«, korrigierte Josh. »Und ja, es ist nur eine Legende. Die Geschichte gilt als widerlegt, da Jennie

Churchill das Bankett gar nicht gegeben haben kann, da sie sich zu dem Zeitpunkt gerade schwanger in Frankreich aufgehalten hat.«

Kim warf mir einen Hilfe suchenden Blick zu.

»Wo sind denn die anderen?«, fragte ich schnell.

»Ash hat Feierabend und tanzt jetzt mit Freud, obwohl sie sich vorher noch gefetzt haben, Cooper reißt sich eine der heißen Kellnerinnen auf und Quentin«, Josh sah auf die Uhr, »sollte eigentlich auch bald hier sein.«

In dem Moment wurde meine Aufmerksamkeit in eine bestimmte Richtung gezogen, fast magnetisch, als könnte ich nicht anders, als müsste ich meinen Blick über die tanzenden Menschen gleiten lassen, bis ich Quentin sah.

Er trug ein schwarzes Hemd zu einer schwarzen Hose, mit der er noch dünner wirkte als sonst. Aber das war mir egal. Ich fand ihn unglaublich attraktiv, wie er so dastand und mich entdeckte. Ein Lächeln huschte über sein Gesicht und in seinen Augen entzündete sich ein Leuchten, das bis zu mir strahlte.

»Entschuldigt mich«, rief ich, dann ging ich zu ihm. Jeder Schritt in seine Richtung machte etwas mit meinem Körper, machte ihn leichter, ohne die Gesetze der Schwerkraft aufzuheben.

»Hi«, sagte ich.

»Hey.« Er schob sich an einer Gruppe tanzender Frauen vorbei, bis er direkt vor mir stand.

»Wo warst du so lange?«

»Ich war noch unterwegs.« Auch wenn ich ihn bei dem Krach um uns herum kaum verstehen konnte, klang seine Stimme unendlich sexy. »Und was hast du heute gemacht?«

Es war nur eine einfache Frage, die mich vor ein Dilemma stellte, aber ich beschloss, meine Angstattacken nicht vor ihm zu erwähnen.

»Ich war mit Kim unterwegs.«

Auch wenn es nicht mutig war, diese Antwort zu geben, hielt ich tapfer an meinem Lächeln fest.

Quentin sah mich interessiert an. Bei seinem Blick wurde mir ganz warm, als würden Sonnenstrahlen meine Haut küssen.

Er kam ein Stück näher, beugte sich zu mir und strich mir eine Haarsträhne hinters Ohr. Ein feines Kribbeln zog sich von meinem Ohr bis über den Hals hinunter. »Das kriegen wir besser hin, oder?«

»Was genau?«

»Belanglosigkeiten auszutauschen. Ich versuch es noch mal.« Er räusperte sich. »Ich war heute nicht nur unterwegs, ich war beim Arzt.«

Mein Blick wanderte automatisch zu seiner Hand, die kein bisschen zitterte, was jedoch nichts bedeutete. Die Krankheit war noch immer da.

»Und ich war nicht nur mit Kim unterwegs, sondern in der Bibliothek.«

Quentin ließ seine Finger von meiner nackten Schulter bis hinunter zu meinem Handgelenk gleiten.

»Besser.«

Ich nickte. »Willst du was trinken?« Dabei warf ich einen beiläufigen Blick über die Schulter. Kim stand neben Josh, der sie offenbar noch immer mit spannenden Details über ihre Cocktails versorgte. An ihren zusammengekniffenen Augen konnte ich sehen, dass sie mehr Lust gehabt hätte, zu uns zu kommen.

»Ich trinke keinen Alkohol.«

Ich sah wieder zu Quentin. »Ich weiß. Aber die haben hier sicher auch Wasser an der Bar.«

»Garantiert. Allerdings sollten wir uns einen Platz suchen. Das Konzert fängt gleich an.« Er nahm mich bei der Hand und zog mich durch die tanzende Menge weiter nach vorne zur Bühne. Die Vibrationen der House-Musik übertrugen sich von dem dunklen Boden direkt in meinen Körper.

»Josh sagte, es dauert noch ein wenig länger!«, schrie ich Quentin zu, als wir uns an einem blonden Mädchen vorbeidrängten, das innig mit einem großen, dunkelhaarigen Typen knutschte. Irgendetwas an ihr kam mir bekannt vor und ich brauchte einen Moment, um sie als Kims Mitbewohnerin Chelsey zu identifizieren, die ja auch zu dem Konzert hatte kommen wollen.

»Vertrau mir!«, schrie er zurück.

In diesem Moment endete die Musik. Ein paar Sekunden lang herrschte Totenstille, während die Menschen ringsum zu tanzen aufhörten. Direkt vor uns bildete sich eine Lücke, in die Quentin mich zog. Wir standen jetzt nur noch etwa fünf Meter von der Bühne entfernt, was bei den vielen Besuchern ein absoluter Glücksgriff war. Eine angenehme Stimme verkündete über die Lautsprecher, dass es in wenigen Augenblicken mit *NEBEN* weiterging.

»Woher wusstest du, dass es beginnt?«

»Intuition«, erwiderte Quentin.

Das aufgeregte Gemurmel wurde nun immer leiser, die spannungsgeladene Energie im Club war beinahe auf der Haut zu fühlen.

»Begrüßt mit uns nun live on stage Eric Adams und seine Band

NEBEN!«, ertönte die Lautsprecherstimme voller Enthusiasmus. Die Leute ringsum begannen zu jubeln und zu klatschen. Ich stimmte ebenfalls ein, als der Leadsänger und seine Band auf die Bühne kamen. Sie waren insgesamt zu viert und strahlten eine absolute Ruhe aus, als hätten sie das schon tausend Mal gemacht. Einer setzte sich ans Schlagzeug, ein zweiter ging zum Keyboard und ein dritter hatte eine E-Gitarre um die Schultern hängen. Kurz sah ich mich um, wo unsere anderen WG-Mitglieder abgeblieben waren, konnte aber keinen von ihnen entdecken.

Der Sänger trat ans Mikro und ließ seine durchdringenden Augen über die Menge wandern.

»Schön, dass ihr gekommen seid«, meinte er dann. »Wir starten heute mit dem Song *Alles oder nichts*.«

Im Saal war es mucksmäuschenstill. Der Gitarrist stimmte die ersten Akkorde an. Eric Adams schloss die Augen, umfasste das Mikro mit beiden Händen und begann zu singen. Schon bei den ersten Noten lief mir eine Gänsehaut über den ganzen Rücken.

Quentin verstärkte seinen Händedruck. Ich mochte es, dass unsere Finger miteinander verflochten waren, es fühlte sich richtig an. Lächelnd blickte ich zu ihm auf.

»Ich mag die alten Songs«, sagte er in mein Ohr. »Ich mag seine Lieder grundsätzlich.«

»Ich auch.« Eric sang von Schmerz und Verlust, aber auch von den Chancen, die einem das Leben immer wieder aufs Neue bot.

»Man merkt, dass er zu den Menschen gehört, denen nicht alles in den Schoß gefallen ist. Er ist einer von denen, die kämpfen mussten.« Quentin hatte sich hinter mich gestellt und die Arme um mich geschlungen. Er sprach noch immer in mein Ohr, sodass ich ihn bei dem ruhigen Lied gut verstehen konnte. Lichter blitzten wie Sternschnuppen über uns hinweg, ich atmete den Moment ein, genoss die Gegenwart in vollen Zügen.

»So wie es aussieht, ist sein Kämpfen belohnt worden«, meinte ich schließlich.

Quentin nickte. »Manchmal lohnt es sich, durch dunkle Zeiten zu gehen.«

Ich drehte mich in seinen Armen, um ihn anzusehen.

»Das klingt beinahe so, als ob du Leid gut finden würdest.«

»Wenn es Sinn hat, dann schon.« Es überraschte mich ein wenig, das aus seinem Mund zu hören. Von jemandem, der eine boshafte Krankheit hatte, die ihn jederzeit überfallen konnte.

»Ich bin mir nicht sicher, wie oft Leid sinnvoll ist.«

»Auf den ersten Blick ist es nur schrecklich, aber manchmal entsteht aus einem Schicksalsschlag auch etwas ganz Besonderes. Keine Spezies der Welt hätte sich weiterentwickelt, wenn sie nicht dazu gezwungen worden wäre, weil es überlebensnotwendig war.« Er unterbrach sich. »Aber solche Gespräche sollten wir nicht während eines Konzerts führen.«

»Lieber auf dem Dach?«

»Lieber auf dem Dach«, bestätigte er. Ich spürte, wie Quentin mich sanft wiegte, und schloss die Augen, um mich auf die Atmosphäre des Liedes einzulassen. Quentin drückte mich noch enger an sich, streifte mit den Lippen über meinen Hals. Automatisch ließ ich mich stärker gegen seinen warmen Körper sinken. Der Duft seines Parfums vermischte sich mit dem Geruch der Nebelmaschine um mich herum. Ich konnte nicht anders, als den Kopf zu heben und ihn anzusehen. Da war so viel zwischen uns, das ich nicht in Worte fassen konnte.

»Komm näher«, sagte Quentin.

Ich machte einen Schritt auf ihn zu und legte die Arme um seinen Hals. Seine Brust drückte sanft gegen meine. Seine warmen Hände lagen auf meinen Hüften.

»Noch näher.«

»Viel näher geht nicht mehr.«

Er lächelte schief. »Etwas näher geht noch.« Mit diesen Worten beugte er den Kopf, um mich zu küssen. Seine warmen Lippen streiften über meine und unser Atem vermischte sich. Seufzend stellte ich mich auf die Zehenspitzen.

Quentins Kuss war warm und süß, aber er war auch verführerisch und dunkel. Obwohl wir unter so vielen Menschen waren, fühlte es sich an, als gäbe es nur uns. Nur ihn und mich, inmitten diesem Meer aus Fremden.

Als der Song endete, endete auch unser Kuss. Dieser Kuss, der sich für immer in meine Erinnerung gebrannt hatte, der einfach wunderschön gewesen war. Ich sah Quentin noch immer in die Augen, als neben uns eine plötzliche Unruhe entstand. Offenbar hatten zwei Männer einander zu schubsen begonnen, woraus sich gerade ein ausgewachsener Streit entwickelte. Einer der beiden schien Chelseys dunkelhaariger Begleiter zu sein, denn obwohl er mit dem Rücken zu mir stand, erkannte ich zwei Schritte vor mir Kims Mitbewohnerin, die verzweifelt an seinem Arm zog. Ich hatte keine Ahnung, worum es in dem Streit ging, aber es wirkte nicht so, als ob die beiden nur herumalberten. Selbst die Band machte eine Pause und ich hörte den Sänger über das Mikro sagen, dass der Sicherheitsdienst kommen sollte.

In der Sekunde holte Chelseys muskulöser Begleiter aus und verpasste seinem Widersacher einen Kinnhaken.

Ein paar Mädchen schrien und das Sichelmal auf meinem Handgelenk begann zu brennen. Fluchend zog mich Quentin zur Seite, aber er war nicht der Einzige. Noch mehr Männer versuchten, ihre Frauen aus der Gefahrenzone zu bringen. Automatisch kam Bewegung in die Menge. Ein dicker Mann drängte sich zwischen uns durch und ich spürte, wie ich von Quentin fortgerissen wurde.

»Hey! Keine Panik, Leute! Versucht, Ruhe zu bewahren!«, rief der Sänger, während rings um mich immer mehr Menschen in die Auseinandersetzung verwickelt wurden. Aus dem Augenwinkel sah ich den schwarzen Raben über meinen Kopf hinweggleiten, der eine Spur von goldenen Symbolen hinter sich herzog, die zuerst hell aufleuchteten und dann langsam wieder verblassten. Allerdings hatte ich gerade keine Zeit, mich mit ihm zu befassen. Denn obwohl es so eng war, schien plötzlich jeder in eine andere Richtung zu wollen. Ich bekam einen Ellbogen in die Seite gerammt und sah mich nach Quentin um, der in der wogenden Masse verschwunden war.

»Wir bitten Sie, Ruhe zu bewahren und das Sicherheitspersonal durchzulassen. Es besteht kein Grund zur Panik!«, erklang dieselbe Stimme über die Lautsprecher, die zuvor die Band angekündigt hatte. Gleichzeitig flatterten noch mehr Raben mit goldglühenden Augen in die Höhe. Sie schienen direkt aus der Masse aus Leibern nach oben zu schießen, wo sie sich über den Köpfen der Menschen krächzend zu einem riesigen Schwarm verdichteten.

Fassungslos starrte ich nach oben. Es waren unzählige Vögel. Durch das Gewirr an schwarzen Flügeln und glänzendem Gefieder konnte ich immer wieder goldene Symbole aufblitzen sehen, ohne sie jedoch genau zu erkennen. Die Schreie der Raben vermischten sich mit den Stimmen, die ich plötzlich in meinem Kopf hörte. Stimmen, die zu den Männern und Frauen rings um mich zu gehören schienen.

Wo ist Carol?

Ich muss hier raus!

Es ist so eng, ich bekomme keine Luft!

Oh Gott, wieso muss das gerade jetzt passieren? Ich wollte doch einfach nur das Konzert genießen!

Wo ist der verdammte Ausgang?

Die Bewegungen der Menschen wurden immer heftiger. Ich spürte ihre Ängste wie Schockwellen durch meinen Körper laufen, während ich mich hektisch nach Quentin umsah. Er war ein paar Meter entfernt und versuchte angestrengt, zu mir zu kommen. Automatisch drängte ich mich ebenfalls in seine Richtung. Irgendjemand stieg mir auf den Fuß. Ich keuchte und bekam einen heftigen Stoß in den Rücken, der mich noch näher zu den streitenden Männern drückte. Die Angstraben über meinen Köpfen schrien.

Erneut fühlte ich eine Welle von Furcht, bei der auch das Sichelmal auf meinem Handgelenk immer heißer wurde und hell zu glühen anfing. Ich konnte mich allerdings nicht damit befassen, denn die beiden Kämpfenden befanden sich jetzt direkt neben mir.

Chelseys Begleiter hatte den blonden Kerl, mit dem er aneinandergeraten war, in den Schwitzkasten genommen und taumelte gegen ein unbeteiligtes Pärchen neben sich. Die beiden schrien etwas, was in dem lauten Gekrächze der unzähligen Vögel und der vielen Stimmen in meinem Kopf jedoch unterging. Ich sah, wie ein junger Mann mit Vollbart die beiden Widersacher wegstieß, wodurch sich eine Lücke in der Menge öffnete. Dahinter konnte ich Quentin erkennen, der in einen Kampf verwickelt worden war. Er stand mit dem Rücken zu mir und wehrte sich gegen einen sichtlich angetrunkenen, großen Kerl mit einer Stoppelglatze.

Eine weitere Welle von Angst erreichte mich. Die Stimmen in meinem Kopf wurden immer lauter und die Vögel über uns immer aggressiver. Ich sah, wie sie wüst begannen, aufeinander einzuhacken, und dabei unzählige schwarze Federn verloren. Plötzlich waren die Federn überall. Sie drangen mir in Mund und Nase, versperrten mir die Sicht und gaben mir das Gefühl, zu ersticken.

Mein Sichelmal brannte, die Angst presste mir die Luft aus den Lungen und ich wollte nur noch zu Quentin.

In diesem Moment wurde die Sicht wieder besser und ich sah, wie der blonde Typ, der sich aus dem Schwitzkasten befreit hatte, ein Klappmesser zog. Direkt neben ihm wehrte sich Quentin noch immer gegen den betrunkenen Kerl, als mehrere Dinge gleichzeitig passierten. Der Blonde schwenkte mit dem Messer herum, als Quentin von dem Typen mit der Stoppelglatze einen Stoß gegen die Brust bekam, der ihn direkt in die Arme des bewaffneten Mannes taumeln ließ. Irgendjemand schrie, mein Handgelenk brannte wie Feuer und ich reagierte, ohne nachzudenken. Mein ganzer Körper schoss nach vorne. Einen Wimpernschlag später hatte ich die Arme von hinten um den Hals des Typen mit dem Klappmesser geschlungen und riss ihn zurück. Er ging praktisch augenblicklich zu Boden. Ich hatte schon öfter jemanden niedergerungen, aber es war das erste Mal, dass es mir so mühelos gelang.

Das Klappmesser entglitt seinen Fingern und wurde von einer Frau neben mir zur Seite gekickt. In dem Moment drehte sich Quentin um und das Sicherheitspersonal kam endlich durch. Der Typ mit dem Klappmesser wurde mitgenommen, während die Raben endlich verschwanden und langsam Ruhe einkehrte.

»Alles okay?«, fragte mich Quentin, der aus einer kleinen Wunde neben der Lippe blutete und meinen seltsamen Anfall von Schnelligkeit und Stärke offenbar nicht mitgekriegt hatte.

Mitgenommen nickte ich. Dabei berührte ich mit den Fingerspitzen unauffällig mein Sichelmal, das endlich zu glühen aufgehört hatte.

KAPITEL 14

»Was bist du nur für ein Arsch!« Ashs inbrünstig gebrüllten Worte waren das Erste, was ich hörte, als ich am nächsten Morgen aufwachte.

»Wie gewählt deine Ausdrucksweise ist. Du überraschst mich jedes Mal aufs Neue«, hörte ich Freud voller Ironie antworten.

Benommen stieg ich aus dem Bett. Gestern Abend hatten wir nach der Prügelei noch zu *NEBEN* abgerockt, doch meine Gedanken waren immer wieder zu dem Mann mit dem Messer abgedriftet. Es war total verrückt gewesen. Als ich gesehen hatte, wie Quentin in seine Richtung getaumelt war, hatte ich für ein paar Sekunden das Gefühl gehabt, sehr viel schneller und stärker zu sein als sonst. Als ob meine Reflexe durch das Adrenalin irgendwie verbessert worden wären.

Nachdenklich öffnete ich die Schiebetür nach draußen und sah Ash quer gegenüber auf der Galerie stehen. Sie hatte einen schwarzen Morgenmantel an, der zu ihren verstrubbelten, dunklen Haaren passte. Mit bebenden Fingern klammerte sie sich an dem gläsernen Geländer fest und fixierte Freud, der gerade die Treppe hinunterpolterte.

»Ja, wirklich? Ich überrasche dich? Du bist es doch, der mich jedes Mal aufs Neue überrascht. Jedes Mal bin ich überrascht davon, was für ein verfluchter Scheißkerl du bist!«

Freud, der nur eine graue Boxershorts und sonst gar nichts trug, blieb am Fuße der Treppe stehen und drehte sich noch einmal um. »Scheißkerl? Wie eloquent. Du kennst meine Mutter nicht, Ash!«

»Dafür kenne ich dich! Du glaubst, mit deinen Pseudo-Analysen von deiner kaputten Psyche ablenken zu können. Aber es reicht nicht, mit irgendwelchen Diagnosen um sich zu werfen. Statt mit dem Finger auf andere zu zeigen, solltest du dir eingestehen, dass du selbst ein beschissenes, bindungsunfähiges Wrack bist!«

»Interessant. Sagt die Frau mit dem Vaterkomplex.«

»Lass meinen Vater da raus!«, schrie Ash mit sich überschlagender Stimme. »Verschwinde von hier!«

»Das würde ich gerne, aber verdammt: Ich wohne hier!«, brüllte Xander zurück, bevor er sich umdrehte und die Yucca-Palme lautstark als unreflektiertes Miststück bezeichnete. Dann stürmte er in sein Zimmer und donnerte die Schiebetür hinter sich zu.

»Was starrst du mich so blöd an?«, fauchte Ash mit funkelnden Augen, als sie mich sah. Noch bevor ich etwas entgegnen konnte, stapfte sie in ihr Zimmer und ließ die Schiebetür mit einem noch lauteren Knall einrasten, sodass beinahe die Wände wackelten.

Wow. Nach dem gestrigen Abend war das genau der richtige Start in den Tag. Mein einziger Trost war, dass von meinen Mitbewohnern offenbar niemand mitbekommen hatte, dass ich plötzlich Superkräfte entwickelt hatte, die ich mir selbst nicht erklären konnte.

Und dass Xander und Ash so eindeutig gegen die WG-Regel verstoßen hatten, dass sie jetzt wahrscheinlich wieder mit Strafen in Form von Putz- und Wäschediensten rechnen mussten.

»Hallo. Was für ein wunderschöner, ruhiger Morgen.« Quentin tauchte verschlafen neben mir auf. Seine Stimme war von gestern noch etwas heiser, und ich mochte den kratzigen Klang darin.

Er blickte zu Ashs Zimmertür hinüber. »Scheint, als hätte ich etwas verpasst.«

»Da bin ich mir nicht sicher«, sagte ich zweifelnd.

»Stimmt. Eigentlich habe ich nichts verpasst. Ich habe eher alles gehört.« Er gähnte. »Und zwar die ganze Nacht lang.«

Ich runzelte die Stirn. Als der Groschen endlich fiel, hätte ich es gern rückgängig gemacht, aber es war zu spät. »Du hast die beiden gehört?«

Quentin steckte die Hände nickend in seine graue Jogginghose, zu der er ein weißes Shirt trug. »Sind die Bilder jetzt in deinem Kopf?«

Mein Gesicht verzog sich wie von selbst. Die Vorstellung von Ash und Xander, die sich miteinander im Bett vergnügten, hatte da eindeutig nichts verloren. »Leider.«

Quentin gähnte noch einmal. »Bedenke, dass ich die akustische Untermalung gratis dazubekommen habe.«

»Darum beneide ich dich nicht«, sagte ich lächelnd, woraufhin Quentin ebenso zurücklächelte. Ein paar Sekunden lang lächelten wir uns einfach nur gegenseitig an, aber das reichte, um den Augenblick wunderschön werden zu lassen.

»Was hast du heute vor?«, wollte er dann wissen.

»Ich muss noch lernen und wollte später mit Kim einen Kaffee trinken gehen.«

»Und danach?«

»Danach habe ich frei.«

»Sehr gut. Ich habe nämlich Karten für ein altes Kino downtown, die Vorstellung ist um einundzwanzig Uhr.«

Ich versuchte, nicht zu breit zu grinsen. »Und wer sagt, dass ich mit dir dorthin gehe?«

Quentin lehnte sich lässig an die Wand. »Das Leuchten in deinem Gesicht.«

Bei jedem anderen hätte ich es unangenehm gefunden, dass er mich wie ein offenes Buch lesen konnte, aber Quentin war nicht jeder andere, er war Quentin.

»Okay. Sollte es mich denn stutzig machen, dass du mit mir in einen dunklen Saal möchtest?«

»Das sollte dich alles andere als stutzig machen«, erwiderte Quentin selbstsicher. »Davon solltest du ausgehen.« Er lächelte wieder, aber dieses Mal war das Lächeln anders. Es hatte diesen leicht sexy Touch, der mich ganz nervös machte.

»Ich dachte, es verstößt gegen die WG-Regeln.« Die Worte waren wieder einmal schneller aus meinem Mund, als sich mein Gehirn mit ihnen beschäftigen konnte.

»Ins Kino zu gehen?«

»Davon spreche ich nicht.«

Quentin wirkte amüsiert. »Wovon sprichst du dann?«

Ich antwortete nicht sofort. »Du genießt es, mich ein wenig aufzuziehen, nicht wahr?«

»Ein wenig«, gab er zu und lachte leise. »Aber mir gefällt deine Assoziationskette. Vom Kino zu der großen WG-Regel. Sieht aus, als hättest du einen Plan.«

Ich biss mir auf die Lippe. »So war das nicht gemeint.« Quentin konnte mich verlegen machen, aber er machte es auf die gute Art, bei der ich mich nicht megaunwohl fühlte.

»Mir ist es egal, ob wir gegen die WG-Regel verstoßen. Immerhin haben Ash und Freud es heute Nacht auch dreimal getan.«

»Dreimal?«

»Mindestens.« Quentin schmunzelte. »Ich hoffe, du stellst jetzt keine Ansprüche.«

Ich lachte. »Nein, tue ich nicht. Außerdem wird im Kino nichts passieren. Also nicht *so etwas*.«

»Dann ist es ja gut.« Er machte einen halben Schritt auf mich zu, bei dem mein Herz ein klein wenig höherschlug. »Ich freue mich trotzdem auf den Film.«

»Was sehen wir uns denn an?«

»Das ist eine Überraschung. Ich hole dich um zwanzig Uhr hier ab, okay?«

»Okay.« Ich beugte mich ein Stück zu ihm. »Aber was ist, wenn uns die anderen zusammen sehen?«

»Du meinst, wenn wir uns morgen früh mit *Arsch* und *Miststück* begrüßen?« Er grinste herausfordernd, dabei war ich mir sicher, dass *Arsch* kein Wort war, das zu Quentin passte.

»Nein, ich meinte, wenn sie uns *zusammen* sehen. Müssen wir dann auch Socken waschen?«

Quentin lächelte. »Machst du dir darüber wirklich Gedanken?«

»Ich finde es nicht gerade verlockend, Coopers Shorts zu waschen«, erklärte ich grinsend. »Oder Xanders Socken.«

»So weit werden wir es nicht kommen lassen«, meinte Quentin amüsiert. »Ich werde dich vor den Socken und der Unterwäsche beschützen, das verspreche ich.«

»Du hättest dich ernsthaft verletzen können«, hielt mir Kim am Nachmittag noch immer eine Standpauke, nachdem ich ihr von meinem kleinen Angriff in dem Club erzählt hatte. Wir saßen gerade im Starbucks und nippten an unserem heißen Kaffee mit Sirup und jeder Menge Milchschaum.

»Ich war nicht wirklich in Gefahr.«

»Der Typ hatte *ein Messer*, Widney«, meinte Kim, die sich neben mir in einem großen roten Polstersessel niedergelassen hatte. Wir befanden uns in einer etwas abgeschotteten Nische, in der glücklicherweise niemand etwas von unserem Gespräch mitbekommen konnte.

»Ja, aber das war nicht auf mich gerichtet. Außerdem konnte ich nicht riskieren, dass er Quentin etwas antut.«

Kim schüttelte den Kopf. »Quentin hat ja keine Ahnung, was du für ihn riskiert hast.«

»Und dabei soll es auch bleiben«, sagte ich und dachte an den Moment, als ich ihm bei Han von meiner Veränderung hatte erzählen wollen. Als Ash reingeplatzt war und damit meine Offenbarung abrupt gestoppt hatte.

»Du willst ihm nichts von deiner Fähigkeit erzählen?«

»Fähigkeit? So nennst du es jetzt?« Ich atmete tief ein und zog dabei den Duft des Kaffees in meine Lungen, der überall im Lokal in der Luft hing. An der Kasse weiter vorne standen einige Leute an und ich hatte das Gefühl, ebenfalls anzustehen. Aber auf eine andere Art. Im Grunde hatte ich noch immer keine Ahnung, was mit mir los war.

Kim nickte. »Natürlich. Es ist eine Gabe, die du hast.«

»Gestern hast du das noch anders gesehen.«

»Gestern wusste ich auch noch nicht, dass du übernatürlich schnell werden kannst. Du bist so etwas wie Superwoman, nur scheint sich deine Kraft irgendwie aus der Angst zu speisen.«

Ich schnaubte. »Wow. Das hört sich aber verdammt sexy an.«

Kim grinste. »Wenn man sich damit angefreundet hat, finde ich es gar nicht so übel.«

»Vielleicht ist es auch keine Gabe, sondern ein Fluch«, sagte ich und lehnte mich resigniert in meinem breiten Sessel zurück.

Kim schlug ihre langen Beine übereinander. »Kommt ganz auf die Sichtweise an. Ich verstehe schon, dass Ängste zu fühlen sich nicht so cool anhört und sicher auch nicht das beste Gefühl aller Zeiten ist – aber du darfst nicht vergessen, dass du über die Ängste viel über deine Mitmenschen erfahren kannst. Ich meine, wie gut lernt man einen Menschen kennen, wenn man von seinen tiefsten Ängsten weiß?« Kim hob abwartend die Augenbrauen.

»Die tiefsten Ängste habe ich bislang gar nicht gefühlt, mein Revier sind offensichtlich die oberflächlichen Sorgen.«

»Sag das nicht so. Wer weiß, wohin sich deine Fähigkeit noch entwickelt. Immerhin scheint sie noch Potenzial zu haben und gestern Abend hat sie gezeigt, dass sie dich auf eine besondere Art auch beflügeln kann. Wobei ich es noch immer nicht gutheiße, dass du dich so in Gefahr gebracht hast.« Sie sah mich strafend an und ich mochte die liebevolle Sorge, die in ihrem Blick mitschwang.

»Und Quentin hat nichts davon mitbekommen?«

»Nein. Und ich bin auch froh darüber. Erinnere dich daran, wie du gestern reagiert hast, als ich dir von meiner *Gabe*«, ich sprach das Wort bewusst langsam aus, »erzählt habe. Zum Glück wusste ich das von dieser Beverly, sonst hättest du mich doch gleich eingewiesen.«

Kim nippte an ihrem Kaffee. »Stimmt. Das hätte ich wahrscheinlich getan. Es ist auch zu verrückt. Aber auch irgendwie cool.« Sie legte ihr Smartphone auf den Tisch. »Ich habe übrigens noch etwas zu dem Sichelmal recherchiert und bin leider nicht wirklich fündig geworden. Spontannarben scheinen nicht besonders üblich zu sein, außerdem bin ich mir sicher, dass das Symbol mit deiner Veränderung in Zusammenhang steht. Ich muss noch einmal mehr zu diesem Chons recherchieren, immerhin würde eine Mondsichel-Narbe zu diesem ägyptischen Gott passen, der alle abschlachten wollte.«

Ich streckte meinen Daumen in die Höhe. »Super.«

Sie grinste. »Aber ich bekomme die Zusammenhänge nicht ganz hin. Und im Internet steht auch nur so verrücktes Zeug. Ich habe einen Blog gefunden, in dem ein durchgeknallter Typ über Ägypten schreibt. Er berichtet von einer Tragödie, die sich vor hundert Jahren wegen irgendeines Relikts zwischen den Forschern ereignet hat. Offenbar kam es bei den Ausgrabungen in der Nähe von Kairo zu Streitigkeiten und Mitglieder des Ausgrabungsteams gingen aufeinander los, sodass es einige Tote gab. Außerdem schreibt er von irgendeinem wertvollen Zepter und darüber, dass er glaubt, dass die Götter noch immer auf der Erde wandeln.«

»Und das glaubst du?«

»Niemals. Das ist Blödsinn und so kommen wir auch nicht weiter. Vielleicht sollte ich einmal mit Josh reden, schließlich studiert er Anthropologie. Er könnte etwas wissen.«

»Wikipedia weiß sicher etwas, aber ich fände es nicht gut, wenn er von meinem *Zustand* irgendwie Wind bekommen würde. Außerdem bin ich mir nicht sicher, ob sie etwas vor mir verheimlichen.«

»Wie kommst du denn darauf?«

Ich zuckte mit den Schultern. »Ist nur so ein Gefühl. Manchmal habe ich den Eindruck, dass sie mir nicht alles erzählen – und es war auch irgendwie komisch, dass Cooper an meinem Geburtstag wusste, dass ich kein Marzipan mag. Wahrscheinlich werde ich auch einfach nur paranoid.«

»Ich könnte Josh auch ganz unauffällig fragen, immerhin scheint er mich zu mögen.«

»Unauffällig? Zu dem Thema? Ich denke, das wird schwierig. Mir wäre es lieber, wenn wir ihn hier rauslassen.«

Kim nickte. »Okay, aber dann müssen wir systematisch an die Sache herangehen.« Sie fischte ihren schwarzen Terminkalender aus ihrer Handtasche und schlug ihn auf. »Wie oft hast du denn bis jetzt die Ängste anderer fühlen können?«

»Du klingst wie eine Ärztin, die einen Patienten aufnimmt.« Es sollte sich wie ein Scherz anhören, auch wenn es nicht wirklich einer war.

»Du bist keine Patientin, Widney. Aber es macht schon Sinn, dass wir uns noch einmal die Fakten ansehen. Also?«

»Fünf Mal«, erklärte ich. »Ich habe die Angst bei Ash, bei Chelsey, einmal bei dir, einmal bei Eric Adams und einmal eben im Club bei dieser aufwallenden Massenpanik gefühlt.«

»Eric Adams?« Kims Augen weiteten sich. »Wovor hatte der denn Angst?«

»Er hat sich Sorgen um sein Baby gemacht und war nicht sicher, ob der Gig eine so gute Idee war.«

Kim lächelte verzückt. »Ich habe gelesen, dass seine Freundin schwanger sein soll. Wie süß von ihm. Macht ihn wirklich sympathisch.« Dann atmete sie tief ein, um den leichten Fangirl-Modus abzuschütteln. »Hast du dabei immer den Raben gesehen?«

Ich nickte und Kim kritzelte einen kleinen Vogel mit einem großen Fragezeichen in ihren Kalender. »Der Rabe … Dazu muss ich noch einmal näher recherchieren. Könnte es sein, dass du in deiner Kindheit vielleicht ein besonderes Erlebnis mit einem Raben gehabt hast?«

Ich schüttelte den Kopf. »Nicht, dass ich wüsste.«

»Vielleicht ist es passiert, als du noch ein Baby warst? Du könntest deine Eltern danach fragen.«

»Das kann ich machen. Wobei meine Eltern nicht meine leiblichen Eltern sind. Ich wurde als Baby adoptiert.«

Interesse blitzte aus Kims Blick. »Jetzt wird es spannend. Was weißt du über deine leiblichen Eltern?«

»Nichts.«

»Nichts?«

»Ja, nichts. Für mich war immer klar, wer meine Eltern sind. Es war mir nie wichtig zu erfahren, wer mich gezeugt hat.«

»Aber vielleicht könnte es jetzt wichtig sein. Immerhin könntest du mehr von ihnen geerbt haben als das Offensichtliche. Wissen denn deine Eltern, wer deine leiblichen Eltern sind?«

»Sie haben mich damals über irgendeine Agentur adoptiert, ich denke nicht, dass sie mehr Informationen haben. Da sie immer offen mit dem Thema umgegangen sind, hätten sie bestimmt etwas gesagt, wenn sie mehr gewusst hätten.«

Kim zuckte mit den Schultern. »Trotzdem könntest du hier noch einmal nachhaken.«

Ich nickte, auch wenn sich etwas in mir dagegen wehrte, es zu tun. Meine Eltern hatten schon ein Kind verloren, sie sollten nicht das Gefühl bekommen, dass sie noch ein weiteres verlieren würden. Der Gedanke war vielleicht lächerlich, aber er war da. Keinesfalls wollte ich ihnen Schmerzen bereiten.

»Ich habe eine Narbe, von der ich nicht weiß, woher ich sie habe«, sagte ich dann und zog mein Shirt am Halsausschnitt etwas herunter. »Meine Eltern wussten es auch nicht. Es muss also passiert sein, als ich noch ganz klein war.«

Kim beugte sich ein Stück nach vorne, um die Hautstelle zu begutachten. »Offenbar hast du es mit Narben, Widney«, meinte sie und fixierte die etwas hellere Stelle an meinem Schlüsselbein, bevor sie den Kopf leicht schief legte. »Ist dir schon mal aufgefallen, dass die Narbe wie eine Feder aussieht?«

»Wie eine Feder?«

»Ja, wie eine Feder«, bestätigte sie. Ich hatte mich schon öfters im Spiegel gesehen, war die Hautstelle auch mit den Fingerspitzen abgefahren, hatte sie aber immer als ein lang gezogenes Oval empfunden, das sich am Ende etwas verjüngte.

Kim kramte ihren Schminkspiegel aus der Handtasche, klappte ihn auf und hielt ihn mir geöffnet hin, sodass ich die Narbe noch einmal genau unter die Lupe nehmen konnte.

»Dafür braucht man aber ganz schön viel Fantasie«, sagte ich.

»Nein, man braucht nur den richtigen Blickwinkel.« Sie nickte bedeutungsschwanger. »Etwas sagt mir, dass deine Gabe mit deiner Vergangenheit in Verbindung stehen könnte, Widney – und das müssen wir uns genauer ansehen.«

Etwas später telefonierte ich mit meiner Mutter, weil ich wusste, dass Kim recht hatte.

»Danke für deinen Rückruf, Mum.«

»Kein Problem, Süße. Ich bin nur gerade bei einer Aufnahme deines Vaters. Es hat sich aber irgendwie dringend angehört. Gibt es Probleme in New York? Soll ich zu dir fliegen?«

Ich wusste nicht so recht, wie ich damit rausrücken sollte, schließlich wollte ich meine Mutter, der es endlich wieder besser ging, nicht verletzen. Gleichzeitig wollte ich auch die Wahrheit erfahren und hatte keine andere Wahl, als sie zu fragen.

»Mum, ich würde dir gerne eine Frage stellen, weil es mich beschäftigt. Aber vorher will ich, dass du weißt, dass ich dich absolut lieb habe.«

»Oh. Oh. Das hört sich aber drastisch an«, sagte sie. Ich konnte das Lächeln in ihrer Stimme hören. »Rück raus damit. Du weißt, dass ich es lieber mag, wenn das Pflaster schnell abgerissen wird.«

»Okay. Es geht um meine Adoption.«

Ich glaubte, sie meilenweit entfernt schlucken zu hören.

»Weißt du irgendetwas über meine leiblichen Eltern?«

Sie seufzte. »Leider nein, Süße. Wir wissen selbst nichts über sie – und wir haben ehrlich gesagt auch nicht nachgefragt. Wir waren damals so überglücklich, dass es endlich geklappt hat. Dein Vater und ich haben uns später jedoch gedacht, dass du irgendwann Fragen stellen wirst, was auch ganz natürlich ist. Deswegen haben wir vor ein paar Jahren versucht, das Adoptionsbüro zu kontaktieren. Aber leider gibt es das nicht mehr.« Ich fühlte eine herbe Enttäuschung in meiner Brust aufkeimen.

»Wie meinst du das?«

»Das Unternehmen ist in Konkurs gegangen. Ich weiß, es hört sich furchtbar an, aber auch die ganzen Akten sind nicht mehr verfügbar. Es tut mir leid, Süße.«

KAPITEL 15

Den ganzen restlichen Tag dachte ich immer wieder über das ergebnislose Gespräch mit meiner Mutter nach. Es war zum Verrücktwerden. Immer, wenn ich das Gefühl hatte, einen kleinen Schritt in die richtige Richtung zu machen, stand ich kurz darauf wieder vor einem toten Ende. Und aktuell hatte ich keine Idee, wie ich ohne die Unterlagen des Adoptionsbüros eine Verbindung zu meinen leiblichen Eltern herstellen sollte.

»Alles in Ordnung mit dir, Widney?« Quentin sah mich aufmerksam von der Seite an. Wir gingen gerade zwischen hohen Häuserfluchten in Richtung Kino. Der Mond stand heute Nacht silberhell am Himmel, doch die vielen Lichter der Großstadt überstrahlten ihn mit ihren Straßenlaternen und Leuchtreklamen. Dennoch wurde mein Blick immer wieder von der silbrigen Mondsichel angezogen, deren Form mich an das Mal auf meinem Handgelenk erinnerte.

»Natürlich. Es geht mir gut«, erwiderte ich abgelenkt, während ich mit den Fingerspitzen über das leicht erhobene Wundmal strich. Als ich spürte, wie warm es sich anfühlte, erstarrte ich.

»Du wirkst abwesend«, meinte Quentin.

Seine Bemerkung brachte mich dazu, mich wieder auf ihn zu fokussieren.

»Was? Nein, gar nicht.« Was schon wieder gelogen war.

Wir hatten nun den Eingangsbereich des Kinos erreicht, dessen vergangener Glanz ein wenig eingestaubt war. Hinter den gläsernen Schaukästen hingen alte Filmplakate wie *Casablanca*, *Die oberen Zehntausend* oder *Frühstück bei Tiffany*.

»Nein? Ich glaube, du warst in meiner Gegenwart noch nie abwesender, Widney.«

»Versuchst du abzulenken, um mir den Film nicht zu verraten?« Ich wollte ganz entspannt klingen, versagte dabei jedoch auf ganzer Linie.

»Widney.« Meinen Namen aus Quentins Mund zu hören, gehörte zu den schönsten Dingen auf dieser Welt.

»Ja?«

»Was ist los?«

Eine gute Frage. Unbewusst rieb ich erneut über die warme Stelle an meinem Handgelenk und zuckte zusammen, als ich einen Blick auf das halbmondförmige Zeichen erhaschte. Denn das sichelförmige Mal hatte sich erneut verändert. Diesmal sah es so aus, als würde es silbrig glühen, wobei der Effekt an den Rändern besonders stark war. Perplex starrte ich auf die Stelle. Quentins Blick rutschte ebenfalls zu meiner Hand und ich ließ sie rasch sinken, um sie an meiner Jeans zu verbergen.

»Sorry, ich bin einfach durch den Wind«, sagte ich schnell, bevor mich Quentin zu der gläsernen Drehtür mit den goldenen Griffen führte. Gemeinsam betraten wir das nach Popcorn riechende Foyer, in dem bereits ein paar Menschen vor einem schmalen Tresen anstanden. Von den purpurroten Wänden bröckelte der Putz und der dunkelgraue Teppich hatte auch schon bessere Tage gesehen, was dem Flair jedoch keinen Abbruch tat. Ich folgte Quentin zu der kleinen Schlange, die sich vor dem polierten Holztresen gebildet hatte. Dahinter stand eine ältere Frau, die sich gleichzeitig um den Verkauf der Kinokarten sowie um die Verpflegung kümmerte. Unauffällig checkte ich mein Handgelenk und bemerkte, dass das Leuchten verschwunden war. Das sichelförmige Mal sah jetzt wieder genauso blass und unscheinbar aus wie den ganzen Tag über. Offenbar leuchtete es nur dann, wenn das Mondlicht darauf fiel oder wenn sich die Ängste von vielen Menschen rings um mich konzentrierten. Was bedeuten musste, dass es sowohl eine Verbindung zum Mond als auch zur Angst geben musste.

»Okay. Ich habe dir jetzt einundneunzig Sekunden gegeben, um es mir von alleine zu erzählen. Länger kann ich wirklich nicht warten«, meinte Quentin und zauberte mir damit ein kurzes Lächeln aufs Gesicht. »Wenn dir das hier alles zu viel wird, musst du es nur sagen.«

»Das ist es nicht.« Es ging nicht um Quentin, sondern es ging um seltsame Male, die im Dunkeln leuchteten. Es ging um flatternde Vögel, die plötzlich aus dem Nichts auftauchten. Und es ging um meine biologischen Eltern, die mir vielleicht etwas über mich erzählen könnten, zu denen mir jedoch jede Spur fehlte.

Da ich mich für die ganze Wahrheit nicht bereit fühlte, nahm ich nur den leichteren Teil davon. »Ich habe heute mit meiner Mutter telefoniert.«

Er sah mich abwartend an.

»Ich wollte wissen, ob sie mir etwas über meine leiblichen Eltern erzählen kann, da ich adoptiert bin. Allerdings …«, ich atmete tief ein, »war das leider eine Sackgasse. Das Adoptionsbüro ist schon vor Jahren in Konkurs gegangen.«

Quentin schwieg noch immer. »Das war sicher eine Enttäuschung«, sagte er nach einer Weile.

Ich nickte.

Der Mann vor uns in der Reihe war fertig und Quentin holte die reservierten Karten für *Die zwölf Geschworenen* ab, bevor er einen gestreiften XL-Becher Popcorn und zwei Cola kaufte. Danach steuerten wir direkt auf den Eingang des Kinos zu, zeigten unsere Karten und betraten den kleinen Saal, der etwas muffig roch.

Nachdem wir unsere Sitze in der letzten Reihe heruntergeklappt hatten, sah mich Quentin von der Seite an.

»Wie geht es dir jetzt damit?«

Ich zuckte mit den Schultern und senkte den Blick. »Ich hatte mir einfach mehr erwartet. Ehrlich gesagt bin ich enttäuscht.«

»Das verstehe ich. Ich glaube, jeder hat den Drang, seine Wurzeln kennenzulernen.«

»Ich dachte immer, meine Eltern wären meine Wurzeln.« Mein Blick schweifte kurz durch den halb leeren Kinosaal. »Also meine richtigen Eltern, die mich großgezogen haben. Ich dachte immer, es wäre nicht wichtig, von wem ich meine Gene habe.«

»Und was hat sich verändert?«

Müde senkte ich den Blick. Die Wahrheit war so kompliziert, dass ich erneut nur lügen konnte.

»Keine Ahnung. Ich habe mit Kim gesprochen, dabei ist mir aufgefallen, dass ich das Thema bisher immer weggeschoben hatte, ohne wirklich hinzusehen. Und das wollte ich nun ändern.«

Quentin fuhr sich durch seine Haare. »Aber es hat nicht geklappt.«

»Nein, hat es nicht«, gab ich zu und nahm einen Schluck von meiner Cola. »Lass uns über was anderes reden.«

Ich wollte mich lieber auf die Dinge konzentrieren, die besser liefen. Auf Dinge, die ich mochte. Wie zum Beispiel das Geräusch, das der Strohhalm machte, wenn man an ihm zog. Oder Quentin, der so nahe neben mir saß, dass mir sein schwach herber Duft in die Nase stieg und mich meine Herkunft sowie das Sichelmal an meinem Handgelenk erst mal verdrängen ließ.

»Kommst du oft her?«, fragte ich ihn deshalb und warf einen kurzen Blick durch den kleinen Saal. Er verfügte über etwa hundert Plätze und war nicht besonders gut besucht. Immer wieder entdeckte ich einen Kinobesucher, der einsam in einer Reihe saß, aber die Vorstellung war bei Weitem nicht ausgebucht. Um uns herum befanden sich nur leere Plätze.

»Hin und wieder.«

»Und warum *Die zwölf Geschworenen*?«, fragte ich weiter. Das Licht wurde ausgeschaltet und die Werbung für ein Sportstudio in der Nähe flimmerte über die Kinoleinwand.

Quentin beugte sich ein Stück zu mir. In dem bläulichen Licht wirkte er noch einen Tick geheimnisvoller. »Da gibt es mehrere

Gründe. Zum einen mag ich Henry Fonda, zum anderen mag ich die Dichte und die Spannung des Films. Hast du ihn schon einmal gesehen?«

Ich schüttelte den Kopf. »In der Highschool habe ich das Buch gelesen.« Im hintersten Winkel meines Gehirns erinnerte ich mich daran, dass es um einen Jungen ging, der angeblich seinen Vater ermordet hatte. Zwölf Geschworene sollten über den Fall urteilen, wobei nur einer von ihnen glaubte, dass berechtigte Zweifel an der Schuld des Jungen bestanden.

»Hat es dir gefallen?«

»Ja. Schon. Ich fand es interessant, wie eine Person die Meinung der anderen nicht nur beeinflussen, sondern auch komplett ändern kann«, sagte ich.

»Das sehe ich genauso. Meinungen sind selten unumstößlich – sondern oft recht beliebig und einfach geprägt von dem, was wir glauben zu fühlen und zu wissen.« Wie selbstverständlich griff Quentin nach meiner Hand. Mit dem Daumen strich er über meinen Handrücken, was sofort dazu führte, dass ein leichtes Kribbeln über meinen Körper wanderte.

Das Brüllen eines Löwen erklang, das Logo der Produktionsfirma erschien und dann startete der Schwarz-Weiß-Film mit der Ansicht des Gerichtsgebäudes.

»Es ist die Originalfassung von 1957«, erklärte Quentin, dessen Blick starr nach vorne gerichtet war. »Es war ein Kassenflopp, und obwohl er für mehrere Oscars nominiert wurde, hat er keinen gewonnen. Und dennoch sehen wir hier gleich einen Meilenstein der Filmgeschichte.« Respekt schwang in seiner Stimme mit und ich musterte Quentins scharf geschnittenes Profil im Halbdunkel. Der konzentrierte Ausdruck in seinem Gesicht gefiel mir.

Die nächste Stunde verging wie im Flug, vielleicht weil Quentin noch immer meine Hand hielt, was ich sehr mochte, genau wie den Film. Die ganze Handlung fand im Grunde nur in zwei Räumen statt, ohne viel Tamtam oder Action. Lediglich die Dialoge belebten die Story und ich verstand, was Quentin vorhin mit Dichte und Spannung gemeint hatte.

Ich wollte gerade in den Popcornbecher auf Quentins Schoß greifen, als er ebenfalls hineingriff, sodass sich unsere Hände kurz berührten. Dabei merkte ich plötzlich, wie sein Knie zu zittern anfing.

»Alles okay?«

In dem Moment kippte der Becher von seinem Schoß. Er fiel hinunter und verschüttete den Rest des Popcorns auf dem Boden. Nervös betrachtete ich Quentin, dessen rechtes Bein noch heftiger zitterte, als es das letzte Mal bei seiner Hand in der WG gewesen war.

»Es geht gleich vorbei«, sagte ich und legte so viel Zuversicht wie nur möglich in meine Stimme. Natürlich hatte ich keinen Schimmer, ob es das war, was er jetzt hören wollte, ob es ihn beruhigte oder ihm nur mächtig auf die Nerven ging. Aber ich wollte nicht *nichts* sagen, wollte nicht peinlich berührt auf den Boden starren. Und noch weniger wollte ich seine Hand loslassen, die sich enger um meine schloss.

Es fühlte sich nach einer halben Ewigkeit an.

Einer halben Ewigkeit, in der Quentin nichts sagte, in der nur sein Körper sprach, mit einem Bein, das er nicht unter Kontrolle hatte.

Als sich das Zittern endlich beruhigte, hörte ich, wie Quentin tief die Luft einzog. Seine Finger lösten sich von meinen, und weil ich nicht wusste, wie ich darauf reagieren sollte, hob ich einfach den Pappeimer auf, der nun fast leer war.

»Du musst das nicht machen«, sagte Quentin etwas leiser.

»Ich habe doch nur den Becher aufgehoben.«

»Das meinte ich nicht.« Seine Stimme klang ungewohnt, beinahe fremd.

»Was meinst du dann?« Der leisen Vorahnung, die sich in meinen Kopf schlich, hörte ich nicht zu.

»Du musst nicht mit mir im Kino sitzen bleiben.«

Mit dem ganzen Körper wandte ich mich Quentin zu, sodass ich etwas verdreht auf dem Sitz saß und *Die zwölf Geschworenen* links liegen ließ. »Aber ich möchte es. Es geht hier nicht um irgendein Ehrgefühl, das ich habe, Quentin – ich möchte Zeit mit dir verbringen, egal wie viel dein Körper zittert.« Mutig griff ich mit beiden Händen nach seinen Fingern und war froh, dass er sie nicht zurückzog. »Ich bin hier, weil ich es möchte. Jeder Teil von mir, alles von mir.«

Ein leichtes Lächeln quälte sich über sein Gesicht. Quentin schloss kurz die Augen, bevor er sie wieder öffnete und mich im Halbdunkel endlich ansah. »Sorry. Ich bin es nicht gewohnt, jemanden so nah an mich heranzulassen. Nicht auf diese Weise.«

»Wenn es dich beruhigt: Ich auch nicht.«

Er nickte. »Es beruhigt mich tatsächlich.« Dann sah er mich an, auf diese intime Art, als könnte er meine Seele sehen. »Du weißt, dass es noch viel schlimmer werden kann?«

»Das weiß ich«, sagte ich.

Quentin legte den Kopf in den Nacken. Ein paar Atemzüge lang sagte er nichts. Bei den Geschworenen wurden gerade die Stimmen ausgezählt, sie stimmten halb für schuldig, halb für unschuldig, wobei nichts davon jetzt für uns zählte. Der Film rückte in den Hintergrund, genauso wie alles andere.

»Es ist so verdammt beschissen, die Kontrolle zu verlieren.« Die Worte kamen aus Quentins Innerstem, von ganz tief unten, von einem Ort, den man nicht gern herzeigte.

Wenn es nicht so verdammt verrückt gewesen wäre, hätte ich ihm jetzt von meinem Zustand erzählt, von dem Angst-Wahnsinn, den ich in den letzten Tagen durchgemacht hatte.

Ich konnte die Kontrolle gar nicht mehr verlieren, ich hatte sie bereits verloren.

Quentin drehte sich zu mir. »Kennst du das Gelassenheitsgebet von Reinhold Niebuhr?«

»Ich habe es nach Aidens Tod kennengelernt«, sagte ich und grub die Worte wieder aus der hintersten Ecke meines Gedächtnisses aus: *»Gott, gib mir die Gelassenheit, Dinge hinzunehmen, die ich nicht ändern kann, den Mut, Dinge zu ändern, die ich ändern kann, und die Weisheit, das eine vom anderen zu unterscheiden.«*

»Den Teil mit der Gelassenheit finde ich am Schwierigsten«, meinte er.

»Das ist er auch.« Wie oft hatte ich versucht, das, was war, zu akzeptieren, weil es eben schon war. Weil es nicht mehr verändert werden konnte. Mein Verstand kapierte das, aber meine Gefühle rebellierten dagegen.

»Vielleicht liegt es nicht in unserer Natur, Dinge aus der Hand zu geben.«

»Wahrscheinlich. Aber vielleicht ist das gerade unsere Aufgabe. Wie sagtest du im Club? Keine Spezies der Welt hätte sich weiterentwickelt, wenn sie nicht dazu gezwungen werden würde. Womöglich ist Akzeptanz und Gelassenheit der notwendige Schritt, um mit den Widrigkeiten des Lebens umgehen zu können.«

Er nickte langsam. »Ein ganz schön großer Schritt, aber ein interessanter Gedanke.«

Ich lächelte Quentin an und er lächelte zurück. Da war er wieder. Dieser Moment zwischen uns, der aus einer tiefen Verbundenheit bestand.

Den Rest des Filmes kuschelte ich mich an ihn. Ich mochte seine Nähe, seinen Geruch, ich mochte alles an ihm. Und das viel zu gerne.

»Wo wart ihr?«, fragte Josh, als wir kurz vor Mitternacht in die WG zurückkamen. Quentin und ich hatten nach dem Film noch einen Burger gegessen und uns gut unterhalten. Ich mochte es, wie er die Welt sah, so klar und ohne Kompromisse.

Wenn ich mit Quentin zusammen war, hatte ich das Gefühl, dass die Welt irgendwie größer war. Dass ich mehr Luft zum Atmen hatte, dass alles möglich war.

»Im Kino«, erklärte Quentin entspannt und schnappte sich eine Flasche Wasser aus dem Kühlschrank. »Willst du was trinken?«

Ich schüttelte den Kopf.

Quentin schenkte sich ein Glas ein.

»Danke, ich brauche auch nichts«, sagte Josh, der am Küchentresen saß und gerade irgendein Skript studierte.

»Dann ist ja gut«, meinte Quentin gelassen.

Josh blickte zu ihm hoch. »Zumindest kein Wasser. Eine Cola wäre fein.«

Quentin grinste, öffnete den Kühlschrank noch einmal und schmiss Josh eine Coladose hin, die er gerade noch fangen konnte.

»Danke.«

»Gern geschehen.«

Zischend öffnete Josh seine Dose. »Welchen Film habt ihr euch angesehen?«

»*Die zwölf Geschworenen*«, sagte ich.

»Ein toller Streifen. Wusstet ihr, dass sich in der Schauspielbesetzung nicht eine Frau wiederfindet?« Er trank ein paar Schlucke von seiner Cola.

»Das ist aber nicht der Grund, warum du den Film gut findest, oder?«, neckte ich Josh.

»Natürlich nicht. Der Film ist einfach ein Klassiker.«

Ich versuchte, in Joshs Gesicht auszumachen, ob er es seltsam fand, dass Quentin und ich gemeinsam unterwegs gewesen waren, aber offenbar störte ihn das überhaupt nicht. Erst als ich den beiden gähnend eine gute Nacht wünschte und auf dem Weg nach oben war, rief er noch einmal nach mir.

»Widney! Hast du etwa unsere WG-Regel vergessen?«

Ich blieb am Fuß der Treppe stehen und drehte mich zu ihm um. Es dauerte eine Sekunde, bevor ich kapierte, was er von mir wollte.

»Du unfähiges Mistding, du siehst auch noch aus wie gestern«, sagte ich zu der Yucca-Palme, die sich natürlich nicht verändert hatte.

»Sehr gut, darauf steht sie«, lobte mich Josh, bevor er Quentin einen seltsamen Blick zuwarf. Den Blick konnte ich nicht deuten, aber ich konnte das Grinsen in Quentins Gesicht deuten, bevor ich mit ihm nach oben ging.

Ich ließ mir extra lange Zeit, um aus meinen Klamotten zu schlüpfen und mir mein Schlafshirt anzuziehen. In Gedanken war ich noch immer bei Quentin und den Gesprächen, die wir geführt hatten. Auch wenn sich die Ereignisse in den letzten Tagen überschlagen hatten, hatte ich in diesem Moment das Gefühl, dass alles okay war.

Ich antwortete auch noch kurz meiner Mutter auf ihre letzte WhatsApp-Nachricht, bevor ich ins Bad ging und mir die Zähne putzte. Kurz darauf öffnete sich die Tür von der anderen Seite und Quentin stand mit nacktem Oberkörper vor mir.

Als mir aufging, dass ich mit der Zahnbürste und dem vielen weißen Schaum im Mund garantiert dämlich aussah, spuckte ich schnell aus und schaufelte mir etwas Wasser ins Gesicht.

»Hey«, sagte Quentin nur, aber sein Blick rutschte über meine Beine, die von meinem Schlafshirt nur wenig verdeckt wurden.

»Hey.«

Er kam auf mich zu, nahm mir die Zahnbürste aus der Hand und legte sie aufs Waschbecken. »Du bist meiner Bitte noch immer nicht nachgekommen.«

Seine Stimme klang viel zu warm und zu rau. Mein Körper sehnte sich nach seinen Berührungen, sehnte sich nach Quentin voll und ganz. »Welcher Bitte?«

»Ein paar Mitleids-Dosen hier aufzustellen, damit ich mir mehr wie ein Mann vorkomme.«

Ich grinste. »Ich könnte gleich ein paar holen, wenn du dich dann besser fühlst.« Seine Augen wirkten amüsiert, aber auch eindringlich, als wüssten wir beide, was wir wollten. Es kostete mich ein wenig Mut, die folgenden Worte auszusprechen, aber ich tat es. »Oder noch besser: Du kommst gleich selbst in mein Zimmer mit.«

KAPITEL 16

»Bist du sicher, dass du das möchtest?«, fragte Quentin, als ich ihn hinter mir in mein Zimmer zog, das im Halbdunkel lag.

Zum Glück.

Denn sonst hätte Quentin mir meine Aufregung aus dem Gesicht abgelesen, aber wahrscheinlich brauchte er nicht einmal das dazu.

Ich lächelte. »Was meinst du? Ich bin absolut bereit, eine von meinen Schminkdosen ins Bad zu stellen, damit du dich besser fühlst.«

Wir blieben vor meinem Bett stehen, nur eine Armeslänge voneinander entfernt. So wenig Abstand, und doch so viel.

»Das meinte ich nicht.« Quentin betrachtete mich ernsthaft. In seinen Augen lag eine Tiefe, die ich bei keinem anderen jemals wahrgenommen hatte.

»Ich bin sicher«, sagte ich und überwand den letzten Abstand zwischen uns. Dann stellte ich mich auf die Zehenspitzen, um ihn zu küssen. Der Rest passierte wie von selbst.

Quentin legte seine Hände auf meine Hüften, um mich noch näher an sich zu ziehen. Dabei erwiderte er meinen Kuss, gefühlvoll und eindringlich. Ich schlang meine Arme um seinen Hals und ließ mich in den Kuss fallen, dessen Leidenschaft mich an einen anderen Ort trug.

Mit jeder Sekunde ging unser Atem schneller, während mein Herz wie verrückt trommelte, auf diese wunderbare Art.

Quentin dirigierte mich sanft zum Bett. Wir küssten uns noch immer, keiner von uns wollte die Verbindung unterbrechen. Vorsichtig setzte ich mich auf die Matratze, Quentin über mich gebeugt. Ein Vorlesungsbuch bohrte sich in meinen Oberschenkel.

»Warte«, sagte ich ganz nah an seinen Lippen.

»Solange du möchtest.«

Ich zog das Buch hervor und warf es auf den Boden.

»Solange ich möchte?«

Voller Sanftheit schob er mir eine Haarsträhne aus dem Gesicht. Selbst durch das gedämpfte Licht meiner Nachttischlampe konnte ich die Belustigung in seinen Augen erkennen.

»Okay. Das war gelogen. Ewig würde ich das nicht aushalten.«

»Das musst du auch nicht.« Fasziniert betrachtete ich Quentins Oberkörper, der für mich perfekt war. Ich mochte die dunklen Tattoos auf seinen Unterarmen, genauso wie den Rest. Mit den Fingerspitzen strich ich über seine Brustmuskeln, fuhr die Linie feiner Haare ab, die sich vom Bauchnabel nach unten erstreckte und unter dem Bund seiner schwarzen Jeans verschwand.

»Widney.« Es war nur ein kehliger Laut, der sich im Halbdunkel verlor. Doch er ließ einen heißen Schauer über meinen ganzen Körper regnen.

»Widney.« Nur ein Name, aber aus seinem Mund etwas ganz Besonderes. »Du machst mich wahnsinnig.«

»Ich nehme das mal als Kompliment.«

»Das solltest du auch.« Er lachte heiser und ließ sich neben mir aufs Bett nieder, um mich weiter zu küssen. Jeder Kuss schmeckte nach Quentin, schmeckte nach dem Besten, was ich jemals gekostet hatte.

Vor der Tür ertönte ein polterndes Geräusch. Ich zuckte zusammen und drehte automatisch den Kopf in die Richtung, doch es war nichts mehr zu hören.

Quentin lachte. »Ich wusste nicht, dass du so schreckhaft bist.«

»Bin ich auch nicht. Eigentlich.«

»Und warum dann jetzt?«

»Weil ich nicht möchte, dass uns jemand stört.« Ich lächelte. »Und nein, es geht mir nicht um die WG-Regel. Die ist mir gerade ziemlich egal.«

»Richtige Einstellung.«

Mit seinem Daumen strich Quentin über meine Wange, hinunter zu meinem Hals. Es war eine federleichte Berührung und eine verheißungsvolle Ankündigung von dem, was folgte.

Denn im nächsten Moment beugte er sich über mich und begann, die zarte Stelle an meinem Hals zu küssen. Langsam, als bräuchte er Zeit, jeden Zentimeter meiner Haut genauestens zu erforschen. Seine Zungenspitze streifte dabei die empfindlichen Bereiche, bis hinunter zu meinem Schlüsselbein mit meiner Narbe. Als er sie küsste, fuhr ein heftiges Prickeln durch meinen ganzen Körper. Unwillkürlich bäumte ich mich ihm entgegen. Mein Herz hatte schon längst seinen normalen Rhythmus hinter sich gelassen, und ich stieß seufzend die Luft aus.

Ich spürte Quentins Lippen an meiner Haut, die sich zu einem Lächeln verzogen. »Gefällt dir das?«

Er sollte niemals damit aufhören. »Wie lange kannst du so weitermachen?«, hauchte ich.

»Eine Ewigkeit.«

»Perfekt«, flüsterte ich und beschloss, mich für seine Küsse zu revanchieren. Meine Lippen wanderten über seine Brust, während meine Hände seinen Körper erkundeten.

Quentins Finger entschieden, das Gleiche zu tun. Sie strichen von meinen Schultern abwärts, bis sie meine Brüste erreichten. Wir keuchten beide gleichzeitig leise auf, als er meine Brüste berührte und sie mit beiden Händen umschloss. Ich wollte mehr davon. So viel mehr.

Bebend griff ich nach dem Saum meines Schlafshirts, unter dem ich nur noch einen Slip trug. Quentin half dabei, es mir über den Kopf zu ziehen. Als er meinen nackten Oberkörper sah, zog er hörbar die Luft ein.

»Jetzt sind wir zumindest quitt«, bemerkte er leise.

»Noch nicht ganz.«

Ich deutete auf seine Jeans. Behutsam lösten meine Finger den Knopf seiner Hose, bevor er sie abstreifte. Danach ließ ich mich auf den Rücken sinken und zog Quentin mit mir, bis er auf mir lag. Mit den Händen stützte er sich rechts und links von mir ab, um mich nicht mit seinem ganzen Gewicht zu belasten, wobei mich auch das im Moment nicht gestört hätte.

Denn mein Gehirn hatte sich bereits abgeschaltet. Alle quälenden Gedanken waren in den Hintergrund gerückt, als hätten sie keine Bedeutung.

Das Mal auf meiner Hand. Der Vogel. Die Ängste.

Sie alle waren nicht präsent, es gab sie für den Augenblick nicht. Es gab nur Quentin und mich, die zarten Berührungen zwischen uns und unseren immer heftiger werdenden Atem, der sich mit der Stille meines Zimmers vermischte.

Doch dann veränderte sich Quentins Atmung. Sie wurde anders. Seine Hände begannen zu zittern, bis der ganze Oberkörper zu beben anfing. Einen Sekundenbruchteil später schüttelte sich sein ganzer Körper, jeder seiner Muskeln schien sich zu verkrampfen. Quentin kippte zuckend zur Seite und rutschte vom Bett hinunter, bis er auf dem Boden aufkam, wo sein ganzer Körper einen heftigen Schub erlitt.

»Ich hole Hilfe«, sagte ich und sprang geschockt auf. In Windeseile zog ich mir mein T-Shirt über und stürzte zur Tür hinaus. Dabei hatte ich das Gefühl, unglaublich schnell zu sein. Das Mal auf meinem Handgelenk glühte hell vor lauter Hitze, als ich die Treppe hinunterrannte, auf der mir Cooper schon entgegenkam.

»Wo ist er?«, fragte er alarmiert.

»In meinem Zimmer. Er hat einen schweren Anfall«, antwortete ich gehetzt.

»Seine Medikamente sind in seinem Zimmer. Ich hole sie.«

Ich nickte und lief wieder zurück nach oben, weil ich Quentin nicht alleine lassen wollte. Cooper folgte mir hinauf, war jedoch einige Schritte hinter mir.

Quentin lag noch immer seitlich am Boden. Seine Augen waren starr nach vorne gerichtet und sein ganzer Körper zitterte, aber nicht mehr so stark, wie er es eben noch getan hatte.

»Cooper holt deine Medikamente, es ist gleich vorbei«, sagte ich nervös, kniete mich zu ihm auf den Boden und strich ihm sanft übers Gesicht. Es war nicht viel, aber das Einzige, was ich in dem Moment machen konnte. Die Hilflosigkeit fühlte sich verdammt beschissen an.

Es dauerte eine gefühlte Ewigkeit, bis Cooper mit der Medikamentenschachtel und einem Becher Wasser in der Hand auftauchte. Er beugte sich über Quentin.

»Gleich wird es besser, Kumpel«, sagte er, bevor er ihm die Tablette in den Mund schieben wollte.

Doch Quentin schüttelte den Kopf und rollte sich auf den Rücken. Er blinzelte einige Male. Ich war erleichtert, dass er offenbar die Kontrolle über seinen Körper wiedererlangt hatte. »Es geht schon.«

»Sicher?«

Quentin nickte und schloss für einen Moment die Augen. Ein gequälter Ausdruck glitt über sein Gesicht. »Gebt mir eine Sekunde. Oder besser ein paar Minuten.«

»Ganz wie du willst«, erwiderte Cooper. Mit einem kurzen Blick versicherte er sich noch einmal, dass es Quentin gut ging, bevor er mein Zimmer verließ.

Ich war mir nicht sicher, ob Quentin mit seiner Bitte nur Cooper gemeint hatte.

»Soll ich auch gehen?«

Er schluckte. »Es ist dein Zimmer, Widney.«

»Ich bleibe gern. Mehr als gern. Aber wenn du einen Moment für dich haben möchtest …«

Quentin atmete tief ein und strich sich mit den Fingerspitzen über die geschlossenen Lider. Ein paar Herzschläge lang sagte keiner von uns etwas, und ich fühlte mich fehl am Platz. Nicht, weil ich nicht bei Quentin sein wollte, sondern weil ich den Eindruck hatte, dass er nicht bei mir sein wollte.

Nach einem langen Moment richtete er sich stöhnend auf. »Es war nicht der Plan, dass der Abend so verläuft.«

Ich rückte auf dem Boden ein Stück an ihn heran, um zu zeigen, dass ich mich von seinem Anfall nicht abschrecken ließ.

»Ich weiß. Aber Pläne werden prinzipiell überbewertet.«

»Ich wusste gar nicht, dass du so ein anarchistischer Typ bist, Widney.«

Schulterzuckend griff ich nach seiner Hand.

»Ich habe viele verborgene Seiten.« Dabei ignorierte ich den kurzen Stich, den diese Worte bei mir selbst auslösten. Denn ich hatte definitiv eine Seite, die ich verbergen musste.

Quentin schnaubte, während ein dunkler Schatten über sein Gesicht huschte. »Das war mir bei dir von Anfang an klar.«

So wie er es sagte, jagte mir ein kühler Schauer über den Rücken. Es war, als würde Quentin mehr von mir sehen, als ich ihm zeigte. »Jeder hat doch seine versteckten Seiten«, fügte er nach einer langen Atempause hinzu, aber das dumpfe Gefühl in meiner Brust blieb.

»Wahrscheinlich. Aber bei dir hört es sich nach etwas Schlechtem an.«

»Das ist wohl Ansichtssache«, bemerkte er resigniert und stand auf. Dabei lösten sich unsere Finger voneinander, und das wollte ich nicht.

Quentin schluckte tief. »Es tut mir leid, dass ich unseren Abend versaut habe.« Sein Gesichtsausdruck war eisern, als würde er sich innerlich verurteilen, für das, was passiert war.

»Du hast unseren Abend nicht versaut.«

Spöttisch zog er eine Augenbraue hoch. »So sieht ein cooler Abend für dich aus? Dass der Typ zuckend am Boden liegt?«

»Der Abend war cool. Das Ende war eben *anders*.«

Er lachte, aber zumindest kam ein wenig Licht in seine Augen zurück. »Das ist eine sehr euphemistische Umschreibung.«

»Du hast mich auch als *anders* beschrieben.«

»Aber anders im positiven Sinne, das ist der Unterschied.«

»Hey. Ich möchte Zeit mit dir verbringen, Quentin. Und wenn das hier zu dir gehört, dann ist es eben so.«

»Das hier.« Sein Brustkorb hob sich. »Das hier wird offenbar schlechter, als ich gedacht habe.«

Ich war mir nicht sicher, ob er damit seine Krankheit oder mich meinte.

Er machte Anstalten zu gehen. »Gute Nacht, Widney.«

»Tu das nicht.«

»Was?«

»Einfach zu verschwinden«, sagte ich und stand ebenfalls auf. »Lass mich jetzt nicht so stehen.«

Er machte einen Schritt auf mich zu, bis er mir wieder ganz nah war. Dann drückte er mir einen kleinen Kuss auf die Wange. »Ich brauche jetzt einfach einen Moment für mich, okay?«

Ich nickte. »Natürlich.«

Dabei hoffte ich, dass sich dieser Moment nicht auf die Ewigkeit ausdehnen würde.

Nachdem Quentin in sein Zimmer gegangen war, schlüpfte ich in eine ausgeleierte Jogginghose und machte mich auf den Weg nach unten. Cooper saß am Küchentisch und aß aus einer Alu-Schale etwas, das nach chinesischem Essen roch. Er trug ein schwarzes Shirt zu einer ausgewaschenen hellblauen Jeans, die blonden Haare hatte er wieder zu einem Zopf gebunden. Obwohl er so groß und stark schien, wirkte er auch verdammt müde.

»Hey. Geht es ihm wieder besser?«

Ich nickte und holte mir eine Flasche Wasser aus dem Kühlschrank. »Ich glaube schon.«

Dann schenkte ich mir ein Glas ein und stellte mich gegenüber von Cooper an den grauen Küchenblock.

»Passiert das öfters?«

Er legte seine Gabel nieder. »Die Anfälle? Von Zeit zu Zeit. Aber so einen heftigen habe ich noch nie erlebt. Normalerweise ist es eine Hand oder ein Fuß, die er nicht unter Kontrolle hat. Aber der ganze Körper …«

Seine Worte schwebten hässlich in der Luft.

»Ihr versteht euch gut, nicht wahr?«, fragte er dann.

»Ich mag ihn. Sogar sehr.«

Cooper nickte, mehr zu sich selbst als zu mir. »Er ist ein cooler Typ. Die Frage ist nur, ob du das handeln kannst. Seine Krankheit ist nicht zu unterschätzen.«

Ich nippte an meinem Wasserglas. »Ich bin auch nicht zu unterschätzen.« Ich wollte nicht vor Quentins Krankheit gewarnt werden, denn sie war nichts, das mich abhalten würde, bei ihm zu sein.

Cooper sah mir in die Augen. »Das dachte ich mir schon.«

Doch ein anderer Gedanke beschäftigte mich. »Woher wusstest du, dass ich Hilfe brauchte?«

Er kratzte sich am Hals. »Was meinst du?«

»Du wusstest, dass Quentin einen Anfall hat, ich musste dir nicht groß was erklären. Woher wusstest du das?«

Cooper zuckte mit den Schultern, bevor er sich wieder eine Portion von seinem Reis in den Mund schob, fast, als könnte er damit etwas Zeit schinden.

»Hab ich wahrscheinlich nur kombiniert«, murmelte er dann. »Immerhin war aus deinem Gesicht abzulesen, dass irgendetwas nicht stimmt. Und da in der WG schon über dich und Quentin getuschelt wird …«

»Wird es das?« Ich kaufte Cooper seine Erklärung nicht wirklich ab, gleichzeitig wollte ich das Thema aber nicht vertiefen. Immerhin war ich wesentlich schneller als er die Treppe wieder hinaufgejagt. Adrenalin konnte Meisterleistungen hervorrufen, es konnte Frauen dazu bringen, ganze Autos hochzustemmen, um ihr Baby aus dem Unfallwagen zu retten.

Aber das hier war etwas anderes.

Das Mal an meinem Handgelenk hatte wieder geleuchtet, als hätte ich es aktiviert, als hätte ich daraus meine Kräfte bezogen. Offenbar reagierte es auf meine Angst, wobei der magische Rabe anscheinend nur dann aufzutauchen schien, wenn die Angst eines anderen Menschen im Spiel war. Was auch wiederum seltsam war, weil ich erwartet hätte, dass Quentin bei seinem Anfall selbst so etwas wie Angst empfunden haben müsste. Vielleicht hatte er sich aber auch schon derart mit seiner Krankheit abgefunden, dass er keine Angst mehr empfand.

»Ehrlich, Widney – solange ihr nicht anfangt rumzunerven, ist es mir egal, was ihr macht«, sagte Cooper und schaufelte sich noch eine Ladung Reis in den Mund. »Trotzdem gelten die Regeln: Habt ihr Sex, müsst ihr putzen. Insofern bin ich absolut dafür, dass ihr miteinander in die Kiste hopst, denn mein Bad ist schon wieder ziemlich verdreckt.«

»Du bist widerlich.«

Er grinste nur. »Hey. Immerhin ist es Quentin. Der hat zumindest reiche Eltern, die sich eine Putzkraft für ihren Sohn locker leisten können.«

Ich setzte mich neben ihm auf einen der schwarzen Barhocker. Von Quentins Eltern wusste ich bisher nicht viel, bis auf die Tatsache, dass sie in Boston wohnten und offenbar Geld hatten. »Ist die Frage nicht eher, ob sie sich das auch leisten wollen?«

»Ich denke schon. Quentin hat die Art von Eltern, die ihn zumindest mögen.« So wie Cooper das sagte, hatte er eine andere Art von Eltern.

»Und du nicht?«

Er lachte hart auf. »Ich hab die Art von Eltern, die ihre Zuneigung davon abhängig machen, wie gut es mit der Karriere läuft.« Er deutete mit dem Kinn auf seine pralle Sporttasche, die neben der Tür auf dem Boden lag. »Und du siehst ja, wie gut es bei mir läuft.«

Eine spontane Woge des Mitgefühls regte sich in meiner Brust. »Was hast du heute gemacht?«

»Ich durfte im Einkaufszentrum Flyer verteilen. Als Maus.«

Ich blickte auf den großen blonden Mann, der zu so gut wie jedem Job bereit war, nur um nicht von seinen Eltern finanziell abhängig zu sein. »Du warst sicher eine coole Maus.«

Er lächelte schief. »Na ja, vielleicht nicht ganz so cool.« Dann schaufelte er sich den Rest seines Essens in den Mund, bevor er aufstand und die Alu-Schale in den Mülleimer warf. »Aber bei dir ist wieder alles cool, oder?«

Ich nickte. »Danke noch mal für deine Hilfe.«

»Keine Ursache. Gute Nacht, Widney.«

»Gute Nacht, Cooper.« Ich hörte, wie er sich auf den Weg nach oben machte und die Yucca-Palme dabei als gottlose Versagerin beschimpfte. Lächelnd drehte ich mich noch einmal in seine Richtung und sah dabei, dass er mir einen eigenartigen Blick zuwarf, den ich nicht zu deuten wusste, bevor er sich rasch abwandte und mich mit meinem seltsamen Gefühl allein ließ.

KAPITEL 17

In der nächsten Woche sah ich Quentin kaum. Ganze drei Tage verbrachte er offenbar bei irgendeinem Spezialisten außerhalb von New York, der ihn gründlich durchcheckte, bevor er endlich wieder nach Hause kam. Doch auch dann verpassten wir uns ständig. Als ich einen ganzen Tag lang in der Bibliothek für meinen bevorstehenden Test in Biochemie lernte, hörte ich danach von Cooper, dass Quentin nach mir gesucht hatte. Und als ich am nächsten Abend endlich Zeit für ihn gehabt hätte, verriet mir eine Nachricht an dem Spiegel in unserem gemeinsamen Bad, dass er auf Besuch bei seinen Eltern in Boston war und ich die Zeit nutzen könnte, um mich endlich mit meinem Zeug rund um das Waschbecken auszubreiten. In seinem PS schrieb er, dass er die Tage zählte, bis wir uns endlich wiedersahen. Das tat ich ebenfalls, wobei ich dennoch versuchte, meine Gedanken vor allem auf die bevorstehende Prüfung zu richten. An der Uni schnitt ich Blätter von einer Versuchspflanze, zerkleinerte sie und extrahierte anschließend die grünen Blattfarbstoffe, um die Extinktion zu messen. Wenn ich abends zu müde war, um mir eine neue Gemeinheit für unsere Yucca-Palme auszudenken, drohte ich ihr dasselbe Verfahren an und büffelte in meiner restlichen freien Zeit für den Test.

Kim lernte ebenfalls fleißig. Ansonsten versorgte sie mich mit Horrorgeschichten über unseren Biochemie-Professor, der den gefürchteten Ruf hatte, für die Hälfte seiner Kursteilnehmer eine unüberwindliche Hürde darzustellen, an der man einfach nicht vorbeikam.

»So schlimm kann er doch gar nicht sein«, murmelte ich nervös, als wir uns mit den anderen Kursteilnehmern vor der Tür zum Hörsaal trafen, in dem die gefürchtete Prüfung stattfinden sollte. Ich war eigentlich gut vorbereitet, aber Kim war in den letzten Tagen so regelmäßig ausgeflippt, dass ich die Nervosität inzwischen ebenfalls in jeder Körperzelle spürte.

»So einen Ruf bekommt man schließlich nicht einfach so.« Ein letztes Mal überflog sie den Zettel mit ihren Aufzeichnungen, bevor sie den Collegeblock widerwillig zurück in ihren Rucksack steckte.

»Wahrscheinlich wollten dir die Jungs, von denen du die Info hast, einfach nur Angst machen.«

Kim band sich ihre glänzenden schwarzen Haare zu einem Pferdeschwanz zusammen. Dann hob sie skeptisch eine Augenbraue. »Wenn du den Jungs nicht glaubst, glaube den Zahlen. Weniger als fünfzig Prozent schaffen das erste Semester. Statistisch gesehen wird also eine von uns beiden durchfallen.«

Bei ihren Worten blickte ein schlaksiger Typ mit glatten blonden

Haaren nervös auf. Er lehnte blass an der Wand. Die roten Stressflecken am Hals bildeten einen starken Kontrast zu seiner Gesichtsfarbe.

»So schlimm ist es sicher nicht.« Ich sagte es halb in seine Richtung, halb an Kim adressiert.

»Bei seinem letzten Test sind angeblich vier Studentinnen heulend aufs Klo gerannt. Sie nennen ihn seitdem den *Tränenmacher*.«

Hinter Kim verstummte eine Gruppe von drei Mädchen. Bei den besorgten Blicken, die sie in unsere Richtung warfen, holte ich tief Luft. »Kannst du vielleicht aufhören, allen hier *noch mehr* Angst zu machen?«, bat ich sie gedämpft. Es war schon schwer genug, mit meiner eigenen Nervosität fertigzuwerden – da konnte ich auf die Ängste von vierzig weiteren Studenten verzichten.

Kim riss die Augen auf. »Oh nein. Tut mir leid, Widney – daran hab ich gar nicht gedacht. Spürst du denn schon was?«

»Ich spüre eine Menge. Aber das scheint von mir selbst zu kommen. Zumindest sehe ich keine Raben rumflattern«, flüsterte ich zurück.

»Sehr gut. Die haben hier auch nichts verloren«, sagte Kim, als die Tür zum Vorlesungssaal geöffnet wurde.

Sofort drängten sich die ersten Studenten in den hell erleuchteten Raum. Bei der Nervosität auf den mich umgebenden Gesichtern packte ich den Riemen meines Rucksacks fester. Ich würde mich nicht unterkriegen lassen.

Hast du gehört? Du hast hier nichts verloren.

Ich hatte keinen Schimmer, ob es half, mit dem Raben auf diese Weise zu reden, aber es fühlte sich zumindest besser an, als nichts zu tun.

Der Hörsaal, in dem der Test stattfinden würde, sah so aus, als ob er schon seit der Gründung der Columbia University existierte. Lange Reihen hölzerner Stühle mit integrierten Tischen waren in dem absteigenden Raum in einem Halbkreis angeordnet worden. Die holzvertäfelten Wände hatten dieselbe Farbe wie die glatt gelaufenen Stufen, die unter dem Gewicht der Studenten leise knarzten.

»Bitte lassen Sie zwischen Ihrem Tisch und dem Ihres Nachbarn mindestens einen Platz frei«, empfing uns der Biochemie-Professor vom unteren Ende des Hörsaals. Er war zwar Ende vierzig, aber wie immer war sein Kleidungsstil recht lässig: hellblaue Jeans und ein dünner grauer Pullover mit V-Ausschnitt, dessen Ärmel er bis zu den Ellbogen hochgeschoben hatte. *Tränenmacher* passte gar nicht zu ihm, in seinem Kurs hatte ich ihn immer distanziert, aber nicht unsympathisch erlebt.

»Viel Glück«, flüsterte Kim, als wir uns ungefähr in der Mitte des Raumes trennten und unterschiedliche Stuhlreihen auswählten. Sie hatte gehört, dass der Professor ein fotografisches Gedächtnis hatte. Angeblich sollte er sich merken, wer normalerweise neben wem saß und es überhaupt nicht leiden können, wenn er befreundete Studenten während seiner Prüfung zu nahe nebeneinander entdeckte. Die Geschichte kam mir hirnrissig vor. Aber ich hatte nichts dagegen, Kim den kleinen Gefallen zu tun.

»Dir auch viel Glück«, flüsterte ich zurück. Ich nahm gleich den zweiten Stuhl der Reihe, stellte meinen Rucksack ab und legte einen Stift auf den Tisch vor mir. Mein Handgelenk prickelte ein wenig, aber nicht schlimm. Hoffentlich blieb es dabei.

»Willkommen. Suchen Sie sich in Ruhe einen Platz, machen Sie es sich bequem«, fuhr der Professor fort. Mit einem Packen Prüfungsunterlagen schlenderte er zu der ersten Stuhlreihe. »Wie Sie wahrscheinlich wissen, habe ich den Ruf, in meinen Benotungen ziemlich streng zu sein.«

Unsicheres Schweigen folgte auf diese Aussage.

»Ich möchte Sie davon in Kenntnis setzen, dass das stimmt.« Ein paar Studenten lachten pflichtschuldig, der Rest blieb stumm. Der Professor verlagerte den Stoß Arbeitsblätter in seinen Armen. »Allerdings bin ich immer fair, ganz egal, ob Sie in meinen Vorlesungen anwesend waren, Kreuzworträtsel gelöst oder Ihrer neuesten Flamme getextet haben. Dennoch muss ich Sie warnen: Wer den ersten Test versaut, fliegt aus dem Kurs.«

Nun lachte keiner mehr. Mein Puls ging nach oben. Und wie die anderen aussahen, war ich nicht die Einzige damit.

»Das war ein Scherz«, sagte der Professor, woraufhin sich ein Teil der Anspannung wieder löste. Lächelnd trat er zu einem der Studenten in der untersten Reihe und reichte ihm den Stapel Prüfungsunterlagen. »Geben Sie die bitte weiter.«

In den nächsten paar Minuten war nur das Rascheln der Papierstöße zu hören, bis schließlich jeder die Fragen vor sich liegen hatte.

»Sie haben fünfundvierzig Minuten Zeit. Viel Erfolg.« Der Professor ging zu seinem Stuhl vor den vier großen grünen Wandtafeln hinter ihm. Sie waren so nachlässig geputzt worden, dass die verschmierten Kreidereste wie geheimnisvolle Symbole aussahen.

Ich warf einen Blick auf Kim, die sich bereits konzentriert über ihren Tisch beugte, bevor ich mich ebenfalls der ersten Frage widmete. Es ging dabei um die wundersame Welt der Mikroorganismen, die mit dem bloßen Auge nicht zu erkennen waren, uns aber dennoch bei jedem Schritt umgaben. Ich fing damit an, die Unterschiede zwischen Viren und Archaeen aufzulisten, während die Anspannung im Raum noch weiter zunahm.

Ein paar Stühle knarzten leise, wenn jemand sein Gewicht verlagerte. Ein paar Studenten husteten und warfen nervöse Blicke Richtung Wanduhr, aber dafür, dass der Hörsaal so gut gefüllt war, war es recht leise.

Die erste Frage hatte ich geschafft.

Dann ging es weiter mit den Einzellern.

Das Ticken des Sekundenzeigers verband sich mit dem Kratzen meiner Füllfeder auf dem weißen Papier. Irgendwo hinter mir schlug jemand raschelnd die erste Seite um. Ich sah zur Uhr. Und bekam Panik.

Ich war zu langsam, die fünfundvierzig Minuten würden nicht reichen, um alle Fragen zu beantworten, es waren einfach zu viele.

Unten auf seinem Stuhl räusperte sich der Professor, bevor er nach einer mitgebrachten Zeitung griff, die er geräuschvoll aufschlug. Das Knistern des dünnen Papiers hörte sich wie ein Vogelflattern an.

Mein ganzer Körper erstarrte.

Es ist nur eine Zeitung, Widney. Eine verdammte Zeitung.

Gerade, als ich mich wieder über die Prüfungsunterlagen beugte, erklang das Geräusch erneut. Aber diesmal war es lauter. So laut, als ob ein Vogel direkt hinter mir in die Höhe flattern würde.

Keuchend fuhr ich herum und begegnete dem irritierten Blick eines rothaarigen Studenten. Bevor der Professor auf die Idee kam, dass ich vielleicht schummeln wollte, sah ich rasch nach vorne. Drei

Reihen schräg vor mir saß der schlaksige Typ mit den glatten blonden Haaren. Er starrte verzweifelt auf die Fragen vor sich, dabei wippte er nervös mit seinem Bein. Selbst auf die Entfernung konnte ich die Schweißflecken erkennen, die sich auf dem hellen T-Shirt unter seinen Achseln ausbreiteten. Bei der Panik auf seinen Zügen schloss ich für einen Moment die Augen.

Bitte nicht. Es reichte, mit meiner eigenen Nervosität klarkommen zu müssen. Auch noch mit den Ängsten eines anderen Studenten fertigzuwerden, war zu viel.

Ich legte meine ganze Konzentration auf die nächste Frage, nahm jeden einzelnen Buchstaben ins Visier, um den Rest auszublenden.

Aber es war da. Das Flügelschlagen. Ich bildete es mir nicht ein.

Sieh einfach nicht hin.

Hör einfach nicht hin.

Atme, Widney. Atme.

Ich umschloss meinen Stift ganz fest, als wollte ich ihn zerbrechen. Den Geräuschen ringsum versuchte ich keine Beachtung zu schenken, was nicht funktionierte.

Denn im selben Moment spürte ich die vertraute Hitze auf meinem Handgelenk, bevor ich die leichte Berührung eines Raben mit glühenden Augen wahrnahm, der an mir vorüberglitt, um auf dem Tisch des gestressten Typen vor mir zu landen.

Erschrocken starrte ich den Vogel an und senkte meinen Kopf.

Ignorier ihn, Widney. Konzentrier dich auf den Test.

Erneut setzte ich den Stift auf, versuchte mich daran zu erinnern, wie genau es Viren anstellten, sich mithilfe eines Wirtes zu vermehren, obwohl sie eigentlich gar keine Lebewesen waren. Genauso wie der Rabe in Wirklichkeit auch kein Lebewesen war, obwohl er es sich auf der Lehne eines leeren Stuhles bequem gemacht hatte. Sein dunkler Schnabel glänzte im künstlichen Licht des Hörsaals und seine goldleuchtenden Augen betrachteten mich mit einer Intensität, die es mir schwer machte, wegzusehen.

Mit klopfendem Herzen riss ich meinen Blick von ihm los, als plötzlich noch mehr Flügelschlagen erklang. Zahlreicher diesmal und in einer Lautstärke, dass ich unmöglich so tun konnte, als ob ich mich noch auf die Prüfungsfragen konzentrierte. Wenige Sekunden später flatterte ein ganzer Schwarm von schwarzen Vögeln in die Höhe. Sie schienen aus allen Winkeln und Ecken des Hörsaals zu kommen, schossen zwischen den Bänken hervor und umkreisten krächzend die Köpfe der anderen Studenten, bis es so aussah, als würden sie eine große pechschwarze Wolke bilden.

»Nein«, hauchte ich. Mein Blick glitt verstört über die vielen Vögel, die einen lärmenden Wirbel aus Schnäbeln, Federn und Klauen bildeten. Wie bei der Massenpanik im Club schien auch diesmal jeder Vogel zu einem Menschen zu gehören, denn noch während ich auf die kreischende und krächzende Vogelschar starrte, hörte ich plötzlich unzählige Stimmen in meinem Kopf.

Ich werde das nicht schaffen.

Oh Gott, ich hätte mehr lernen sollen.

Wenn ich das verkacke, wird Mum wieder sagen, dass sie sich das Studium nicht leisten kann.

Dieser verfickte Professor. Fuck, er wird mich durchfallen lassen.

Ich brauche mehr Zeit, ich brauche mehr Zeit. Verdammt, ich brauche mehr Zeit.

Ich werde wieder einmal versagen. Ich kann es nicht. Ich kann es nicht! Er hat recht. Ich bin zu nichts nutze.

Die letzte Stimme hallte am lautesten durch meinen Kopf. Ich spürte, wie mein Blick von dem blassen blonden Typen angezogen wurde, der inzwischen seinen Kopf in eine Hand gestützt hatte. Sein linker Oberschenkel wippte noch immer in einem unnatürlichen Tempo auf und ab, während mich seine Angst in Wellen erreichte. Sie war so stark, dass mich das Gefühl überkam, von ihr nach hinten geschleudert zu werden. Unwillkürlich klammerte ich mich an meinem Tisch fest. Dabei bemerkte ich, dass das Sichelmal auf meinem Handgelenk schon wieder zu glühen begonnen hatte.

Die Raben rasten derweil noch immer kreuz und quer durch den Hörsaal. Ihre glühenden Augen stachen wie leuchtende Laternen aus ihrem dunklen Gefieder hervor, während sich zwischen ihren Körpern wieder diese seltsamen goldenen Symbole bildeten. Kreise und gezackte Linien, ein gebogener Stab …

Mir stockte der Atem. Konnten das Hieroglyphen sein?

Gleichzeitig wurde die Stimme in meinem Kopf immer lauter.

Ich werde wieder einmal versagen. Ich kann es nicht. Ich kann es nicht!

Mit jeder Angstwelle, die auf mich zuraste, wurde es stärker, echter, realer. Am liebsten hätte ich mich unter meinem Tisch verkrochen, die Lider geschlossen und die Raben verschwinden lassen.

In diesem Moment bemerkte ich die Veränderung.

Das Kreischen der Vögel wurde ohrenbetäubend laut, während sie noch wilder durcheinanderflatterten. Teilweise stießen sie dabei in der Luft zusammen und hackten aufeinander ein, bis ihre schwarzen Federn wüst in die Luft stoben. Ich konnte nichts mehr sehen, konnte nichts mehr hören, bis auf die Stimmen in meinem Kopf und die kreischenden Raben mit den glühenden Augen. Als einer der Vögel im Sturzflug auf mich zuschoss und mit seinen langen Schwungfedern über meine Augen strich, wurde es stockdunkel um mich herum. Im nächsten Moment hörte das vielstimmige Krächzen auf, bis eine fast schon unheimliche Stille herrschte. Als die Finsternis einen Sekundenbruchteil später zerriss, schlang ich verstört die Arme um meinen Körper und blickte mich ungläubig um.

Ich war nicht mehr in dem Hörsaal.

Ich war ganz woanders.

In einer Art Wohnkeller, wie es aussah. Das Zimmer war niedrig und dunkel. An der linken Wand gab es einen Fernseher mit einer Spielekonsole gegenüber von einem breiten Bett aus Metall, neben dem ein schwarzer Schreibtisch stand. Die einzige ernst zu nehmende Lichtquelle stammte von einer grellen Schreibtischlampe, abgesehen von dem auf Pause gedrückten Videospiel auf dem Fernseher. Der Hauptteil des Bodens war mit zerknüllten Socken, T-Shirts und Jeans bedeckt, wobei sich neben den Klamotten auch einige leere Pizzaschachteln stapelten.

Auf dem Stuhl an seinem Schreibtisch saß der blonde Student aus dem Hörsaal und hatte den Kopf verzweifelt in die Hände gestützt. Dabei blickte er zitternd auf den Biochemie-Test vor sich auf der Tischplatte. Eine fette rote Null stand neben der erreichten Punkteanzahl, gemeinsam mit dem Vermerk des Professors, sich nie wieder in seinem Kurs blicken zu lassen.

Mit einem Gefühl, als würde mir jemand die Rippen zusammendrücken, trat ich näher an den Studenten heran. Seine rot geränderten Augen starrten blicklos auf den verhauenen Test.

Im selben Moment waren schwere Schritte auf der Treppe zu hören. Sofort kam Bewegung in den jungen Mann. Ich sah, wie er hektisch einige Bücher auf den Test legte und dann aufstand. Wenige Augenblicke später betrat ein hochgewachsener, älterer Mann den Keller. Er hatte dieselben glatten blonden Haare wie der junge Mann, weshalb ich davon ausging, dass es sich um seinen Vater handelte. Beim Anblick seiner unnachgiebigen blauen Augen über der Hakennase zog sich mein ganzer Körper vor Furcht zusammen.

»Ich habe gehört, du hast wieder einmal versagt«, schnitt seine kalte Stimme durch den Raum.

Der blonde Student wich unglücklich an die Schreibtischkante zurück. »Es war zu schwer, Vater.«

»Du konntest es nicht, weil du dich nicht angestrengt hast!«, donnerte der Mann. »Du bist ein fauler Nichtsnutz, lebst hier unten wie die Made im Speck und kriegst nicht einmal so einen harmlosen Test auf die Reihe! Dein Bruder hätte den mit Leichtigkeit geschafft.« Er kniff voller Abscheu die Augen zusammen. »Aber mir reicht es jetzt. Wir sind lange genug für deine Studienkosten aufgekommen. Damit ist jetzt Schluss. Such dir einen Job und zieh endlich aus, ich will dich hier nicht mehr sehen.«

»Aber ... das Studium«, stammelte der junge Mann.

Sein Vater schnaubte abfällig. »Dafür bist du ohnehin zu blöd, du verdammter Taugenichts.«

Seine Worte wurden begleitet vom lautlosen Erscheinen eines pechschwarzen Raben. Er glitt mit seinen leuchtend goldenen Augen an mir vorbei und berührte dabei mit den Flügeln mein Gesicht. Im nächsten Moment befand ich mich im Hörsaal wieder. Mein Herz raste und mein Pullover klebte an meiner Haut. Einige Studenten sahen mich seltsam an, da mein Atem noch immer viel zu schnell ging. Zitternd lehnte ich mich auf meinem Stuhl zurück und versuchte, einen klaren Gedanken zu fassen, was kaum möglich war.

KAPITEL 18

»Hallo. Willkommen in meinem Reich. Also dem von Chelsey und mir«, begrüßte mich Kim, die zu ihrem roten Pullover die farblich passenden Pantoffeln trug. Von der Eingangstür führte sie mich geradewegs in das Wohnzimmer ihres Apartments, von dessen schwarz gerahmten Fenstern man einen direkten Blick auf das Backsteingebäude gegenüber hatte.

»Ich weiß. Es ist nicht so schick wie euer Loft. Aber es ist nicht weit von der Uni entfernt. Und seit ich eingezogen bin, gab es auch nur *einen* Wasserschaden.«

Mit den Fingern deutete sie Richtung Decke, wo sich in der Ecke ein gräulicher Fleck abzeichnete.

»Alte Leitungen. Der Vermieter hat versprochen, den Fleck sobald wie möglich übermalen zu lassen.«

»Ich finde es schön hier. Nicht den Fleck – aber den Rest.« Der Rest bestand aus einer olivgrünen Couch, die zwischen zwei Heizkörpern am Fenster stand, einem kleinen Glastisch davor und einem robusten Holztisch, der sich auf der rechten Seite befand und offenbar als Esstisch diente. Dahinter war eine weiße Holztür zu sehen, genauso wie auf der gegenüberliegenden Wand. Augenscheinlich gab es dadurch Zutritt zu zwei weiteren Räumen.

Auf dem Couchtisch waren zwei Gläser und eine Karaffe mit Wasser vorbereitet.

»Magst du etwas trinken?«, fragte Kim.

»Gerne.«

Nach dem verstörenden Biochemie-Test heute in der Uni saß mir der Schreck noch immer in den Knochen. Ich hatte es zwar nach meinem Wohnkeller-Erlebnis mit dem blonden Typen irgendwie geschafft, mich wieder auf die Prüfungsfragen zu konzentrieren, hatte aber kein Gefühl dafür, wie gut mir das gelungen war.

Nachdem Kim eingeschenkt hatte, drückte sie mir mein Glas in die Hand. Ein kurzes Runzeln zeichnete sich auf ihrer Stirn ab, bevor sie mit schnellen Schritten zur Couch eilte und eine rosafarbene Socke aus der Sofaritze hervorzog.

Kopfschüttelnd atmete sie ein.

Ohne die Sockengröße mit Kims Fuß abzugleichen, war mir klar, dass das rosafarbene Teil mit den weißen Herzchen Chelsey gehören musste.

Denn Kim schrieb Listen. Kim mochte Ordnung. Und sie mochte garantiert keine Socken, die sich in Sofaritzen versteckten. Dafür musste ich nicht einmal einen Blick auf ihr Gesicht werfen, das sie genervt verzog.

»Du hast gar keine Ahnung, wie oft ich Chelsey hinterherräumen muss.« Kims Stimme klang einen Tick leiser, aber nicht weniger verdrossen. »Es ist zermürbend.« Sie betonte jeden Buchstaben des letzten Wortes.

»Dann tu es einfach nicht.«

Ungläubig sah sie mich an. Ihre Augen sagten: *Kennst du mich denn gar nicht?*, während ihr Mund sprachlos blieb.

»Okay – ich weiß, du kannst nicht anders. Aber vielleicht ist es deine Form von Therapie.«

»Ich brauche keine Therapie«, wisperte Kim zurück. »Ich brauche eine Mitbewohnerin, die ihre Sachen nicht ständig überall liegen lässt. Ich habe vorhin schon eine halbe Stunde aufgeräumt, damit es so aussieht, wie es jetzt aussieht.« Mit dem Daumen strich sie über ihre Fingernägel, die sie alle mit kleinen Blumen verziert hatte.

»Mein Zimmer ist das rechte, Chelsey gehört das linke.«

Wie aufs Stichwort erklang aus dem linken Nebenraum ein lautes Stöhnen, das mich den Kopf in die entsprechende Richtung drehen ließ, bevor ich mich wieder Kim zuwandte.

Ihre Wangen hatten einen rötlichen Schimmer bekommen. »Dünne Wände.«

Ein noch lauteres Stöhnen war zu hören, gefolgt von einem rhythmischen Hämmern, als würde das Bett gegen die Wand knallen. Ein Geräusch, das Kims Gesichtsfarbe von *leicht errötet* auf *knallrot* färbte.

Ich grinste. »Das muss dir doch nicht peinlich sein.«

»Natürlich muss es das. Sie könnten doch etwas leiser sein.«

»Vielleicht sind sie bald fertig.«

Sie schüttelte ächzend den Kopf. »Lass diese Hoffnung fallen.

David und Chelsey sind echte Weltmeister darin. Sie können das stundenlang machen. Komm, wir gehen besser in mein Zimmer, dann können wir in Ruhe reden. Ohne die Soundeffekte.«

Wir steuerten gerade Kims Zimmertür an, als es an der Haustür klingelte.

»Erwartest du noch jemanden?«

»Eigentlich nicht«, sagte Kim und ging zur Gegensprechanlage. Dem Klingeln folgte ein Klopfen an der Eingangstür.

»Oh. Hey, David.« Kim wirkte verwundert, als sie draußen den dunkelhaarigen Typen vorfand, den ich mit Chelsey bereits auf dem Konzert von *NEBEN* gesehen hatte. Er hatte sich mit dem anderen Kerl geprügelt, der das Messer gezückt hatte.

»Hi, Kim. Ich muss was mit Chelsey besprechen, aber sie geht nicht an ihr Handy. Ist sie da?«

Verlegen fuhr Kim mit den Fingerspitzen das dunkle Holz der Eingangstür ab. Damit schindete sie Zeit, Zeit, die sie brauchte, um zu beschließen, was sie tun sollte. Für ihre Mitbewohnerin lügen oder die Wahrheit sagen. Das brachte Kim, die durch ihre Erfahrung mit Beverly schon mal echt ins Fettnäpfchen gestiegen war, in eine echt missliche Lage.

»Ich habe Chelsey heute noch gar nicht gesehen«, entschied sie sich für den Mittelweg, der die Wahrheit verschleierte, aber trotzdem keine direkte Lüge war.

»Sag ihr, dass ich da war, okay? Sie soll mich anrufen, wenn sie nach Hause kommt.«

»Klar.«

Beinahe erleichtert wollte Kim die Tür schon schließen, als in dem Moment ein lauter Erregungsschrei, eine Mischung aus Stöhnen und Ächzen, erklang. Ein Laut, der bis in die Diele hallte.

Reflexartig kniff David die dunklen Augenbrauen zusammen. Hinter seiner Stirn arbeitete es auf Hochtouren. Kein Wunder, dass es nicht lange dauerte, bis er eins und eins zusammenzählte und verstand, was los war.

Jeder Muskel seines Körpers schien sich schlagartig anzuspannen. Er schnaubte. »Chelsey ist nicht da? Und wer war das gerade eben?«

Ehe Kim reagieren konnte, machte David sich schon auf den Weg ins Wohnzimmer und riss die Tür zu Chelseys Schlafzimmer auf. Was danach folgte war ein dunkler Mix aus Brüllen, Gekreische und Poltern.

Ich rieb mir über mein Handgelenk, das zu prickeln anfing. »Sollen wir uns einmischen?«

»Auf keinen Fall.« Die Inbrunst in Kims Stimme überraschte mich. Sie nahm meine Hand, zog mich in ihr Zimmer, in dem das Brüllen und Gekreische zwar leiser wurde, aber noch immer zu hören war.

Nachdem sie die Tür geschlossen hatte, lehnte sich Kim mit dem Rücken gegen das Türblatt. »Das ist allein Chelseys Sache. Und die von David. Und natürlich von dem anderen Typen.«

Ich hob eine Augenbraue. »So hart hätte ich dich gar nicht eingeschätzt, Kim Young.«

»Das hat nichts mit hart zu tun, Widney. Aber seit ich mit Chelsey hier wohne, hat sie David schon x-Mal betrogen. Wenn er ihr jetzt auf die Schliche kommt, dann ist das einfach Schicksal. Oder eine gewisse Notwendigkeit.«

Kim ließ sich auf ihr Bett fallen, auf dem nicht nur eine weiße Überdecke, sondern auch eine Schar an Kissen lag, die wie eine violette Armee korrekt platziert waren.

»Außerdem sollst du deine Kräfte für Wichtigeres einsetzen.«

»Wie zum Beispiel?«

»Die Rettung der Welt.«

»Ich wusste gar nicht, dass die Welt gerettet werden muss.« Ich nahm ein paar Kissen vom Bett, schmiss sie auf den Schaukelstuhl, der in der Ecke stand, und setzte mich dann neben Kim auf die Matratze.

»Natürlich. Sie muss jeden Tag aufs Neue gerettet werden. Vor Katastrophen, Ungerechtigkeit und fehlendem Mitgefühl. Apropos: Hast du deinen *Ausflug*«, es fehlte nur noch, dass sie Gänsefüßchen in die Luft zeichnete, »von heute Vormittag schon verdaut?«

»Ich arbeite noch daran, aber als Ausflug würde ich es nicht bezeichnen. Ein Ausflug führt an den Strand oder in die Wälder, nicht unbedingt in den Wohnkeller eines Typen mit einem wirklich unangenehmen Vater.«

»Das ist so der Wahnsinn. Obwohl ich dich um diesen Moment nicht beneide, ehrlich nicht. Aber dass so etwas überhaupt möglich ist, ist unglaublich.«

Sie setzte sich aufrecht hin. Mit den Armen umfasste sie ein violettes Kissen mit gelben Blümchen. »Bei der Wohnkeller-Sache kann es sich nur um die Manifestation der Prüfungsangst handeln, ich meine, das macht total Sinn, oder?«

Nickend streckte ich die Beine aus und wusste, dass es kein Zurück mehr gab. Was auch immer mit mir geschah, es geschah immer schneller.

»Wahrscheinlich hat die geballte Angst der Studenten dazu geführt, dass deine Gabe einen Sprung gemacht hat«, mutmaßte Kim. »Ist ja auch logisch – so viel Angst wie in dem Hörsaal heute kriegst du normalerweise nicht auf einmal. Außer in dem Club, aber da hat sich ja auch etwas mit dir getan.«

»Wie beruhigend. Ich wünschte, ich hätte nur eine Ahnung, was mit mir geschieht.«

»Apropos.« Kim stand auf. Von draußen waren noch immer streitende Stimmen zu hören, aber das schien sie nicht abzulenken. Zielstrebig ging sie zu einem niedrigen Regal, das unter dem Fenster stand und in dem diverse fliederfarbene Ordner standen, die alle fein säuberlich beschriftet waren.

Fein säuberlich war der Begriff, der zu Kims ganzem Zimmer passte, das picobello aufgeräumt war und aussah, als könnte es auch in einem Mädchen-Magazin abgelichtet werden. Weiß und violett waren die dominanten Farben, die sich überall im Raum wiederfanden. Der weiße Schreibtisch harmonierte perfekt mit dem violetten Schreibtischstuhl, die weißen Wände wurden nur von den lilafarbenen Vorhängen durchbrochen und die weißen Schränke verfügten über dunkelviolette Knäufe, die vielleicht etwas zu übertrieben waren.

Kim zog einen violetten Ordner hervor, den sie mit aufs Bett nahm.

»Was ist das?«

»Das ist meine Mappe zu dir.«

»Ich habe eine eigene Mappe?«

Sie nickte. »Also nicht genau du, als Freundin. Sondern du als …«

»Als Ausnahmefall?«

»Nennen wir es lieber Besonderheit. Ich habe sicherheitshalber einfach alles, was wir bislang wissen, zusammengefasst. Schließlich bist du wahrscheinlich das Spannendste, was mir in meinem Leben jemals passieren wird. Ich habe alles festgehalten. Die Angst-Situationen, die du erlebt hast, deine unnatürlichen Kräfte, die dich offenbar irgendwie schneller und stärker machen, das Sichelmal auf deinem Handgelenk und deine Narbe, die wie eine Feder aussieht.«

»Du arbeitest gründlich.«

»Das ist noch nicht alles.« Sie blätterte durch die Seiten. »Ich habe die letzte Zeit auch damit verbracht, weiter zu recherchieren und mich mit der Übersetzung von Hieroglyphen zu beschäftigen. Immer dann, wenn ich das Gefühl hatte, dass mein Kopf von dem ganzen Prüfungsstoff schon viel zu voll war.«

»Du bist unglaublich«, sagte ich. »Hast du was gefunden?«

»Ich glaube schon. In einer alten medizinischen Fachzeitschrift habe ich einen Artikel über Patienten gefunden, die an Wahnvorstellungen litten. Patienten, die sich für Hitler, Santa Claus oder den Dalai Lama hielten. Ein Fall ist mir dabei besonders ins Auge gesprungen. Der Bericht von einem Mann, der behauptet hat, die Angst anderer Menschen zu spüren und seine eigenen Ängste nutzen zu können, um besonders schnell und stark zu werden.«

Mir stockte der Atem. Das klang genau nach dem, was auch ich erlebt hatte.

»Jedenfalls habe ich meinen Onkel, der in der Psychiatrie arbeitet, gebeten, seine Akte anzufordern. Ich habe ihm erzählt, dass ich sie für ein Uni-Projekt brauche, und zum Glück hat mein Onkel gute

Beziehungen und mag mich. Selbstverständlich musste ich schwören, den Namen des Patienten vertraulich zu behandeln.« Sie atmete tief ein und ich konnte die Spannung in der Luft fühlen.

»Und was war mit dem Patienten?«

»Er hat eine wilde Story von irgendwelchen Sonnenkriegern, Göttern und Priestern erzählt und behauptet, dass er die Ängste anderer Menschen spüren kann, weil er zum Kult der Sichelträger gehört.«

»Sichelträger?« Ich schielte auf das Mal an meinem Handgelenk, das wie eine Mondsichel aussah. Ein unangenehmes Gefühl tauchte in meinem Bauch auf, das bis in meinen Hals wanderte.

»Offenbar hat im alten Ägypten irgend so ein verquerer Hohepriester namens Zerres eine Zeremonie durchgeführt, um die Welt von der quälenden Angst zu befreien, die nach den zehn Plagen das Land in Schach gehalten hat. Ich habe die biblischen Katastrophen zur Sicherheit auch noch mal gegoogelt. Darin wurde Wasser für sieben Tage in Blut verwandelt, es gab fallende Frösche sowie Schwärme von Stechmücken und Stechfliegen, die Viehpest, schwarze Blattern, Hagel und Heuschrecken, Finsternis – sowie den Tod aller Erstgeborenen.« Kim atmete tief aus, ihre Stimme wurde immer schneller. »Ganz schön heftig, oder? Jedenfalls haben diese Landplagen Ägypten in Angst und Schrecken versetzt. Die Leute fürchteten sich, dass es mit der zehnten Plage nicht aufhören und ewig so weitergehen würde. Das motivierte Zerres dazu, mit seinen achtunddreißig Priestern ein Ritual durchzuführen und die Götter um Hilfe zu bitten. Er wollte die Welt für immer von der Angst befreien, indem er sie im Körper eines Sklaven manifestierte, den er dann töten konnte. Die Zeremonie ging jedoch mächtig schief und irgendwie schleuste sich dabei ein Mondgott ein, der gar nicht gerufen werden sollte. Sein Name war Chons und er verlieh einem Teil der Priester seine Kraft und machte sie zu Sichelträgern.« Kim sah mich abwartend an.

»Chons? Derselbe Chons, der alle anderen Götter fangen und erschlagen wollte?«

»Genau so ist es. Nachdem ich mich dahintergeklemmt hatte und mit den Begriffen Sichelträger und Ägypten auch besser im Netz forschen konnte, habe ich auch herausgefunden, dass es tatsächlich dieser Chons war, dessen Auftauchen immer von Raben angekündigt wurde. Und dass er ziemlich gefürchtet war.«

»Das hört sich nicht gut an.«

»Aber es passt, oder? Ich sage nur: Mond und Raben. Und vergiss nicht die Symbole, die du gesehen hast. Schau mal, ich denke, dass es sich dabei um Hieroglyphen handelt.« Kim schob mir ihre Mappe mit den Aufzeichnungen hin. Dabei erkannte ich einen gestreiften Kreis über einer gezackten Linie, einen gebogenen Stab und einen kleinen Vogel.

»Die beiden ersten Zeichen habe ich tatsächlich gesehen. Was bedeuten sie?«

»Das ist der Name von Chons. Widney, es hängt alles mit ihm zusammen. Aus irgendeinem Grund bist du mit ihm verbunden.«

»Du glaubst, dass ich eine Sichelträgerin bin?«

Sie deutete mit dem Kinn in Richtung meines Handgelenks. »Es liegt quasi auf der Hand.«

»Und was schlägst du jetzt vor? Sollen wir uns mit dem Patienten treffen, von dem du die Akte hast?«

Ein Schatten glitt über Kims Gesicht. »Das geht leider nicht, weil er sich schon vor Jahren in der Klinik erhängt hat.«

Sofort kamen die hässlichen Bilder zurück.

Die Bilder von einem hängenden Körper.

Nicht in der Klinik, sondern im Wohnzimmer.

Nicht der Patient, sondern Aiden.

»Oh. Sorry, Widney. Ich habe nicht so schnell geschaltet.«

»Schon gut.«

»Die Geschichte ging übrigens noch weiter«, sagte Kim schnell, um das Thema zu wechseln. »Nicht alle waren von Chons plötzlichem Auftauchen so begeistert. Ein Teil der Priester versuchte, Chons offenbar zu vertreiben – ihnen kam der Sonnengott Re zur Hilfe. Mit seiner Kraft gelang es den Guten, den boshaften Gott hinter drei schweren Steintüren einzusperren.«

»Das bedeutet, dass die Sichelträger die Bösen in der Story sind.«

»So in etwa.«

»Großartig. Das wird ja immer besser.« Mit den Fingerspitzen rieb ich mir über meine geschlossenen Augen und spürte, wie mir Kim ihre Hand auf den Unterarm legte.

»Das muss doch noch gar nichts heißen.«

»Ich wünschte, es wäre so.«

Kim kniff die Augen zusammen und atmete mehrmals tief durch. »Hey, wir wissen bis jetzt nur einen Teil, und wer weiß, ob das wirklich so war und auch stimmt. Bevor wir voreilige Schlüsse ziehen, sollten wir herausfinden, warum du deine Gabe hast.«

Ich rieb mir über den Nacken, der sich durch die Geschichte kräftig verspannt hatte. »Wahrscheinlich habe ich sie von meinen leiblichen Eltern geerbt, die Teil des Kults sind. Die jetzt vielleicht gerade irgendwo hingebungsvoll diesen Chons anbeten.«

»Zu schade, dass es das Adoptionsbüro nicht mehr gibt«, murmelte Kim.

Ich atmete tief ein, während ich versuchte, alle Infos zu verdauen. »Hast du eine Ahnung, was mit diesem Chons passiert ist? Wo ist er jetzt? Steckt er wenigstens noch immer hinter den schweren Steintüren fest?« Früher hätte ich definitiv nicht an Götter geglaubt. Aber früher hatte ich auch noch nicht die Ängste anderer erlebt.

Kim klappte ihre violette Mappe zu. »Also, ich denke, dass wir es mitbekommen hätten, wenn so ein Gott freigelassen wird. Außerdem hat der Patient behauptet, dass es seine Aufgabe, also Aufgabe der Sichelträger ist, Chons wiederauferstehen zu lassen. Von dem Gedanken schien er laut den Unterlagen wie besessen zu sein.«

»Was ist, wenn mir das Gleiche passiert?«, stöhnte ich. »Wenn ich mich jetzt immer mehr in so eine verrückte Anhängerin verwandle, Kim? Wenn ich bald den Mond anheule und so?«

»Das glaube ich nicht, Widney. Immerhin bist du noch immer du. Selbst mit den ganzen Erfahrungen, die du in letzter Zeit gemacht hast.« Sie lächelte mich an, aber das Lächeln erreichte mich gerade nicht. Kim strich mir aufmunternd über den Oberarm, als in dem Moment die Tür aufging. Erst jetzt bemerkte ich, dass das Gekreische und Gebrülle von draußen bereits verebbt waren.

»Kim. Es ist so furchtbar«, hörte ich Chelsey jammern, die ganz verheult in einem weißen Schlafshirt das Zimmer betrat. Die blonden Haare hingen ihr traurig über die Schulter. »Es ist so unglaublich schrecklich, ich brauche dich jetzt.«

»Können wir vielleicht später reden, wenn Widney …«, setzte Kim an, aber Chelsey hatte kein Ohr dafür. Sie ließ sich direkt zu uns aufs Bett fallen. Von ihrem Marilyn-Monroe-Lächeln war nichts mehr zu sehen.

»Sie sind beide weg.« Schluchzend presste sie ihr Gesicht gegen die weiße Überdecke, die ihre Worte dämpfte. »Sie sind einfach weg, nachdem sie zuerst sich und dann mich angeschrien haben. David hat sich von mir getrennt und Nathan möchte auch nichts mehr mit mir zu tun haben, wenn ich so eine blöde Schlampe bin, mit der es nur Stress gibt.« Chelsey richtete sich hustend auf und strich sich die Tränen von den Wangen.

»Dabei war es doch nur ein Ausrutscher, mehr nicht. Okay, vielleicht gab es noch den einen oder anderen, aber es war nichts Ernstes, wirklich nicht, Kim.« Sie fasste sich an die Stirn. »Ich glaube, ich bekomme Fieber. Fühl mal.« Sie griff nach Kims Hand und legte sie sich auf die Stirn.

»Du bist wirklich warm. Vielleicht solltest du dich ein wenig ausruhen, Chelsey.« Kims Stimme klang beruhigend, aber sie war nicht das, was ihre Mitbewohnerin wollte.

Sie schüttelte den Kopf und hustete noch einmal. »Ausruhen kann ich jetzt nicht, auf keinen Fall. Ich brauche Gesellschaft, jemanden, der mich aufbaut. Machst du mir einen Tee? Denn wenn ich jetzt auch noch krank werde, ist mein Leben endgültig vorbei.«

KAPITEL 19

»Hey, Widney«, begrüßte mich Josh, als ich ein paar Stunden später nach Hause kam. Nachdem Chelsey Kim vollends für sich in Beschlag genommen hatte, war ich durch die Straßen von New York gezogen, um einen klaren Kopf zu bekommen.

Ich war einfach nur durch die Gegend gelaufen. Vorbei an den gelben Taxis, den Leuchtreklame-Schildern und den Hot-Dog-Ständen. Vorbei an den Mamis im Park, die ihre Kinder anlächelten, vorbei an den Menschen, die zu ihrem nächsten Termin hetzten. Keiner von ihnen verschwendete auch nur einen Gedanken an die Sichelträger.

Sichelträger.

War ich wirklich eine von ihnen?

Josh musterte mich. »Alles okay? Du siehst echt fertig aus.«

»Danke. Das ist genau das, was eine Frau hören will.« Ich schlüpfte aus meiner Herbstjacke.

»So war das nicht gemeint.« Mit einem dicken Sandwich in der Hand steuerte Josh die Küche an. Dabei warf er mir einen Blick über die Schulter zu. »Du siehst einfach aus, als hättest du einen harten Tag gehabt. War heute nicht deine Prüfung?«

»Das stimmt«, sagte ich und folgte ihm in die Küche, nachdem ich meine Sneakers ausgezogen hatte.

»Und wie wars? Hat das viele Lernen was gebracht?«

Ich ließ mich auf den Barhocker am Küchentresen fallen. »Ich denke schon.« Mein Blick wanderte irritiert zur Couch, auf der Xander mit Cooper saß. Sie spielten gerade irgendein Footballspiel auf der Playstation und beschimpften sich gegenseitig mit Wörtern, die sie sonst nur der Yucca-Palme entgegenschmissen.

»Das geht schon den ganzen Tag so.« Josh holte sich seufzend ein Glas Mayonnaise aus dem Kühlschrank. »Freud behauptet, es sei ein antikes Ritual, dass sie dabei solche Kraftausdrücke benötigen. Wie ein Wettkampf, der auf verschiedenen Ebenen ausgetragen wird. Ich bin jedoch der Meinung, dass er einfach nicht verlieren kann – und dass sich Cooper nicht gerne beschimpfen lässt.«

Ich musste lachen und warf einen Blick auf die Jungs, die verbissen an ihren Controllern saßen und sich offenbar nichts schenkten.

Josh schraubte das Mayonnaiseglas auf, bevor er mit einem Löffel eine große Portion davon in sein Sandwich beförderte. Er sah zu mir. »Bist du heute wenigstens dabei?«

»Bei diesem Playstation-Wettbewerb? Ich denke nicht«, sagte ich und griff nach einem Apfel, der in der Obstschale vor mir lag.

»Ich meine nicht diesen Hahnenkampf, ich meine unser Donnerstags-Date. Das letzte Mal hast du ja deinen Büchern den Vorzug gegeben.« Er sah mich auffordernd an. »Aber vielleicht überlegst du dir das heute anders, immerhin hat Quentin zugesagt.«

Bei dem Gedanken, Quentin endlich mal wiederzusehen, spürte ich eine zarte Aufregung in mir aufkeimen.

»Also? Bist du dabei?«

»Klar, wieso nicht.« Einen Abend mit Quentin und den anderen zu verbringen, war auf alle Fälle besser, als mich in meinem Zimmer zu verkriechen und darüber nachzudenken, ob ich eine böse Sichelträgerin war. Die Gedanken marschierten sowieso nur im Kreis.

»Cool. Dann haben wir ein Date. Ein Donnerstags-Date«, grinste Josh und biss von seinem Sandwich ab. »Wie geht es übrigens Kim?«

»Interessanter Gedankensprung.« Ich lächelte Josh an, der mit seinem grünen Joker-Shirt viel jünger aussah, als er war. »Sie gefällt dir, oder?«

»Definiere gefallen.«

»Es würde dich nicht stören, wenn sie auch zu unserem Donnerstags-Date kommen würde.«

Josh fuhr sich durch seine roten Locken. »Stimmt.«

»Kann sie nur leider nicht. Sie muss sich um ihre kranke Mitbewohnerin kümmern.«

»Sehr aufmerksam von ihr. Cool.« Er stockte. »Also für die Mitbewohnerin.«

Das dachte ich mir auch. Ob es Kim so viel Freude bereitete, sich um Chelsey zu kümmern, war die andere Frage. In dem Moment hörte ich einen Schlüssel an der Eingangstür rumoren, wenig später betrat Quentin das Loft.

Mein Herz konnte nicht anders, als auf seine Anwesenheit zu reagieren. Und es war nicht das Einzige, was reagierte. Aus den Augenwinkeln nahm ich wahr, wie Josh von Quentin zu mir blickte, bevor er sich mit den Worten entschuldigte, dass er noch etwas zu erledigen hatte.

Quentin zog seine schwarze Jacke aus, dabei unterbrach er den Augenkontakt zu mir jedoch nicht. Es war ein ganz intensiver Moment, in dem keiner von uns beiden wegsah. Wie bei diesen Kinderspielen, bei denen der verlor, der seinen Blick zuerst abwandte.

»Hey.« Er kam auf mich zu. Seine schwarzen Klamotten ließen ihn blass wirken.

»Selber hey.«

Im Hintergrund hörte ich Cooper laut lachen, während Xander fluchte, dass die Wände wackelten.

Quentin ließ sich auf den Barhocker neben mir fallen. So viel Nähe hatten wir in der ganzen letzten Woche nicht gehabt. »Wie geht es dir?«

»Gut.« Es war irgendwie seltsam, jetzt wieder mit ihm zu sprechen, nachdem wir es so lange nicht getan hatten. »Wie war es bei deinen Eltern?«

Quentin atmete tief ein. »So wie es dort immer ist. Nett, aber anstrengend. Meine Mutter war ziemlich besorgt um mich.«

Ja, das konnte ich verstehen.

»Und wie war es beim Arzt?«

Mir war klar, dass Quentin keine große Lust haben würde, über seinen Termin bei dem Spezialisten zu sprechen, aber es war wichtig für mich.

Er sah zu Boden. »Keine Ahnung. Er sucht nach messbaren Ursachen für meinen letzten Schub, doch im Moment scheint das nicht so gut zu laufen.«

Stumm griff ich nach seiner Hand.

»Der letzte Anfall war nicht nur heftiger als die anderen – er ist auch zu dem beschissensten Zeitpunkt passiert, den ich mir vorstellen kann.«

»Für mich hat es aber nichts verändert«, sagte ich. Was egal war, denn für Quentin hatte sich etwas verändert.

Er zögerte, bevor er weitersprach. »Es hat mich einfach überfordert. Ich möchte nicht so ein Kerl sein, bei dem du jedes Mal Schiss hast, ob er gleich wieder zu zucken anfängt.«

»So ein Kerl bist du nicht. Du bist für mich nicht der zuckende Kerl, sondern der, der mir eine süße Nachricht auf dem Badezimmerspiegel hinterlässt und sich trotzdem eine ganze Woche lang praktisch unsichtbar machen kann.«

Er lächelte schief. »Als Kind wollte ich immer Zauberer werden. Ich hatte sogar ein großes Kunststück vorbereitet.« Mit der Hand strich er langsam meinen Arm hinauf und seine Berührung begann tatsächlich, mich zu verzaubern.

Plötzlich war sie wieder da. Diese Spannung zwischen uns, diese gute Spannung.

»Und welches Kunststück? Wechselst du gerade ganz plump das Thema?«

»Gut bemerkt, Widney.« Ein leichtes Grinsen legte sich auf sein Gesicht. »Aber zurück zu meinem Kunststück: Ich habe meinen Stoffbären in zwei Teile geteilt.«

»Ganz schön brutal.«

Er nickte. »Erzähl das mal dem Bären. Oder besser seinen zwei Teilen.«

Ich schmunzelte. »Es hat nicht funktioniert?«

»Leider nein. Deshalb habe ich beschlossen, meine Karriere als Zauberer zu beenden, bevor sie überhaupt begonnen hat.«

»Eine weise Entscheidung.«

»Seitdem sollte auch das, was ich anfasse, ganz bleiben.« Quentins Stimme nahm den rauen Ton an, den ich so gerne mochte. Seine Finger wanderten zu meinem Hals, bis sie weiter oben auf meine Wange trafen. Sanft zog er mich zu sich und ich ließ es geschehen. Ließ es geschehen, dass er seine Lippen auf meine legte und mich küsste, als wäre es das erste Mal.

In dem Kuss lag so viel, was er mit Worten gar nicht hätte ausdrücken können. Als sich Quentin wieder von meinen Lippen löste, schien mein ganzer Körper unter Strom zu stehen.

»So machst du das also«, sagte ich.

»Hat es denn funktioniert?«

»Was genau?«

»Uns wieder an den Ort zu bringen, an dem wir beide waren, bevor …« Den Rest musste er nicht aussprechen.

»Es fühlt sich zumindest wieder danach an.«

»Hey, macht ihr zwei etwa in der Küche rum?«, erklang in dem Moment Xanders Stimme von der Couch.

Quentin wandte den Kopf in seine Richtung. »Kümmere dich um deinen eigenen Kram, Xander. Schließlich weiß jeder von uns, wie es sich anhört, wenn du mit Ash rummachst.«

Quentins klare Worte brachten mich zum Grinsen.

Xander fluchte, weil Cooper in dem Spiel offensichtlich besser war, und warf uns dann einen genervten Blick zu. »Hey, das passiert mir nie wieder. Nach dem letzten Mal hab ich meine Lektion gelernt. Und die nächsten Wochen Geschirrspüldienst werden es mich auch nicht vergessen lassen.«

Quentin hob nur eine Augenbraue, bevor er mich wieder ansah. »Selbst ein Jahr Geschirrspüldienst würde mich nicht davon abhalten, dich noch mal zu küssen.«

Obwohl er leise sprach, traf jedes seiner Worte direkt in mein Herz. Ohne mein Zutun hoben sich meine Mundwinkel.

Er lächelte. »Sehr gut, jetzt strahlst du wieder bis nach Brooklyn.«

»Sieg!«, brüllte Cooper in diesem Moment und schmiss seinen Controller auf den Couchtisch. Dann sprang er auf und rockte an der Fensterfront vorbei. Dabei vollführte er einen Tanz, bei dem er die Arme in die Luft warf und die Hüften kreisen ließ. »Wer hat Lust auf Pizza? Es gibt einen Sieg zu feiern!«

»Das war Glück«, warf ihm Xander entgegen. »Nicht mehr als Glück.«

Cooper grinste übers ganze Gesicht. »Können hat nichts mit Glück zu tun.«

»Was auch immer du brauchst, um es in deiner Welt zu rechtfertigen«, meinte Xander und kam in die Küche, um sich eine Flasche Bier zu holen.

»Was ist denn hier los?«, fragte Ash, die in diesem Moment über die verglaste Holztreppe nach unten kam. Sie trug eine schwarze Jogginghose und schien geschlafen zu haben, da ihr die Haare wüst zu Berge standen. Wahrscheinlich hatte sie in der Nacht davor wieder eine Schicht im Club gehabt.

»Wir feiern Coopers Sieg mit Pizza«, antwortete Josh, der bereits die Schubladen nach dem Flyer einer Pizzeria durchwühlte. Xander warf Josh einen vernichtenden Blick zu, den dieser mit einem Lächeln beantwortete. Nachdem Josh bestellt hatte, hörte ich Cooper vom Fenster aus schon rufen: »Action! Es geht los, Leute. Harry ist da. Macht das verdammte Licht aus!«

Die nächste Minute verbrachten wir wieder damit, aus der Dunkelheit in das schräg gegenüberliegende Gebäude zu starren, direkt in das hell erleuchtete Apartment unserer Stalking-Opfer.

Diesmal hatte Ash das Fernglas an sich genommen und verzog das Gesicht. »Was hat Harry denn mit seinem Bart gemacht?«

Ich beugte mich ein wenig nach vorne. Tatsächlich sah es so aus, als ob Harry seinen Schnurrbart abrasiert hatte.

»Was hast du? Sieht doch gut aus«, bemerkte Cooper, der sich unwillkürlich selbst über sein glattes Kinn fuhr. »Endlich ist der Pornobalken weg.«

»Du kennst doch Ash. Sie verträgt keine Veränderungen«, fiel Xander augenblicklich in den Diagnose-Modus.

Ash schnaubte verärgert und ließ das Fernglas sinken. »Das hat nichts mit Veränderungen zu tun. Ich finde es nun mal gut, wenn jemand Ecken und Kanten hat.« Sie streifte mich mit ihrem distanzierten Blick. »Angepasste Menschen gibt es ohnehin schon genug.«

Cooper grunzte leise. »Deshalb stehst du auch auf die ganzen dreibeinigen Köter im Tierheim, richtig? Weil die Ecken und Kanten haben.«

»Jetzt verstehe ich endlich, was du an Freud findest«, fügte Quentin trocken hinzu, was allen bis auf Ash und Xander ein Grinsen entlockte.

»Wollt ihr mich wirklich mit einem dreibeinigen Köter vergleichen?«, rief Xander, während Ash zu Quentin sagte, er solle doch die Klappe halten.

»Gib mal das Fernglas her«, sagte Josh dann und nahm es an sich. »Oh. Oh. Das sieht gar nicht gut aus. *Harry und Amber reden*.«

Cooper kniff die Augen zusammen. »Könnte das Vorspiel sein.«

Quentin ging zur Ledercouch, um sich darauf fallen zu lassen. »Ich tippe auf Streit. Zwanzig Mäuse dafür.«

»Ich tippe dagegen«, bemerkte Cooper, der noch immer im Siegesrausch zu sein schien. »Ich habe im Gefühl, dass es heute noch ordentlich zur Sache gehen wird.«

»Ich bin auch für Streit«, sagte Josh und drückte das Fernglas noch näher an sich heran. »Die reden nur.«

Cooper machte einen Schritt auf die riesige Fensterfront zu, bis er beinahe seine Nase dagegendrücken konnte. Die Hände schob er lässig in seine tief sitzende Jeans. »Gib ihnen noch etwas Zeit. Amber und Harry müssen sich aufwärmen.«

Ash schüttelte den Kopf. »Wahrscheinlich diskutieren sie über sein Versprechen, seine Frau zu verlassen. Amber ist echt so naiv.«

Wie die anderen starrte ich auf das Paar, dessen Gespräch tatsächlich in eine Diskussion auszuufern schien.

Ich runzelte die Stirn. »Habt ihr eigentlich nie ein schlechtes Gewissen?«

Josh, der neben mir stand, ließ kurz das Fernglas sinken. Dann blickte er mich irritiert an, als hätte ich die Bedeutung der Himmelsrichtungen infrage gestellt. »Wieso?«

»Na, weil ihr in die Privatsphäre von den beiden eindringt.«

»Hoffentlich dringt Harry gleich in etwas anderes ein, sonst bin ich meine Kohle los!«, ächzte Cooper.

Xander schüttelte nur leicht den Kopf. »Widney, unsere Amber hat bodentiefe Fenster. Keine Vorhänge. Sagt das nicht genug?«

»Und damit ist sie selbst schuld?«

»Genau. Wenn sie nicht beobachtet werden will, soll sie sich doch einfach Vorhänge kaufen. Immerhin kann sie sich auch das Apartment leisten.«

»Was uns noch immer vor ein kleines Rätsel stellt«, meinte Quentin von der Couch aus. Er hatte die Arme hinter seinem Nacken verschränkt. »Welchen Job hat Amber, damit sie sich so ein Apartment leisten kann?«

»Sie ist in der Werbung«, sagte Cooper. »Irgend so eine Agenturtante ist das.«

Josh schüttelte den Kopf. »Nein, ich tippe auf etwas Anspruchsvolleres. Vielleicht arbeitet sie in der Forschung? Oder sie macht was mit Kunst?«

»Könnte gut sein. Auf alle Fälle hat sie einen Vaterkomplex, wenn sie sich mit Harry einlässt«, attestierte Xander.

Cooper grinste. »Mit deinen Vaterkomplex-Aussagen solltest du vorsichtig sein. Oh. Jetzt tut sich was. Gib mir das Fernglas!«

Widerwillig händigte Josh es ihm aus, während Xander offenbar eine Erwiderung auf der Zunge lag, die Cooper jedoch nicht durchgehen ließ. »Bingo! Es geht ins Schlafzimmer.«

Auch wenn es mir innerlich widerstrebte, konnte ich nicht anders, als in das gegenüberliegende Apartment zu sehen, in dem Harry und Amber eng umschlungen auf das Schlafzimmer zusteuerten, um sich auf das Bett fallen zu lassen und dort weiter rumzumachen.

»Schlagsahne! Schlagsahne!«, feuerte sie Cooper kräftig an und reckte die Faust in die Höhe. »Doppelter Sieg für mich! Ihr bezahlt meine Pizza!«, rief er lachend. Er war so ausgelassen und glücklich, dass ich automatisch mitlachen musste.

Im selben Moment klingelte es an der Tür. Ash wandte sich vom Fenster ab und ging aufmachen. Nachdem wir den Pizzaboten bezahlt und Josh und Quentin ihre Wettschulden beglichen hatten, stellten wir die Kartons auf den Couchtisch und zündeten ein paar Kerzen an.

Xander schaltete den Flachbildfernseher ein, um parallel das Footballspiel zu gucken. Das kalte Licht des Bildschirms zuckte durch den Raum und vermischte sich mit dem warmen Schein der Kerzen.

Jeder schnappte sich seinen Karton. Wir machten uns über die Pizza her, bis auf Josh, der sich das Fernglas noch einmal gekrallt hatte, weil er sich offenbar nicht von Amber und Harry losreißen konnte. »Sie haben aufgehört rumzumachen, sie streiten wieder«, erklärte er triumphierend. »Da. Sie hat eine Vase runtergeschmissen! Sie hat Harry verfehlt, aber sie hat die Vase geschmissen!«

»Egal – sie haben vorher rumgemacht«, brummte Cooper, der sich gerade ein großes Stück Salami-Pizza in den Rachen schob.

Josh drehte sich zu uns. Er fixierte Cooper. »Du hast auf Sex getippt.«

»Ich habe darauf getippt, dass es zur Sache gehen wird. Ein weiter Begriff, wenn du mich fragst.«

»Du meintest Sex.«

Cooper grinste und wischte sich die Finger an einer Serviette ab. »Ich hatte ja keine Ahnung, dass du so versaut denkst, Wikipedia. Fast wie die kleine Schwedin von letzer Nacht.«

Ash schnaubte hörbar. »Oh ja, an die erinnere ich mich auch noch. Vor allem an ihr lautstarkes *åh gud, åh gud* mitten in der Nacht.«

Gegen meinen Willen musste ich lachen.

»Sie fand mich halt einfach gut«, sagte Cooper.

»*Åh gud* heißt *Oh Gott*«, erklärte Josh. »Nicht: Ah, du machst das gut.«

»Woher soll ich das wissen?« Cooper biss noch einmal von seiner Pizza ab. »Hättet ihr das gewusst?«

»Ich habs gewusst«, sagte Josh.

»Ich hätte es auch gewusst«, sagte ich, da ich mit meiner Familie mal einen ganzen Sommermonat in Schweden verbracht hatte, als Dad dort auf Tour gewesen war.

»Na, bei dir ist es klar, du warst ja schon mal dort.« Cooper kaute kopfschüttelnd. »Das zählt nicht.«

Irritiert blickte ich ihn an. »Und woher weißt du das?«

Cooper verkrampfte sich neben mir. »Äh … die Fotos hast du doch auf Instagram gepostet.«

»Ich habe meinen Insta-Account schon vor Monaten stillgelegt.« Nach Aidens Tod hatte ich keine Lust mehr gehabt, irgendwelche Bilder zu posten. Oder Bilder zu sehen, auf denen ich glücklicher wirkte, als ich es war.

Coopers seltsame Starre schien auch auf die anderen überzugehen. Es war wie ein Ruck, der durch die ganze Gruppe ging.

»Instagram macht manchmal technische Probleme und stellt die Accounts nicht gleich offline«, erklärte Josh. »Ist mir auch schon mal passiert.«

Quentin zog eine Augenbraue hoch. »Ich wusste gar nicht, dass du so ein Stalker bist, Cooper. Seit wann interessierst du dich für den Insta-Account von irgendwem? Was kommt als Nächstes?«

»Ich würde sagen, dass Kanäle wie Instagram für Coopers narzisstische Persönlichkeit wie geschaffen sind«, behauptete Xander lächelnd. Er genoss es sichtlich, Cooper nach seiner Niederlage aufzuziehen.

»Bullshit.« Cooper drückte sich noch ein Stück Pizza rein. »Ihr seid doch alle bloß angepisst, weil sich keiner eure Bilder ansehen würde.«

In dem Moment vibrierte mein Handy. Es war eine Nachricht von Kim.

Hey, Widney, ich habe gesehen, dass im Metropolitan Museum of Art gerade eine Ägypten-Ausstellung läuft. Was hältst du davon, wenn wir uns die ansehen? Wahrscheinlich finden wir auch jemanden, der uns zu Chons etwas erzählen kann?

Klar. Gerne. Geht es Chelsey besser?, schrieb ich zurück, während ich wahrnahm, wie die Jungs neben mir herumalberten und gemeine Scherze über Coopers Kameralächeln rissen.

Nicht wirklich. Sie jammert mir nach wie vor die Ohren voll. Ich sehe es als therapeutische Übung. Oder als Karma-Aktion, die mich später mal in den Himmel bringt. Auch wenn das zwei unterschiedliche Glau-

bensrichtungen sind, aber ich brauche einen Hoffnungsschimmer und bin bereit, jede Motivation zu nehmen, die sich mir bietet.

Alles klar, textete ich mit einem Lach-Smiley. *Dann sehen wir uns morgen im Museum?*

Spitze! Ich hab auch den ganzen Nachmittag Zeit, gutes Karma hin oder her. ☺

KAPITEL 20

Das Metropolitan Museum of Art – oder kurz Met, wie die New Yorker es auch nannten – lag direkt am Central Park. Ich war etwas zu früh da und hatte mir an einem der Imbiss-Stände noch einen Hotdog und eine Cola gekauft, während ich das riesige Gebäude fasziniert betrachtete. Jede Menge Menschen tummelten sich auf der imposanten Freitreppe, die ich schon aus diversen Filmen und Serien kannte. Dennoch war es ein ganz anderes Gefühl, selbst davorzustehen.

In New York.

Ein Teil von mir hatte sich noch immer nicht daran gewöhnt, dass ich nun hier wohnte. Genüsslich biss ich von meinem Hotdog ab und ging weiter auf die große Treppe zu. Sie hatte denselben hellen Farbton wie die graue Sandsteinfassade des jahrhundertealten Museums. Unzählige Menschen strömten über die Stufen zu dem gewaltigen Eingangstor, neben dem sich acht geriffelte Säulen in die Höhe erstreckten. Einige Leute hatten sich auf die Treppe gesetzt, um etwas zu essen, andere checkten ihre Handys oder genossen einfach die warmen Sonnenstrahlen. Der Herbst hatte bereits begonnen, die Bäume des Central Parks gelb und rot einzufärben, trotzdem war es mild genug, dass man keine Jacke tragen musste.

Ich hatte gerade den Fuß der Treppe erreicht, als mein Handy klingelte. Rasch wischte ich mir den Mund mit einer dünnen weißen Serviette ab und fischte es aus meiner Tasche. Es war Kim.

»Hey«, begrüßte ich sie. »Ich bin schon fast drin, falls du mich suchst.«

»Es tut mir leid, Widney.« Ihre Stimme klang total verschnupft. »Ich hab mich nach den Vorlesungen noch mal hingelegt, weil ich solche Kopfschmerzen hatte, und hab total verschlafen.«

»Oje. Wirst du krank?« Ich wich einigen europäischen Touristen aus, die gut gelaunt zusammen vor der Freitreppe posierten, um ein Gruppenselfie zu machen.

Kim nieste ins Telefon. »Ich fürchte, ich bin schon krank. Sorry.«

»Oh nein. Hast du das von Chelsey?«

»Mit Sicherheit«, grummelte Kim. »Da sieht man, was mir das blöde Karma bringt.«

»Vielleicht bringt es dir ein bisschen später was«, versuchte ich sie aufzubauen.

Kim nieste noch einmal. »Vielleicht. Tut mir echt leid, Widney. Ich wäre so gern mitgekommen.«

»Schon gut, Kim. Ich kann mir die Ausstellung ja auch allein ansehen.«

»Sicher?«

Lachend begann ich, die Treppe hochzusteigen. »Ich bin schon ein großes Mädchen. Sieh erst mal zu, dass du gesund wirst.«

»Das mache ich. Ruf mich nachher an und sag mir …«, sie nieste schon wieder und fluchte auf eine Weise, die ich ihr gar nicht zugetraut hätte, »… und sag mir, wie es war.«

»Das tue ich.«

Nachdem wir uns verabschiedet hatten, steckte ich das Handy wieder ein. Dann schob ich mir den letzten Bissen meines Hotdogs in den Mund. Gleichzeitig nahm ich aus dem Augenwinkel einen vorbeigleitenden schwarzen Vogel wahr und erstarrte mitten in der Bewegung. Ein junger Mann rempelte mich von hinten an, was ich kaum spürte.

Mein Herz klopfte wie wild, als ich mich langsam herumdrehte, bis mein Blick auf einen schwarzen Raben fiel, der sich auf einer Ampelstange niedergelassen hatte und mich von dort aus beobachtete.

Ein hässliches Kribbeln breitete sich von meinem Nacken nach unten über meinen ganzen Rücken aus. Denn der Rabe, der mich unverkennbar anstarrte, hatte keine goldenen Augen und war auch nicht nur für mich sichtbar. Stattdessen hatte er einen etwas helleren Fleck im Gefieder und legte nun den Kopf leicht schief.

Es musste derselbe Rabe sein. Der, der mich zuerst beim Packen beobachtet und dann in New York auf dem Fenstersims gesessen hatte. Der, dessen ungebrochenes Interesse an mir ich mir einfach nicht erklären konnte. Vor allem, da mich die echten Raben seit dem Erwachen meiner Gabe in Ruhe gelassen hatten. Um seinen starren Blick nicht weiter zu erwidern, gab ich mir einen Ruck und lief rasch die restlichen Stufen hinauf.

Die gigantische Eingangshalle des Metropolitan Museum empfing mich mit einem Gefühl der Weite, angenehmer Kühle und vielsprachigem Stimmengewirr. Die Eindrücke wirkten beruhigend auf mich, sodass sich das Erlebnis mit dem Raben hier schon viel weniger bedrohlich anfühlte. Hingerissen legte ich den Kopf in den Nacken. Allein die Architektur im Inneren war ein Meisterwerk. Riesige Rundbögen durchzogen den Saal, über dem sich in schwindelerregender Höhe mehrere Kuppeln erstreckten. Über eine beeindruckende Haupttreppe gelangte man zu den unterschiedlichen Ausstellungssälen und Abteilungen. Ich studierte meinen Museumsplan, den ich gemeinsam mit meinem Ticket bekommen hatte, und schlug dann den Weg zur ägyptischen Sammlung ein. Laut einem Informationsflyer, den ich unterwegs entdeckte, zählte die ägyptische Kunstsammlung mit ihren rund 36000 Objekten zu den besten außerhalb von Kairo. Zeitlich deckte sie die Entwicklung von der Steinzeit über die Herrschaft der Pharaonen bis hin zur römischen Besetzung ab.

Ich folgte den Beschilderungen zum ägyptischen Bereich. Ein Teil von mir wusste, dass es unwahrscheinlich war, in der Ausstellung mehr über meine Gabe oder die Sichelträger zu erfahren, aber der andere Teil war trotzdem nervös. Ich tat mir zwar noch immer schwer, die Geschichte über diesen Chons und seine Anhänger tatsächlich zu glauben, aber die Erfahrung bei der Biochemie-Prüfung trug dazu bei, meine natürliche Skepsis abzubauen.

Die nächste Stunde verbrachte ich damit, durch die ägyptischen Ausstellungsräume zu schlendern und die antiken Kunstwerke auf mich wirken zu lassen. Das Museum hatte die hohen Räume optisch und architektonisch an die Zeit der Exponate angepasst, sodass man tatsächlich das Gefühl hatte, sich auf einem anderen Kontinent zu befinden. Sandfarbene Wände und schlichte weiße Steinblöcke mit den unterschiedlichsten Skulpturen und Schmuckstücken erschufen eine ganz eigene Atmosphäre. Fasziniert bestaunte ich die Sphinx der Hatschepsut, die Mastaba des Perneb und hölzerne Modelle aus dem Grab des Meketre.

Schließlich gelangte ich zu einem separaten Flügel, in dem der Tempel von Dendur ausgestellt wurde. Da das Museum dafür eigene Führungen anbot, meldete ich mich ebenfalls an. Ein paar Besucher hatten sich schon zu einer kleinen Gruppe zusammengefunden. Ich musste nur ungefähr zehn Minuten warten, bis es losging.

Unser Guide war eine beschwingte rothaarige Mitarbeiterin, die sich als Nancy vorstellte. Sie trug ein unscheinbares Headset mit einem integrierten Mikrofon und schien ihren Job zu mögen, denn sie lächelte ununterbrochen. Zuerst gab sie uns ein paar allgemeine Infos über die Ausstellung, bevor sie uns aufforderte, sich ihr anzuschließen.

Mit der Gruppe folgte ich ihr in den abgetrennten Bereich. Riesige durchsichtige Fensterfronten mit einem ebenfalls gläsernen Flachdach ließen viel Licht in den gigantischen Raum. Unsere Schritte hallten auf dem ockerfarbenen Marmorboden, während Nancy uns über zwei Stufen auf eine glatte Plattform führte, auf der ein kleiner Tempel stand. Laut einer Informationstafel nahm er eine Fläche von 6 × 13 Metern ein, die in der gläsernen Halle sehr beeindruckend wirkten. Er bestand aus hellem Sandstein und verfügte über eine frei stehende Toranlage neben dem eigentlichen Tempelgebäude.

»Sie sehen hier den Tempel von Dendur, der im Namen von Kaiser Augustus etwa 1500 Jahre vor Christus errichtet und im Museum wiederaufgebaut wurde.«

Ehrfürchtig trat ich an den Sandsteinbau heran. Er strahlte eine besondere Kraft aus, als hätten die jahrtausendealten Steine schon so viel gesehen, dass sie nichts mehr aus der Ruhe bringen konnte, nicht mal die Entwurzelung aus ihrer Heimat.

»Wie Sie hier sehen können, schmücken den Eingang zwei kannelierte Säulen mit Papyruskapitellen«, fuhr Nancy fort. »Dahinter befinden sich zwei weitere Räume, von denen der hinterste das Allerheiligste war.«

»Wie ist der Tempel hierhergekommen?«, fragte ich.

Nancy wandte mir ihr Gesicht zu. »Der Tempel drohte, in den Sechzigerjahren im Nassersee zu versinken. Die ägyptische Regierung baute ihn deshalb ab und schenkte ihn den USA als Dank für die Unterstützung bei der Rettung einiger nubischer Kulturdenkmäler.« Sie unterbrach sich kurz. »Wir waren natürlich nicht die Einzigen, die dem Tempel ein neues Zuhause geben wollten. Mehr als zwanzig Museen kämpften damals um den Zuschlag. Dass Sie ihn nun hier betrachten können, liegt daran, dass das Met einerseits das Museum mit der größten ägyptischen Sammlung war – und andererseits an unserem Versprechen, ihm eine eigene gläserne Halle zu bauen.«

Ein paar Leute aus der Gruppe lachten und Nancy erzählte noch ein paar Details über den Tempel, bevor wir weitergingen.

Der nächste Raum, in den sie uns brachte, war ein Teil der Sonderausstellung, die Kim im Internet gefunden hatte. Im Gegensatz zu dem lichtdurchfluteten, gläsernen Bereich, aus dem wir kamen, war die Atmosphäre hier komplett anders. Ich folgte zwei älteren Damen mit grauen Haaren und Sportschuhen in ein schwarzes Zimmer, in dem sich nur goldene Exponate befanden. Der tiefschwarze Kautschukboden dämpfte unsere Schritte, sodass es hier insgesamt sehr viel stiller war als in dem Bereich davor.

»Hier sehen Sie Darstellungen berühmter Gottheiten aus der ägyptischen Mythologie«, erklärte Nancy, während sie zu einer Wand schritt, die mit goldenen Einlegearbeiten bedeckt war. Die schimmernden Goldplättchen waren wie bei einem Mosaik zusammengesetzt worden und ergaben so die typischen zweidimensionalen Ansichten der Gottheiten, für die die Ägypter so berühmt waren.

Mein Blick schweifte über die Darstellungen und wurde von einem männlichen Gott mit einem Falkenkopf angezogen, der eine runde Scheibe auf dem Kopf trug.

»Das ist der Sonnengott Re, der wahrscheinlich wichtigste aller Götter«, sagte Nancy und blieb neben dem glänzenden Abbild stehen. »Re wurde typischerweise als Falke mit einem Menschenkörper und einer Sonnenscheibe auf seinem Kopf gezeigt, aber er konnte auch nur als Sonnenscheibe allein dargestellt werden, da die Ägypter davon ausgingen, dass die Sonne Re war – nicht dass Re die Sonne erschaffen hat.«

Während Nancy sprach, glitt mein Blick weiter nach rechts, wo die nächsten Gottheiten abgebildet waren. Auf den ersten Blick entdeckte ich keinen mit einer Sichel über dem Kopf, dennoch hoffte ich, dass Chons in dieser Reihe auch vertreten war.

»Re manifestierte sich wie alle ägyptischen Gottheiten in einer Vielzahl an Gestalten«, fuhr Nancy fort. »Am Morgen war er der Skarabäus, zu Mittag, wenn die Sonne hoch am Himmel stand, war er Re, da dies die mächtigste Verkörperung des Gottes war, und abends wurde aus ihm der widderköpfige Atum.«

Jemand in der Gruppe hustete und Nancy ging mit uns weiter zum nächsten Abbild. Es zeigte ebenfalls einen vogelköpfigen Gott, doch dieser hatte einen langen, gebogenen Schnabel, der bis zu seiner Schulter hinabreichte.

»Das ist Thot, der ibisköpfige Mondgott.« Sie strich sich eine Haarsträhne von der Wange. »Thot war ein Gott, der mit Weisheit, Wissen und Gelehrsamkeit in Verbindung gebracht wurde. Die Ägypter nannten ihn auch Gott der Magie, der Wissenschaft und der Schreiber.«

»Verzeihung.« Ich hob die Hand, »Ist Thot der einzige Mondgott? Ich habe nämlich von Chons gelesen, der ebenfalls als ägyptischer Mondgott bezeichnet wurde.«

Nancy nickte. »Das ist richtig. Chons war ebenfalls ein Gott des Mondes, allerdings hat er es nie zu solch großem Ansehen wie Thot gebracht. Chons wurde im Neuen Reich verehrt und dort als unheilbringender Gott gesehen. Ein Verursacher von Krankheiten und Verbreiter der Angst.« Sie lächelte schief. »Mit anderen Worten: kein besonders großer Sympathieträger.«

Als Nancy zur nächsten Gottheit marschierte, bei der es sich um die Göttin Isis handelte, spürte ich eine Berührung an der Schulter. Rasch drehte ich mich um und stutzte, als ich mich Ash gegenüberfand. Im ersten Moment hätte ich sie fast nicht erkannt, da meine

Mitbewohnerin eine dunkelblaue Uniform trug, auf der in Brusthöhe groß das Wort *Security* prangte.

»Hi«, sagte ich überrascht. »Was machst du denn …«

»Ich arbeite hier«, unterbrach mich Ash barsch.

Richtig. Daran hatte ich gar nicht mehr gedacht.

»*Und was machst du hier*, Widney?« Ihre Stimme passte zu ihrem angepissten Gesichtsausdruck.

Stirnrunzelnd blickte ich von ihr zu meiner Gruppe, die sich immer weiter entfernte. »Ich sehe mir eine Ausstellung an.« Ich hatte keine Ahnung, warum ich mich hier rechtfertigen musste.

»Seit wann interessierst du dich denn so für Ägypten?«

»Was geht dich das an?«, fragte ich und hörte, wie Ash verärgert schnaufte, als sich jemand über ihr Walkie-Talkie meldete.

»Ash, wo bist du?«, knarzte im nächsten Moment eine verärgerte Stimme durch das Gerät.

»Auf der Toilette«, knurrte sie zurück. Dabei funkelte sie mich noch immer an.

»Aufs Klo kannst du gehen, wenn du Pause hast«, schnarrte die Männerstimme aus dem Walkie-Talkie. »Hier ist gerade eine Schulklasse reingekommen, die es offenbar witzig findet, auf den Mumien rumzuturnen. Komm sofort zu deinem Sicherheitspunkt zurück.«

Ash machte ein Gesicht, als ob ihr ein wirklich übler Fluch auf der Zunge läge. Nach einem angespannten Moment atmete sie hörbar aus und drückte den Sprechknopf auf ihrem Walkie-Talkie. »Verstanden. Bin schon unterwegs.«

Dann warf sie mir einen Blick zu, bei dem mir die Kinder aus der Schulklasse nur leidtun konnten.

»Ich finde, wir sehen uns oft genug in der WG«, zischte sie gedämpft. »Da musst du mir nicht auch noch in die Arbeit folgen.«

Trotz ihres angriffigen Tonfalls kam es mir so vor, als ob ich einen Hauch von Besorgnis in ihrem Blick wahrnehmen konnte. War es vielleicht möglich, dass Ash Angst vor etwas hatte? Der Gedanke fühlte sich richtig an, er fühlte sich nach einer Chance an. Ohne lange zu überlegen, richtete ich meinen Blick auf ihre Augen und versuchte, den magischen Raben hervorzulocken.

Zeig mir Ashs Ängste.

Doch was ich mir auch erhofft hatte, es passierte gar nichts. Offenbar war ich noch nicht in der Lage, meine Gabe aktiv hervorzurufen. Vielleicht würde ich es auch niemals können.

»Was glotzt du mich so an?«, knurrte Ash und kniff abwehrend die Augen zusammen.

In meinem Kopf tauchten einige Antworten auf, aber keine davon hätte unser Verhältnis langfristig verbessert.

»Viel Spaß bei den Mumien, Ash«, sagte ich deshalb nur, bevor ich sie stehen ließ. Ein paar Sekunden lang hatte ich das Gefühl, dass sie innerlich mit sich rang, ob sie noch etwas sagen sollte, bevor sie schließlich kehrtmachte und wütend aus dem Raum stapfte.

Meine Gruppe hatte inzwischen das Ende der Wand mit den ägyptischen Gottheiten erreicht, wo Nancy gerade etwas von einem heiligen Zepter erzählte, das angeblich die Zeit beeinflussen konnte, bevor sie die Leute zu einem abgesperrten Durchgang führte, hinter dem ein weiteres Zimmer lag. Eine schlichte dunkelrote Kordel zwischen zwei goldenen Abgrenzungsständern signalisierte, dass wir diesen Raum nicht betreten durften.

»Dieser Bereich ist aktuell leider gesperrt«, erklärte Nancy. »Darin befinden sich vor allem antike Waffen aus dem Alten und Neuen Reich sowie aus der Spätzeit, die bei Ausgrabungen in den letzten hundert Jahren gefunden worden sind.«

»Und warum dürfen wir da nicht rein?«, fragte eine der älteren Damen in den Turnschuhen, während sie neugierig über die Absperrung linste. Auch ich trat interessiert näher. Der Raum war komplett sandfarben gestaltet worden. Einige indirekte Lichter beleuchteten zwei imposante Säulen aus Sandstein, die sich rechts und links von einem großen Felsquader erhoben. Darauf war eine leere Glasvitrine zu sehen, während auf den niedrigeren Steinblöcken, die sonst noch in dem Saal verteilt waren, Krummschwerter, Sicheln und Peitschen lagen.

»Dieser Bereich wurde nach einem Diebstahl für die Öffentlichkeit gesperrt«, erklärte Nancy bedauernd. »Aus versicherungstechnischen Gründen darf ich Ihnen nur von hier aus etwas über die Waffen im alten Ägypten erzählen.«

»Was wurde denn gestohlen?«, fragte ich interessiert. Ein Bauchgefühl sagte mir, dass die Antwort wichtig sein könnte.

»Ein Sonnenspeer aus dem Neuen Reich«, erwiderte Nancy. »Er wurde ungefähr auf das Jahr 1300 vor Christus datiert und war ein wichtiger Teil dieser Sammlung. Sein Diebstahl war ein Schock.«

Ein paar Leute aus der Gruppe murmelten etwas.

»Inzwischen wäre das jedoch nicht mehr möglich, da die Sicherheitsvorkehrungen im ganzen Museum durch den Vorfall auf ein neues Level gehoben wurden.« Nancy setzte wieder ihr professionelles Lächeln auf und begann über das weit entwickelte Militärwesen der alten Ägypter zu sprechen, während mir der Artikel auf Joshs Pinnwand einfiel, der offenbar von dem Diebstahl gehandelt hatte.

Schnell zog ich mein Handy aus der Tasche. Schon der erste Eintrag meiner Suche nach einem Diebstahl im Met zeigte einen Treffer: *Altägyptischer Speer aus dem Metropolitan Museum of Art gestohlen*. Ich klickte auf den Link und wartete ungeduldig, bis sich die Seite lud. Noch bevor ich den Text lesen konnte, fiel mein Blick auf das Bild des gestohlenen Speeres. Hier lag er noch in dem Glaskasten auf dem sandfarbenen Steinquader und wurde von mehreren Leuchtspots imposant in Szene gesetzt. Er besaß einen abgegriffenen Schaft aus schwarzem Holz, in dem ein rotgoldener, ovaler Edelstein eingefasst war, und eine schartige Spitze, auf der sich das Licht brach. Obwohl er so unglaublich alt war, konnte ich das Symbol erkennen, das darauf eingeritzt war. Es war eine runde Scheibe mit gewellten Strahlen, die mich an etwas erinnerte, das ich vor Kurzem gesehen hatte.

Und zwar auf der länglichen Kiste unter dem vollgeräumten Bett des Abstellraumes.

KAPITEL 21

Auf dem ganzen Weg nach Hause versuchte ich, eine Erklärung dafür zu finden, warum Ash eine Kiste mit einem Symbol in dem Abstellraum des Lofts versteckt haben sollte, das auch auf einem gestohlenen Speer zu finden war.

Ash, die im Museum arbeitete.

Ash, die auf meine Anwesenheit dort extrem merkwürdig reagiert hatte.

Ash, die sich insgesamt von allen in der WG am seltsamsten benahm.

Mein Vater hatte mir beigebracht, keine voreiligen Schlüsse zu ziehen, da man in andere Menschen nicht hineinsehen konnte. Manchmal war das jedoch verdammt schwierig.

Cooper und Josh saßen unten auf dem Ledersofa und spielten ein geräuschintensives Superheldenspiel aus dem Marvel-Universum. Sie waren so in ihren lautstarken Kampf gegen irgendwelche Superschurken vertieft, dass sie mir keine Beachtung schenkten, als ich ins Loft kam. Nachdem ich zu ihnen gespäht hatte, versuchte ich, unbemerkt die Tür zum Abstellraum zu öffnen.

Abgeschlossen.

Ernüchtert ließ ich den Arm sinken. Das war zu erwarten gewesen. Wenn ich einen gestohlenen altägyptischen Speer unten versteckt hätte, würde ich den entsprechenden Raum auch nicht unversperrt lassen.

Keine voreiligen Schlüsse, Widney.

Aber Ash war nicht die Einzige, die vielleicht etwas zu verbergen hatte. Mein Blick glitt nach oben, zu Joshs geschlossener Tür.

Der Zeitungsartikel. Josh hatte den Artikel zum Diebstahl ausgeschnitten und an seine Pinnwand geheftet. Die Frage war, wieso.

Nachdem ich die Yucca-Palme als verlogenen Arsch betitelt hatte, ging ich die Treppe bis zur Galerie hoch und steuerte langsam Joshs Zimmer an. Dabei warf ich immer wieder einen Blick über die gläserne Galeriebrüstung in den Wohnbereich hinunter. Josh und Cooper waren derart in ihr Spiel vertieft, dass sie mir keine Aufmerksamkeit schenkten. Ihr gelegentliches Ächzen und Stöhnen vermischte sich mit den Schmerzenslauten der Superschurken, die von ihnen gerade vermöbelt wurden, während die Möglichkeiten durch meinen Kopf zogen.

Vielleicht hatte Josh den Zeitungsartikel nur aufbewahrt, weil er Anthropologie studierte und ihn für ein Projekt brauchte. Vielleicht hatte er aber auch etwas mit der Sache zu tun, vielleicht wusste er von dem Diebstahl.

Und vielleicht war er nicht der Einzige. Vielleicht wusste die ganze WG davon, vielleicht steckten sie alle unter einer Decke. Und vielleicht drehte ich auch nur gerade durch.

Leise schritt ich auf seine Tür zu, während meine Gedanken immer lauter und schriller wurden. Tatsächlich hatte es ein paar wirklich merkwürdige Vorfälle in der Vergangenheit gegeben.

Cooper, der gewusst hatte, dass Quentin gerade einen Anfall gehabt hatte, obwohl er das nicht hätte wissen können.

Quentin, der beinahe vorhersehen konnte, was die Nachbarn bei ihrem wöchentlichen Stelldichein als Nächstes machen würden.

Dazu der seltsame Satz von Josh, ob Xander schon Anzeichen an ihr aufgefallen waren.

An ihr.

Ein Gefühl sagte mir, dass sie mich damit gemeint hatten.

Flach atmend stand ich vor der Tür. Josh und Cooper waren noch immer in ihr Gemetzel vertieft. Meine Hände begannen zu schwitzen.

Jetzt oder nie.

So lautlos wie möglich öffnete ich die Tür, schlüpfte hastig hinein und schloss sie wieder hinter mir. Dann lehnte ich meine Stirn gegen das Holz. Mit klopfendem Herzen lauschte ich noch kurz nach draußen, die Jungs hatten offenbar nichts bemerkt.

Joshs Zimmer war genauso chaotisch wie beim letzten Mal. T-Shirts, Bücher und Comics teilten sich ihren Lebensraum auf dem Fußboden mit den üppigen Dschungelpflanzen, die am Fenster standen.

Sofort glitt mein Blick zu der Pinnwand über dem Edelstahlschreibtisch. Das letzte Mal war sie voll mit den unterschiedlichsten Zetteln und Notizen gewesen.

Heute war sie leer.

Josh hatte das letzte Mal sehr unentspannt reagiert, als Kim und ich an meinem Geburtstag in seinem Zimmer gewesen waren. Ein Gefühl sagte mir, dass dies kein Zufall war, dass es hier einen Zusammenhang gab. Dass es zwischen allen Vorfällen in der WG einen Zusammenhang gab. Dass mehr dahintersteckte, mehr hinter Josh, mehr hinter Ash und mehr hinter der WG.

Aber es war nur ein verdammtes Gefühl, das mich jetzt auch nicht weiterbrachte.

Mein Plan war so einfach gewesen: reinschleichen, Artikel suchen, Bestätigung holen, rausschleichen, abhaken, fertig.

Nun stand ich hier und war mir nicht sicher, was ich als Nächstes tun sollte.

Denk nach, Widney.

Auch wenn Josh die Pinnwand leergeräumt hatte, fand ich vielleicht etwas anderes hier. Irgendeinen Hinweis.

Ich öffnete die erste Schublade seines Schreibtisches, in der dasselbe Chaos herrschte wie im Rest des Raumes. Die zweite Schublade jedoch war gähnend leer.

Verdammt. Mit trockenem Mund starrte ich in die Lade, bevor ich den Rest des Zimmers in Augenschein nahm. Auf dem dunklen Futonbett lagen jede Menge Klamotten und Bücher. Das gegenüberliegende Regal war mit einer teuer aussehenden Enzyklopädie der menschlichen Geschichte gefüllt. Leise trat ich an die Buchrücken heran. Sie standen säuberlich nebeneinander und waren das Einzige, das ordentlich aussah. Nachdem ich ein paar der Wälzer auf gut Glück durchgeblättert hatte, öffnete ich den Kleiderschrank. Er war ziemlich chaotisch eingeräumt und beherbergte deutlich mehr Comic-T-Shirts, als ich vermutet hätte, aber einen Haufen Zeitungsartikel oder andere Hinweise fand ich darin nicht.

Leicht frustriert schloss ich den Schrank wieder. Wahrscheinlich war es besser, wenn ich ging, das hier hatte keinen Sinn.

Ich hatte mich schon zur Tür gewandt, als mein Blick noch einmal zu dem niedrigen Bett glitt, das an einer Stelle ein wenig schief aussah.

Nämlich deshalb, weil der Zipfel einer Mappe unter der Matratze hervorlugte.

Vorsichtig zog ich die Mappe hervor. Es handelte sich um einen dünnen schwarzen Ordner, der nicht beschriftet war. Als ich die Mappe öffnete, flatterte mir sofort der erste Zeitungsartikel entgegen: *Rätselraten nach Diebstahl im Metropolitan Museum of Art. Wertvolles archäologisches Exponat spurlos verschwunden.*

Mit bebenden Fingern nahm ich die Kopie des nächsten Zeitungsartikels zur Hand. Er war schon deutlich älter und schien aus einem Archiv zu stammen. Bei der Schlagzeile verstärkte sich die Trockenheit in meinem Mund: *Tödlicher Streit unter Archäologen nach spektakulärem Ägypten-Fund.*

Angespannt überflog ich die Zeilen. Darin wurde von einem großen archäologischen Fund berichtet, der einer Gruppe von amerikanischen Forschern Anfang des 19. Jahrhunderts in Ägypten gelungen war. Bei den Ausgrabungen wurden diverse Waffen, Grabbeigaben und Schmuckstücke aus der Zeit zwischen der 18. und 19. Dynastie gefunden, deren Wert laut Experten in die Millionenhöhe ging. Aus bisher noch ungeklärter Ursache war es bei den Ausgrabungen jedoch zu Streitigkeiten innerhalb der Gruppe gekommen, bei der mehrere Mitglieder des Forscherteams getötet worden waren.

Ich erinnerte mich daran, dass Kim so etwas einmal im Starbucks erwähnt hatte, nachdem sie von dem Vorfall im Internet gelesen hatte. Aber ich hatte keine Ahnung, warum Josh diesen Zeitungsausschnitt in seiner geheimen Mappe aufbewahrte. Ich hatte keine Ahnung, bis ich die Schwarz-Weiß-Fotografie entdeckte, die zu dem Artikel gehörte und die Ausgrabungsgruppe von damals zeigte.

Es waren sieben Männer und drei Frauen, die aufrecht vor einer Pyramide im Hintergrund standen und ernst in die Kamera sahen. Nachdenklich fuhr ich mit den Fingerspitzen über das Foto. Ich hätte zu gern gewusst, was geschehen war, dass sich dieses Team gegeneinander gewandt hatte. Als ich den Artikel schon zur Seite legen wollte, glitt mein Blick über das Gesicht einer schlanken Frau mit hochgesteckten Haaren, die ganz rechts stand. Sie war relativ groß, hatte einen breiten Kiefer und hohe Wangenknochen. Ihre Augen blickten gleichzeitig entschlossen und furchtlos, während sie das Kinn in die Höhe reckte.

Bei ihrem Anblick stellten sich mir die Nackenhaare auf.

Denn diese Frau sah fast genauso aus wie ich.

Ein paar Sekunden lang starrte ich auf die Fotografie, während sich die Gedanken in meinem Kopf überschlugen. Laut Bildunterschrift handelte es sich bei der Frau um Amelia Boyle. Und ihr Anblick legte die Vermutung nahe, dass ich soeben auf einen Teil meiner leiblichen Wurzeln gestoßen war.

Ein zweistimmiger Schlachtruf von den Jungs ließ mich zusammenzucken.

Ich musste mich beeilen.

Mit zitternden Fingern legte ich den Artikel beiseite und sah mir den nächsten Zettel an, bei dem es sich um einen siebzehn Jahre alten Polizeibericht handelte. Darin wurde in nüchternen Worten von einem Brand in einer Lagerhalle in New Jersey berichtet. Beim Eintreffen der Feuerwehr stand das Gebäude bereits meterhoch in Flammen. Darin wurden mehr als zwanzig Leichen entdeckt; es konnten jedoch noch nicht alle identifiziert werden. Der Beamte schloss seinen Bericht mit dem Hinweis, dass es keine Erklärung für die Ursache des Feuers gab, da keine Brandbeschleuniger gefunden wurden und auch sonst keine Hinweise auf Brandstiftung hindeuteten. Ebenso gab es keine Erklärung, warum sich die Menschen in der verlassenen Lagerhalle versammelt hatten, wobei ein Sektenkult nicht ausgeschlossen wurde.

Im Anhang folgte eine Liste der identifizierten Toten. Als ich den Namen Robert Boyle darunter entdeckte, wurde mir übel.

Eine Frau, die so aussah wie ich. Leichen bei einem ägyptischen Fund. Leichen bei einem Brand in einer Lagerhalle. Die Polizei ging von einem Kult aus.

Sichelträger.

Draußen klingelte ein Telefon. Ich hörte, wie die Jungs ihr Spiel unterbrachen und einer ranging. Hoch konzentriert legte ich den Artikel beiseite und blätterte durch die Ausdrucke diverser Screenshots, die nun folgten. Ich selbst lächelte mir auf meinem Führerscheinfoto entgegen, dahinter folgte eine Sammlung meiner persönlichen Daten: Geburts- und Adoptionsurkunden, Zeugnisse sowie Bilder von meinem Instagram-Account.

Als ich Aiden sah, der mir an einem Strand in Schweden grinsend den Arm um die Schultern gelegt hatte, spürte ich ein Brennen in meinen Augen.

Egal, was hier vorging, sie hatten mich belogen.

Sie hatten mich von Anfang an belogen.

Nichts hiervon war Zufall, nichts davon echt.

Das Gefühl, verraten worden zu sein, vermischte sich mit dem Schock und der bitteren Enttäuschung.

Gerade in dem Moment, als ich die Mappe zuklappte, wurde die Tür aufgerissen und Josh stürzte herein.

»Widney.« Er war so außer Atem, dass mein Name kaum zu verstehen war. Hinter ihm kam Cooper. Beide wirkten geschockt, mich hier anzutreffen. Doch das war nichts im Vergleich dazu, wie ich mich angesichts der Lüge fühlte, die sie mir aufgetischt hatten.

»Wann hattet ihr vor, mir das zu zeigen?«, fragte ich tonlos und stand auf. Dabei musste ich mich beherrschen, nicht zu schreien.

»Was machst du … ich meine, du solltest nicht hier sein«, stammelte Josh.

»*Ich* sollte nicht hier sein?« Nun wurde ich doch laut. »Ist das dein verdammter Ernst?« Die Wut nahm überhand und ich schleuderte ihm die Mappe vor die Füße. »Ihr habt einen Ordner über mich angelegt! Ihr habt euch durch mein Leben spioniert, habt Zeitungsartikel zusammengetragen und anscheinend sogar meine biologischen Vorfahren gefunden – und du meinst, ich sollte nicht hier sein? Was soll das alles?!«

»Hey. Beruhige dich«, sagte Cooper und machte einen Schritt auf mich zu.

Mit blitzenden Augen fuhr ich zu ihm herum. »Sag mir nicht, dass ich mich beruhigen soll! Ich will verdammt noch mal eine Erklärung für das alles!«

In diesem Moment passierte es.

Zuerst flackerte Furcht in Joshs Augen auf, dann ertönte das Flattern. Gleichzeitig spürte ich einen kalten Luftzug, als hinter seinem Rücken ein glänzender schwarzer Rabe hervorgeschossen kam, um dessen Körper goldleuchtende Hieroglyphen schimmerten. Seine langen Schwungfedern berührten Joshs rötliche Locken, als er sich mit kräftigen Flügelschlägen in die Höhe schraubte und krächzend über uns hinwegglitt. Das Zimmer schien plötzlich zu klein für uns alle zu sein. Das Flattern des Raben vermischte sich mit dem Trommeln meines Herzens, dem Rauschen meines Blutes und meinem heftigen Wunsch, endlich zu verstehen, was hier zur Hölle los war.

Die Angst traf mich wie eine Peitsche.

Sie zog meine Gedärme zusammen, nagelte meine Füße auf dem Boden fest und raubte mir den Atem. Ich fing zu zittern an, während gleichzeitig mein Handgelenk brannte und der Rabe sich krächzend auf Joshs Schreibtisch niederließ.

Doch es war nicht meine Angst, die ich spürte. Es war die von Josh, die sich in meine Gedanken brannte.

Oh mein Gott, wir haben es verkackt. Ich habe es verkackt. Das war es jetzt. Der Plan war alles, was wir hatten, jetzt werden wir die Sichelträger nie aufhalten können!

Die Heftigkeit seiner Emotionen ließ mich schwanken, trotzdem fiel mir nun auch die Sorge auf Coopers Gesicht auf. Kurz darauf hörte ich seine Stimme ebenfalls, während ich das Gefühl hatte, keine Luft zu bekommen.

Fuck. Der ganze Aufwand umsonst. Ash wird uns killen. Freud auch. So eine verdammte Kacke.

Irritiert kniff ich die Augen zusammen. Der Rabe krächzte noch mal, bevor er sich in die Luft schwang und aus dem Zimmer flatterte. Bei jedem Flügelschlag stoben seine nachtschwarzen Federn in die Höhe, bis er sich komplett aufgelöst hatte. Im nächsten Moment konnte ich wieder frei durchatmen.

Ohne die Angst von Josh und die Sorge von Cooper ließ es sich auch wieder leichter denken.

»Sagt mir sofort, was los ist.« Aufgebracht sah ich zwischen den beiden hin und her. »Ihr seid mir eine verdammte Erklärung schuldig.«

Cooper und Josh tauschten einen kurzen Blick.

Verärgert bückte ich mich nach der schwarzen Mappe, die ich auf den Boden geschmissen hatte. »Ihr habt einen ganzen Ordner über mich angelegt, ihr könnt jetzt nicht einfach dastehen und nichts sagen.«

Cooper atmete tief ein. »Du hast recht. Wir erklären dir alles. Aber erst, wenn die anderen da sind.«

Josh starrte stumm auf die Mappe in meiner Hand und schluckte. Schließlich gab er sich einen Ruck. Nickend fuhr er sich durch die Haare und zog sein Handy hervor. »Ich texte ihnen.«

»Und wir sollten runtergehen«, sagte Cooper und machte eine einladende Handbewegung nach draußen.

Misstrauisch blickte ich von seiner ausgestreckten Hand zu seinem Gesicht.

»Was? Wenn wir dir was antun wollten, hätten wir schon Tausend Gelegenheiten dazu gehabt.«

Eine Viertelstunde später war ich keinen Schritt weitergekommen. Schweigend saßen wir auf der Couch. Das hieß, Josh und ich saßen auf der Couch. Cooper lief wie ein eingesperrter Tiger im Loft auf und ab.

»Wie wäre es, wenn ihr einfach mal mit dem Wichtigsten anfangt?«, fragte ich schließlich, weil ich wirklich keine Lust hatte, noch länger zu warten.

»Erst, wenn die anderen da sind.« Coopers Stimme ließ keine Widerrede zu. Josh blickte kurz zu ihm und starrte dann wieder auf den Boden.

Seufzend schielte ich zur Uhr. Die Minuten vergingen unglaublich langsam. Irgendwann ging die Tür auf und Ash kam hereingepoltert. Sie trug noch ihre Security-Uniform aus dem Museum, offenbar hatte sie keine Zeit zum Umziehen gehabt.

»Ihr verdammten Idioten.« Mit blitzenden Augen warf sie die Tür hinter sich ins Schloss. »Wieso habt ihr sie herumschnüffeln lassen?«

Cooper atmete hörbar aus. »Krieg dich wieder ein. Das hilft uns jetzt auch nicht weiter.«

»Das hilft uns jetzt auch nicht weiter?« Ihre Stimme kippte von angepisst zu mega-angepisst, während sie Cooper mit einem Blick durchbohrte, in dem kein bisschen Angst zu finden war. Dafür aber jede Menge Wut.

»Ihr hattet nur eine beschissene Aufgabe: dafür zu sorgen, dass sie sich hier wohlfühlt und der verfickte Plan funktioniert!«

»Dass sie sich hier wohlfühlt? Damit hattest du ja dann wohl nichts zu tun.« Joshs Stimme war leise, dennoch sah er Ash direkt in die Augen.

Aggressiv machte sie einen Schritt auf ihn zu. »Du solltest deine beschissene Klappe halten. Schließlich ist es deine Schuld, dass sie die verdammte Mappe gefunden hat.«

»Hey«, sagte Cooper widerwillig, als die Eingangstür aufgerissen wurde und Freud hereinkam. Er sah verschwitzt aus. Einen Moment lang blieb er schwer atmend auf der Schwelle stehen und ließ seinen Blick über Ash, Cooper, Josh und mich wandern.

»Okay. Verstehe«, sagte er schließlich, bevor er sich durch seine feuchten Haare mit den hellblonden Spitzen fuhr. »Euren negativen Schwingungen zufolge, geht es hier ja schon ganz schön zur Sache.«

»Ja, weil dieser Idiot hier«, Ash funkelte Josh noch immer wütend an, »zu blöd war, um sein Zimmer abzusperren!«

»Hör endlich auf, ihn runterzumachen«, sagte Cooper verärgert.

Mit angepissten Bewegungen entledigte sich Ash ihrer dunkelblauen Museumsjacke. »Kein Problem, dann mach ich eben bei dir weiter: Wie blöd muss man eigentlich sein, um Infos rauszuhauen, die du eigentlich nicht wissen kannst?« Anklagend deutete sie auf ihn. »Wenn du deinen beschissenen Marzipan-Spruch zu ihrem Geburtstag stecken gelassen hättest, wäre sie weniger misstrauisch gewesen. Geschweige denn von dem Patzer mit dem Instagram-Account!«

»Und wenn du aufhören würdest, mit Vorwürfen um dich zu werfen, könnten wir vielleicht mal in Ruhe nachdenken«, murmelte Josh.

Ash warf ihre Jacke auf einen der Barhocker, verfehlte ihn jedoch.

»Ach, halt doch die Klappe, Wikipedia. Ich war von Anfang an gegen diesen beschissenen Plan und jetzt seht ihr, was ihr davon habt.«

Xander starrte mich in der Zwischenzeit schweigend an. Dabei wirkte er so konzentriert, als ob er gerade versuchen würde, ein Rätsel zu knacken.

Trotzig starrte ich zurück. »Wir sind jetzt beinahe vollzählig. Wie wärs, wenn ihr aufhört, euch anzuschreien und endlich damit anfangt, mir zu sagen, was hier vor sich geht. Ihr schuldet mir eine verdammte Erklärung!«, fauchte ich und war knapp davor auszurasten. Jede Sekunde des Wartens zog sich in die Länge. Ich wollte nicht länger auf die Wahrheit warten, die Wahrheit, die wie eine lose Wolke um mich herumwaberte.

»Ja, wie wäre es, wenn ihr Widney erklärt, wie ihr auf die grandiose Idee gekommen seid, sie hier herzuholen«, knurrte Ash bissig.

Xander riss seinen Blick von mir los und richtete ihn auf sie. »Ich weiß, du bist wütend, weil Widney dich mit der Kiste in unserem Abstellraum gesehen hat. Aber du solltest jetzt damit aufhören, deinen Ärger darüber auf alle anderen zu projizieren.«

»Hör. Auf. Mich. Zu. Analysieren«, presste Ash hervor und ballte die Hände zu Fäusten.

»Okay. Jetzt kanalisierst du deine Wut nur noch auf mich. Besser, aber nicht sehr viel besser.« Freuds trockener Tonfall schien in eine Kerbe bei ihr zu schlagen, denn jetzt sah sie so aus, als wäre sie kurz davor, ihn direkt durch eines der großen Fenster zu befördern.

»Sei einfach still, Freud«, murmelte Josh, dem der ganze Streit offenbar zu viel war.

»Halt dich da raus«, konterte Xander verärgert.

»Ach, und ich bin diejenige, die ein Wut-Problem hat?«, fauchte Ash.

Darauf gab Freud eine provokante Antwort, die von Ash mit einer lautstarken Beleidigung beantwortet wurde. Der Streit schaukelte sich hoch und wurde immer ausfallender, woraufhin Cooper sich nur kopfschüttelnd durch die Haare fuhr.

In dem Moment ging die Eingangstür auf.

Quentin war da.

Bei seinem Anblick zog sich etwas in meiner Brust zusammen. Seine windzerzausten schwarzen Haare standen kreuz und quer in die Höhe, während er den dunklen Schal von seinem Hals nahm und mit zusammengezogenen Augenbrauen Xander und Ash betrachtete, die einander noch immer anschrien.

»Stopp!«, brüllte er dann in einer Lautstärke, die sogar die beiden übertönte. »Hört sofort auf damit! Es wird Zeit, Widney endlich die Wahrheit zu erzählen.«

KAPITEL 22

»Also? Ich höre.« Auffordernd starrte ich in die Gesichter rings um mich. Nach Quentins Machtwort hatten sich tatsächlich alle so weit eingekriegt, um sich hinzusetzen und nicht mehr gegenseitig anzubrüllen. Ash wirkte noch immer verärgert, die anderen eher nervös. Als hätten sie wirklich Sorge, wie ich auf das, was jetzt kam, reagieren würde.

Nur bei Quentin war es anders.

Jedes Mal, wenn ich ihm in die Augen sehen wollte, hielt er den Blickkontakt nur kurz, bevor er wieder zur Seite sah. Sein Verrat tat ganz besonders weh.

»Ehrlich, Leute, wenn ihr jetzt nicht bald zu reden anfangt …« Ich krallte die Finger in die Sofakante und starrte einen nach dem anderen an. »Was ist hier los? Wer seid ihr?«

»Wir sind Sonnenkrieger«, sagte Josh schnell und schluckte dann. »Man nennt uns Sonnenkrieger.« Er saß neben mir in der Ecke, wo das Sofa einen rechten Winkel bildete, daneben Cooper und Xander. Ash und Quentin hatten auf dem linken Sofaschenkel Platz genommen, so weit weg von mir wie nur möglich.

Ich atmete tief ein und versuchte, meinen Herzschlag wieder unter Kontrolle zu bekommen. *Sonnenkrieger*. Das Wort hatte ich schon mal gehört. Kim hatte es erwähnt.

»Und was bedeutet das?«

»Dass wir von einem beschissenen ägyptischen Gott gezeichnet worden sind«, erklärte Cooper, ohne mich anzusehen.

Einem ägyptischen Gott. Sonnenkrieger.

»Welchem?«, flüsterte ich.

»Re.« Xander straffte die Schultern. »Vor etwa einem Jahr waren wir alle zufällig gleichzeitig im Met. Besser gesagt, nicht nur im selben Museum, sondern alle im selben Raum aus der ägyptischen Sonderausstellung.«

Mit klopfendem Herzen lehnte ich mich ein Stück zurück und wartete darauf, wie es weiterging.

»Jeder von uns war aus einem anderen Grund da. Josh und ich waren mit einem Uni-Projekt beschäftigt, Ash arbeitete dort, Quentin hat sich tatsächlich die Ausstellung angesehen und Cooper …«

Cooper sah auf. »Ich wollte die Kleine aus der Cafeteria aufreißen«, erklärte er trocken. »Allerdings war ihre Schicht noch nicht zu Ende und ich musste die Zeit totschlagen.«

»Und das hat er auch getan«, meinte Ash bissig.

Verständnislos sah ich von ihr zu Cooper. »Wie meint sie das?«

Auf einmal wirkte der riesige Kerl nicht mehr ganz so riesig. »Wir waren in so einem Raum, wo sie alte ägyptische Waffen ausgelegt hatten. Unter anderem einen Speer, der ziemlich cool aussah.«

»So cool, dass du dich nicht beherrschen konntest, ihn in die Hand zu nehmen«, sagte Quentin. Diesmal sah er nicht weg, dafür aber ich.

»Ich konnte ja nicht wissen, dass das verdammte Ding mit der Kraft eines Sonnengottes aufgeladen war«, murrte Cooper.

»Du hast also den Speer in die Hand genommen.«

Er scharrte nickend mit den Füßen.

»Ist dabei nicht ein Alarm ausgelöst worden?«

»Leider nein«, murrte Ash. »Im Museum gab es ein Problem mit dem Sicherheitssystem, für etwa eine Viertelstunde funktionierte es nicht. Meine Aufgabe war es, die Sicherheitskästen in der ägyptischen Ausstellung zu kontrollieren, deswegen hatte ich den Glaskasten geöffnet. Ich hatte ihn nur kurz geöffnet, aber kurz reichte offenbar für Cooper.«

Sie warf ihm einen bissigen Blick zu, woraufhin Cooper schnaubte, bevor er sich mir zuwandte.

»In der Woche gab es ein Casting für eine Mittelalter-Inszenierung. Es war einfach zu verlockend, so ein Ding mal kurz in der Hand zu halten.«

Josh atmete hörbar aus. »Als ob ein ägyptischer Speer aus dem Neuen Reich etwas mit einer Hellebarde aus dem 14. Jahrhundert gemein hätte.«

»Nicht«, sagten Ash und Freud gleichzeitig. Offenbar hatten sie das Thema schon mehrmals durch.

»Wie ging es dann weiter?«, fragte ich rasch.

»Ich hab den Speer ein paar Mal hin- und herbewegt, um ein Gefühl dafür zu bekommen.«

»Und ich hab ihm gesagt, er soll das verdammte Ding zurücklegen, weil eine dreitausend Jahre alte Waffe kein Spielzeug ist. Ich hatte übrigens recht.« Ash klang noch immer angepisst, dennoch schienen sich die Jungs langsam zu entspannen.

»Cooper ließ sich von Ash natürlich nichts sagen. Klassischer Fall von Reaktanz.« Bei Freuds Analyse verdrehte Cooper die Augen.

»Reaktanz?«, wiederholte ich verständnislos.

»Eine komplexe Abwehrreaktion, dem Trotz nicht unähnlich«, erklärte Freud und lehnte sich auf dem Sofa zurück. »Durch Ashs Verbot, den Speer weiter hin- und herzuschwenken, bekam gerade diese Möglichkeit für Cooper einen unwiderstehlichen Reiz. Es ist so ähnlich, wie wenn du einem Kind sagst, es darf die Cola nicht trinken und es plötzlich nichts anderes mehr will, als die Cola zu trinken.«

»Cooper hat den Speer daraufhin in die Luft geworfen und mit der anderen Hand wieder aufgefangen. Und dabei hat er sich am Daumen verletzt.« Josh räusperte sich. »Das, was dann passiert ist, hat jeder von uns ein bisschen anders wahrgenommen. Auf alle Fälle hat der Kontakt mit Coopers Blut offenbar eine uralte Kraft freigesetzt, da die Verletzung als Blutopfer gedeutet worden ist. Ausgehend von dem Speer hat sich dabei eine Welle hellen Lichts in dem Raum ausgebreitet. Und sie hat jeden gezeichnet, der sich darin befunden hat.«

»Wie gezeichnet?«, flüsterte ich.

»Mit einem Mal. Der Sonnenscheibe, dem Symbol von Re«, erklärte Xander. »In der ägyptischen Mythologie wurde er als Herrscher jeder Existenz gesehen, da durch seine Kraft erst das Leben auf der Erde möglich war. Re sah alles, wusste alles und war berühmt für seine Gabe, Verborgenes ans Licht zu bringen. Mit seinem Licht erhellte er sogar die Unterwelt.«

»Und er machte uns zu seinen Sonnenkriegern«, sagte Cooper und schob den Ärmel seines Langarmshirts hoch, damit ich auf der Innenseite seines rechten Handgelenks einen runden, nicht ausgefüllten Kreis auf seiner Haut sehen konnte. Die anderen folgten seinem Beispiel. Sie schoben die Ärmel ihrer Shirts hoch oder legten ihre Uhren und Armbänder ab, damit ich das Zeichen sah, das wie der Kreis einer Sonne wirkte.

Fassungslos schaute ich von einem zum anderen. Als mein Blick bei Quentin ankam, lag ein sehr ernster Ausdruck in seinem Gesicht. Blinzelnd starrte ich auf sein Handgelenk, woraufhin er den Ärmel seines schwarzen Pullovers wieder nach unten zog.

»Wieso habe ich das noch nie bemerkt?«

»Weil wir darauf geachtet haben, dass du es nicht bemerkst. Die Regel lautete, was drüberzuziehen oder das Zeichen zu überschminken«, meinte Xander und grinste. »Überschminkt hat es aber nur Quentin.«

»Halt den Mund, Freud.« Quentins Gesicht wirkte fast wütend, aber mir ging auf, warum ich sein Mal übersehen hatte.

»Was genau ist passiert, als ihr gezeichnet wurdet?«, fragte ich, um mich wieder aufs Wesentliche zu konzentrieren.

Josh räusperte sich. »Als das Licht uns mit dem Sonnenmal gezeichnet hat, übertrug es auch etwas von Res Fähigkeit, Verborgenes ans Licht zu bringen, auf uns.« Er stand auf und begann, vor dem Fernseher auf und ab zu laufen. »Dabei hatten wir alle dieselbe Vision, die uns ein Ritual zeigte, das der Hohepriester Zerres vor mehr als dreitausend Jahren in Ägypten durchführte.«

»Von dem Ritual habe ich gehört. Zerres wollte damit das Land von der Angst befreien, die nach den zehn biblischen Plagen noch immer überall zu spüren war. Es ging um ein Sklavenopfer, nicht wahr?«

»So war es«, bestätigte Josh. »Zerres wollte die Angst in eine menschliche Gestalt zwingen, um sie dort mit zwei besonderen Speeren ein für alle Mal zu töten. Natürlich hatte er auch ein Eigeninteresse im Sinn, denn wenn er es tatsächlich schaffte, Ägypten von der Angst zu befreien, wäre ihm die Macht sicher gewesen. Doch bei dem Ritual, bei dem er achtunddreißig Priester um sich scharte, ging einiges schief, weil sich neben dem angerufenen Sonnengott Re und seiner rechten Hand, dem Mondgott Thot, noch ein weiterer Mondgott in die Zeremonie drängte.«

»Ich nehme einmal an, dass du von Chons sprichst.«

Xander legte den Kopf schief. »Du hast also schon recherchiert, Widney.«

»Natürlich habe ich das.«

»Tja, der gute Hohepriester Zerres hätte seine Zeremonie auch besser vorbereiten sollen, um nicht den falschen Gott anzulocken. Chons war schon immer eifersüchtig auf Thot gewesen, weil dieser von den Menschen mehr verehrt wurde, und neidete auch Re seine Macht. Bei dem Ritual kam es daraufhin zu einem Kampf zwischen den Gottheiten, bei dem Chons den Platz von Thot einnahm und sich gegen Re wandte.« Xander seufzte. »Danach gab es ein ziemliches Gemetzel. Der Hohepriester wurde sofort getötet, doch seine Jünger wurden von den beiden übrig gebliebenen Göttern quasi rekrutiert. Dazu wurde die Hälfte der Priester – also 19 – mit der Macht von Re und die andere Hälfte – wieder 19 – mit der Kraft von Chons ausgestattet. Re erschuf damit seine Sonnenkrieger und Chons …«, Xander zögerte kurz, während sein Blick zu meinem Handgelenk glitt, »die Sichelträger.«

Schweigend starrte ich ihn an.

»Ihr seid also Sonnenkrieger«, wiederholte ich. »Und ich bin eine Sichelträgerin.«

Cooper nickte erschöpft. »Leider. Denn wir haben uns den Scheiß hier echt nicht freiwillig ausgesucht.« Neben mir stand Ash ruckartig auf und ging in die Küche.

»Aber das erklärt noch nicht, warum ich hier bin. Was wollt ihr von mir?« Unbehaglich zog ich die Knie vor die Brust.

»Das ist … komplex«, erwiderte Josh nach einer kurzen Pause.

»Aber es ist der springende Punkt«, ließ sich Ash aus der Küche vernehmen.

Cooper stand nun ebenfalls auf, um sich was zu trinken zu holen. »Wollt ihr auch was«, fragte er in die Runde.

Ungeduldig schüttelte ich den Kopf.

»Ich versuche es, dir so chronologisch wie möglich zu erklären«, fuhr Josh fort. »Nachdem wir von Re gezeichnet worden waren, begannen einige von uns, besondere Fähigkeiten zu entwickeln.«

»Was für Fähigkeiten?«

»Sonnenkrieger-Fähigkeiten«, erwiderte Xander. Quentin sah zu

Boden; bis jetzt hatte er sich bei dieser Offenbarung verdammt gut zurückgehalten.

»Sind diese Fähigkeiten der Grund dafür, dass ihr so … seltsam seid?«

»Seltsam waren die schon vorher«, murrte Ash, die mit einer Dose Gingerale zurück zum Sofa kam. Statt sich wieder neben Quentin zu setzen, stützte sie sich jedoch nur mit den Unterarmen auf der Lehne ab.

»Die Kraft Res hat uns mit verschiedenen Begabungen ausgestattet, die alle im Zusammenhang mit seiner Macht stehen, Dinge ans Licht zu bringen«, erklärte Josh. »Da das Licht die Quelle seiner Kraft ist, haben auch seine Sonnenkrieger entsprechende Fähigkeiten.«

»Welche genau?« Mit angehaltenem Atem blickte ich von einem zum anderen.

»Ich bin ein Hellriecher«, sagte Josh. »Ich kann Dinge über weite Distanzen riechen, die für die menschliche Nase eigentlich nicht wahrnehmbar sind.« Er fuhr sich durch seine rötlichen Locken. »Ich bin selbst noch dabei, es zu sortieren.«

»Und du?«, fragte ich Quentin direkt. »Was ist mit dir?«

Er sah mir direkt in die Augen. »Ich kann hellsehen. Manchmal. Dann kann ich Dinge aus der Zukunft sehen, die noch nicht stattgefunden haben.«

Ungläubig starrte ich ihn an.

Gleichzeitig ratterten Momente durch meinen Kopf, die keinen Sinn ergeben hatten. Quentin, der an unserem ersten gemeinsamen Donnerstag vor allen anderen gewusst hatte, dass es bei unseren Nachbarn gleich zur Sache gehen würde. Quentin, der mich im Club zur Bühne gezogen hatte, obwohl nichts darauf hingewiesen hatte, dass *NEBEN* gleich zu spielen anfing. Er hatte all diese Dinge aufgrund seiner Fähigkeit gewusst.

»Ich spüre eine Menge Überforderung«, sagte Freud neben mir.

Ruckartig wandte ich ihm mein Gesicht zu. Ein Verdacht keimte in mir, den er mit einem Nicken bestätigte.

»Hellfühlig«, sagte er dann und machte eine kleine Verbeugung, bei der er elegant die Hand bewegte. »Ich war zwar vorher schon unfassbar einfühlsam«, bei diesen Worten schnaubte Ash kopfschüttelnd, »aber seit mich Re mit seinem Sonnenstrahl gekitzelt hat, geht mein Empfinden über normale Empathie hinaus.«

»Was dich nicht hindert, noch immer ein selbstgefälliger Arsch zu sein«, bemerkte Cooper.

»Und was ist mit dir?«, fragte ich Ash, ohne auf Coopers Kommentar einzugehen. »Du weißt Dinge, richtig?«

Als Ash nur eine Augenbraue hochzog, ohne zu antworten, sprang Wikipedia ein. »Ash ist ebenfalls hellsichtig, aber auf eine andere Art wie Quentin. Sie sieht keine Dinge aus der Zukunft, sondern in der Gegenwart, selbst wenn sie an einem anderen Ort stattfinden. Sie kann dir in die Augen sehen und manchmal trotzdem erkennen, was hinter ihrem Rücken oder ganz woanders passiert.« Er stockte kurz. »Sie war es auch, die gesehen hat, dass du die Mappe mit den Informationen über dich in meinem Zimmer gefunden hast.«

Stumm erwiderte ich Ashs gefühllosen Blick.

Der Feind ist hier.

Er ist unter uns.

Langsam begann alles einen Sinn zu ergeben. Ihre abweisende Art. Die Angst, die ich bei ihr wahrgenommen hatte, als meine Gabe erwacht war. Wieso sie gewusst hatte, dass ich hinter ihr stand, als sie die längliche Kiste unter das Bett im Abstellraum geschoben hatte. Wieso sie im Museum plötzlich aufgetaucht war. Ash schien einen eigenen Gefahrenkompass eingebaut zu haben, der jedes Mal losging, wenn ich in der Nähe war.

Weil sie mich als ihren Feind betrachtete.

»Schau mich nicht so an«, sagte sie. »Ich hielt es von Anfang an für eine beschissene Idee, dich in die WG zu holen.«

Unangenehm berührt unterbrach ich den Blickkontakt und schaute stattdessen zu Cooper. »Und was kannst du?«

»Cooper sieht einfach nur gut aus«, sagte Freud. »Bei seinem hübschen Gesicht dachte sich der Sonnengott wohl, dass er keine weiteren Fähigkeiten braucht.«

Cooper griff nach einem herumliegenden Kissen und pfefferte es auf Freud, der sich grinsend darunter wegduckte.

»Ich bin hellhörig«, sagte er dann zu mir. »Zum Glück nicht immer«, fügte er mit einem Blick auf Freud und Ash hinzu. »Euer Matratzensport ist auch ohne meine Fähigkeit schwer genug zu ertragen.«

Freud grinste daraufhin noch mehr, während Ash Cooper nur genervt anblitzte.

»Deshalb wusstest du, dass Quen-« Ich unterbrach mich. »Deshalb wusstest du, dass ich Hilfe brauche.«

Cooper warf noch ein weiteres Kissen auf Xander und nickte. »Ja. Ich habe es gehört.«

Bei seinen Worten stieg mir die Röte ins Gesicht. Besser, ich wusste nicht, wie viel er an diesem Tag noch gehört hatte.

»In Ordnung. Ihr seid also alle Sonnenkrieger mit unterschiedlichen Fähigkeiten«, rekapitulierte ich die letzte Viertelstunde und versuchte, mich von den Informationen nicht verrückt machen zu lassen. Hellsehen, Hellhören, Hellfühlen, Hellriechen. Ich hatte nicht mal gewusst, dass es das alles gab. »Das erklärt aber noch nicht, wieso ihr diese Mappe über mich angelegt habt.« Ich sah einem nach dem anderen ins Gesicht. »Und es erklärt nicht, was für einen Plan ihr verfolgt.«

Josh fuhr sich erneut nervös durch seine Locken. »Wie kommst du denn darauf, dass wir einen Plan haben?«

Ich verschränkte die Arme vor der Brust.

»Oh mein Gott, das war es jetzt. Wir haben es verkackt. Der Plan war alles, was wir hatten, jetzt werden wir die Sichelträger nie aufhalten können«, wiederholte ich die Worte, die ich beim letzten Auftauchen des Raben von ihm gehört hatte.

»Sie hat deine Ängste gelesen«, bemerkte Xander halb verblüfft, halb enthusiastisch.

»Ich kann darin echt nichts Gutes sehen«, knurrte Ash widerwillig. Ihr misstrauischer Blick drückte all das aus, wofür ich in ihren Augen stand.

»Der Plan war, dich auf unsere Seite zu ziehen«, sagte Quentin schließlich in die Stille hinein. »Damit du uns hilfst.«

KAPITEL 23

Nachdem die erste Offenbarungsrunde ausgestanden war, wurde die Stimmung ein klein wenig besser. Quentin stand auf, um sich etwas zu trinken zu holen, und brachte mir unaufgefordert ein Glas Wasser mit. Daran hielt ich mich fest, während ich auf den Rest der Geschichte wartete.

»Und was geschah, nachdem ihr im Museum zu Sonnenkriegern wurdet?«

Josh setzte sich wieder auf das Sofa. »Zuerst waren wir total geschockt.«

»Und wie«, pflichtete ihm Cooper bei. »Obwohl wir alle dasselbe gesehen hatten, fiel es uns schwer, daran zu glauben, dass wir ab sofort die Krieger eines altägyptischen Gottes waren. Das war so verdammt abgefahren, vor allem als sich bei den meisten von uns dann auch noch die neuen Fähigkeiten zeigten.«

»Bei den meisten? Wieso nicht bei allen?«

Josh räusperte sich. »Ich war noch nicht neunzehn, als es passierte. Die anderen schon. Deshalb entwickelte sich das Sonnenkrieger-Talent bei ihnen sofort, bei mir aber erst nach dem neunzehnten Geburtstag. Die Neunzehn scheint eine wichtige Zahl zu sein.«

Ich nickte nachdenklich. »Deshalb wart ihr so seltsam an meinem Geburtstag. Ihr habt darauf gewartet, dass meine Gabe erwacht.«

Daraufhin herrschte Stille.

»Was wisst ihr über die Sichelträger?«, fuhr ich fort. »Wieso fürchtet ihr sie so?«

»Die Sichelträger sind von Chons mit der Kraft ausgestattet worden, die Ängste ihrer Gegner zu erkennen und gegen sie zu verwenden. Als das Ritual von Zerres damals scheiterte, fand ein schreckliches Gemetzel zwischen den frisch erweckten Sonnenkriegern und Sichelträgern statt, denn sie trugen den Kampf ihrer Götter aus. Licht rang mit der Dunkelheit. Chons versuchte, sich in der Gestalt des Sklaven zu materialisieren, um auf der Erde Fuß zu fassen – was ihm auch gelang. Mithilfe von Res hellen Kräften schafften es die Sonnenkrieger jedoch, Chons' Anhänger zu töten und die Kammer mit dem geschwächten Chons hinter sich zu lassen, indem sie drei Türen verschlossen. Auf ihrer Flucht nach draußen nahmen sie die Gebetsrolle des Hohepriesters sowie die beiden Speere mit sich, die bei der schiefgelaufenen Zeremonie mit der Kraft von Re und Chons aufgeladen worden waren. Dabei schworen sie den Eid, auf ewig über die Kammer zu wachen, um zu verhindern, dass Chons jemals wieder angerufen werden würde.«

Stirnrunzelnd nahm ich einen Schluck von meinem Wasser. »Wenn der letzte Sichelträger vor dreitausend Jahren getötet wurde – wieso gibt es sie dann jetzt wieder?« Noch während ich die Frage stellte, fiel mir die Antwort wie Schuppen von den Augen. »Die Ausgrabungsgruppe.«

Josh nickte. »Anfang des 19. Jahrhunderts entdeckte ein amerikanisches Forscherteam bei ihren Ausgrabungen verschiedene antike Schätze aus unterschiedlichen ägyptischen Dynastien. Die Vermutung liegt nahe, dass sie dabei auf eine Sammlung von Diebesgut stießen, was die verschiedenen Epochen erklären würde. Unter den Waffen befand sich auch der Mondspeer, der von den Sonnenkriegern jahrtausendelang bewacht worden war. Wir glauben, dass er im Zuge irgendeines ägyptischen Krieges gestohlen wurde und verschwand.«

Wieder musste ich an das Schwarz-Weiß-Bild denken, das ich unter dem Zeitungsartikel in der schwarzen Mappe gefunden hatte. »Das heißt, dieser Ausgrabungsgruppe ist vor hundert Jahren praktisch das Gleiche passiert wie euch? Sie haben sich an dem Speer geschnitten und haben dadurch die Macht von Chons in sich aufgenommen?«

»So ist es.« Josh räusperte sich. »Die Berichte aus dieser Zeit sind leider nicht so umfassend, wie ich mir das gewünscht hätte, aber es scheint sich einer aus dem Forscherteam an dem Mondspeer verletzt zu haben, woraufhin alle umstehenden Männer und Frauen aus der Gruppe von einer heftigen Panik erfasst worden sind. Anscheinend war diese so groß, dass sich die Archäologen im ersten Schock sogar gegeneinander wandten. Dabei kam es zu den Todesopfern.«

Ich schluckte. Chons' Macht musste gewaltig und grässlich zugleich sein, wenn sie seine Anhänger dazu brachte, sich gegenseitig zu bekämpfen.

»Die Energie des Speeres konnte sich anscheinend jeweils noch einmal entladen«, fügte Xander hinzu. »Der Mondspeer entlud sich vor etwa hundert Jahren, während der Sonnenspeer vor etwa einem Jahr seine Kraft auf uns übertrug.«

»Und die Frau auf dem Foto der Ausgrabungstruppe ist demzufolge meine Ururgroßmutter?«, fragte ich weiter.

»Amelia Boyle, ja.« Josh nickte. »Nach Tausenden von Jahren gehörte sie zu den ersten Sichelträgerinnen, die ihre neu gewonnene Gabe danach an ihre Kinder und Kindeskinder weitervererbte.«

»Wir würden unsere Gabe auch weitervererben. Also, wenn wir Kinder hätten«, bemerkte Cooper.

Xander hob die Augenbrauen. »Bei dir wäre ich mir nicht so sicher, ob du nicht schon ein paar in die Welt gesetzt hast.« Cooper pfefferte ein Kissen auf Xander, das dieser grinsend auffing.

Langsam begann sich alles in meinem Kopf zu drehen und ich musste mich stark konzentrieren, um die Zusammenhänge zu begreifen. »Aber wie habt ihr Amelia Boyle nur gefunden? Wie habt ihr *mich* gefunden? Nicht mal meine Eltern wissen, wer meine biologischen Eltern waren geschweige denn meine Groß- oder Urgroßeltern.«

»Dazu komme ich gleich noch«, sagte Josh. »Du musst verstehen, dass uns der Kontakt mit dem Sonnenspeer mit besonderem Wissen ausgestattet hat, das uns bei der Recherche half. So wusste ein jeder von uns von Anfang an, dass es unsere Aufgabe war, die Sichelträger zu bekämpfen und sie daran zu hindern, Chons wiederzuerwecken.«

Ash schnaubte. »Es ist wie ein verdammter innerer Ruf, dem wir folgen müssen. Auch wenn wir nicht wollen.«

Cooper nickte. »Es ist echt abgefahren, ich hatte nämlich wirklich keinen Bock auf das alles hier. Aber man hat keine Chance, sich dagegen zu wehren. Uns war schnell klar, dass es Sinn macht, dass wir zusammenbleiben und gemeinsam unsere Kräfte trainieren. Deshalb die WG.«

Josh erzählte schnell weiter. »Die Sonnenkrieger hatten damals natürlich nicht damit gerechnet, dass der Mondspeer neue Chons-Anhänger rekrutieren würde. Was auch erklärt, warum es ihnen kein Anliegen war, ihre Fähigkeiten großartig weiterzuvererben. Sie widmeten ihr Leben dem Sonnengott Re und achteten immer nur darauf, dass es genug von ihnen gab, damit ihr Bund überlebte. Aber sie haben nicht …« Er stockte.

»*Rumgevögelt* ist das Wort, nach dem du suchst«, mischte sich Cooper ein und schüttelte leicht den Kopf. »Die Sonnenkrieger haben einen auf frigide Priester gemacht. Sie haben immer nur dafür gesorgt, dass es genug von ihnen gab, um ihre Fähigkeit weiterzuvererben. Also neunzehn Stück.«

»Wieso neunzehn?«, fragte ich. »Weil bei dem Ritual auch jeweils neunzehn Priester gezeichnet worden waren?«

Josh nickte. »Und weil immer nur die stärksten Neunzehn mit der Kraft des Gottes ausgestattet werden.«

Ich runzelte die Stirn. »Das heißt, wenn ihr damals zu neunzehnt in dem Museum gewesen wärt, würde es jetzt neunzehn Sonnenkrieger geben?«

»Genau«, pflichtete mir Xander bei. »So sind wir leider nur fünf. Während es von den Sichelträgern wahrscheinlich ein Vielfaches gibt.«

»Die Sichelträger haben uns ungefähr hundert Jahre voraus. Hundert Jahre, die sie genutzt haben, um mächtiger, einflussreicher und vermögender zu werden«, erklärte Josh. »Es gibt einige Indizien, die darauf hindeuten, dass sie ihre Gabe verwendeten, um die Ängste der Menschen zu erfühlen und davon finanziell zu profitieren. Ob an der Börse oder im Versicherungs- und Bankenwesen.« Er machte eine kurze Pause. »Ihr Kult ist gewachsen, während die Sonnenkrieger praktisch geschlafen haben. Die Sichelträger waren jedoch auch sehr geschickt darin, sich und ihre Absichten zu verstecken. Doch vor Rund siebzehn Jahren sind sie dann wieder aufeinandergetroffen.«

»Wie genau?«

Es war Cooper, der auf meine Frage antwortete. »Die Sichelträger haben die Sonnenkrieger überfallen, um den Sonnenspeer und die Gebetsrolle zu klauen. Dabei kannten sie keine Gnade und töteten den Großteil der Sonnenkrieger. Ohne sie lebt es sich natürlich leichter, außerdem hatten die verdammten Sichelträger vor, das Ritual des Hohepriesters Zerres etwas abgeändert zu wiederholen, um Chons aus seinem Gefängnis zu befreien. Ihr schmuckes Treffen fand damals in New Jersey statt.«

Der Polizeibericht von dem Feuer in der Lagerhalle. Langsam liefen die Fäden zusammen.

»Aber es ist ihnen nicht gelungen?«

Josh schüttelte den Kopf. »Die verbliebenen Sonnenkrieger waren nun natürlich alarmiert und griffen die Sichelträger an, die damit nicht gerechnet hatten. Es war ein grausames und furchtbares Gemetzel. In dieser Nacht starben sehr viele Menschen.« Er schluckte. »Darunter auch deine Eltern, Widney.«

Blicklos starrte ich auf den Couchtisch. Im Polizeibericht hatte ich bereits den Namen meines leiblichen Vaters gelesen. Robert Boyle. Den Namen meiner Mutter hatte ich nicht gefunden. Vielleicht war sie eine der Leichen gewesen, die nicht identifiziert werden konnten.

Mit einem tiefen Atemzug versuchte ich mich zu fassen. Bisher hatte ich immer versucht, nicht zu viele Gedanken an meine biologischen Eltern zu verschwenden, aber definitiv zu wissen, dass sie einer Art Sekte angehört hatten, die einem gefährlichen Gott huldigte, war nun doch etwas viel.

»Woher wisst ihr das alles? Diese ganzen Informationen, wie seid ihr darauf gekommen?«, fragte ich schließlich.

»Ein Großteil davon war Joshs Werk«, sagte Xander. »Er hat sich das letzte Jahr über in dieser Materie verbissen und nicht wieder losgelassen.«

»Und den anderen Teil wissen wir von dem letzten Sonnenkrieger. Er war der Einzige seiner Art, der das Gemetzel in New Jersey überlebt hat und den Sonnenspeer wieder an sich nehmen konnte.« Er atmete tief ein. »Und er war es auch gewesen, der dich damals aus der Lagerhalle gerettet hat.«

»Der mich gerettet hat?«, wiederholte ich tonlos.

Schon wieder erfüllte eine unangenehme Stille den Raum. Offenbar kamen wir jetzt zu dem Teil, den sie bislang rausgezögert hatten.

»Bei der Versammlung der Sichelträger waren nicht nur viele Erwachsene, sondern auch ihre Kinder anwesend.« Xanders Stimme klang einen Tick sanfter als sonst, als müsste er mich langsam mit meiner eigenen Geschichte vertraut machen.

»Da sieht man, wie verkorkst die Sichelträger sind«, warf Ash ein, die lautlos in dem Loft herumgewandert war. »Bringen ihre Kinder zu einer altägyptischen Zeremonie mit, um einen blutrünstigen Gott zu befreien.«

Xander sprach weiter, ohne auf ihren Kommentar einzugehen. »Der letzte Sonnenkrieger hat dich gerettet und an ein Adoptionsbüro übergeben, weil er wollte, dass du in einem stabilen, familiären Umfeld aufwächst. Er hatte vor, dich im Auge zu behalten, doch dann kam ihm ein Autounfall dazwischen.«

»Er hatte schwere Verletzungen, die irreparable Schäden hervorgerufen haben, und lag die ganzen Jahre im Koma«, fuhr Cooper ächzend fort. »Das Schicksal ist ein Hund, oder? Zuerst überlebt der Kerl dieses Massaker mit den Sichelträgern und dann wird er von einem Auto angefahren. Life is a bitch.«

»Als wir von dem Sonnenspeer gezeichnet worden sind, erwachte der Mann jedoch aus dem Koma. Ich habe keine Ahnung, wie das funktioniert hat, aber offenbar hat die Restenergie aus dem Speer auch eine Reaktion bei ihm hervorgerufen. Er war total geschwächt, als er zu uns kam und uns quasi mit seinen letzten Atemzügen erzählte, was damals passiert war. Er berichtete uns von dem Überfall der Sichelträger und dem Kampf in der Lagerhalle, der mit dem schrecklichen Brand endete. Er erzählte uns auch von dem Sonnenspeer, den er mitnehmen hatte können. Während seiner Zeit im Krankenhaus – als er gut sechzehn Jahre lang im Koma lag – wurde der Speer jedoch in seiner Wohnung gefunden und vor etwa einem Jahr dem Museum übergeben. Aber das Wichtigste war: Er erzählte uns von dir.« Josh atmete tief durch. »So haben wir dich gefunden, Widney.«

»Wikipedia hat dich gefunden«, korrigierte ihn Cooper. »Er hat all seine IT-Superkraft eingesetzt, um dich ausfindig zu machen. Und mit seinen kleinen Tricks hat er dich dann auch dazu gebracht, lieber in New York zu studieren und zu uns in die WG zu ziehen.«

Ich schluckte. Plötzlich ergab alles einen Sinn. Die ganzen hübschen Fotos von New York, die vor meiner Entscheidung für das Bachelorstudium immer wieder auf meinem Laptop aufgepoppt, und die Werbungen, die ins Haus geflattert waren. Die anderen WGs, die ich angeschrieben und die nie auf meine E-Mails reagiert hatten. Wahrscheinlich war keine meiner Nachrichten jemals angekommen.

Xander streckte die Beine aus. »Es ist eine sehr perfide Form der Beeinflussung, die Josh angewandt hat. Ich war wirklich beeindruckt, dass es funktioniert hat.«

»Und warum das Ganze? Dachtet ihr, es wäre eine gute Idee, mich in eure neu gegründete Sonnenkrieger-WG aufzunehmen, damit ich euch helfe, die Sichelträger zu bekämpfen?«

»So in etwa«, murmelte Josh. »Bevor der letzte Sonnenkrieger gestorben ist, hat er uns nicht nur von dir erzählt, er hat uns auch gesagt, warum er dich damals mitgenommen hat und die Sichelträger glauben ließ, dass du im Brand gestorben wärst. Er hat es nicht aus Mitgefühl getan, er wollte, dass du anders aufwächst. Dass du selbst die Entscheidung triffst, wer du sein möchtest, und dich für das Gute entscheidest.«

Ich schüttelte entrüstet den Kopf. »Aber wie soll das funktionieren? Ihr habt doch selbst nicht die freie Entscheidung darüber, ob ihr Sonnenkrieger sein wollt, oder nicht? Es passiert einfach mit euch, warum sollte es bei mir anders sein?!«

Obwohl meine Stimme lauter geworden war, blieb Josh ruhig. »Er glaubte, dass jene, die die Gabe vererbt bekamen, freier in ihrer Entscheidung sind.«

»Und wir haben gehofft, dass sich die Gabe bei dir entfaltet«, setzte Xander hinzu. »Immerhin gab es auch noch das Risiko, dass du nicht zu den neunzehn Stärksten gehörst.«

»Nur fürs Protokoll: Ich fand die Idee von Anfang an scheiße«, ließ sich Ash aus dem Hintergrund vernehmen.

Mein Blick wanderte von ihr zu Cooper. Der riesige Kerl rieb sich schulterzuckend über den Nacken. »Mir war es recht. Ich will einfach nur, dass dieser Sonnenkrieger-Sichelträger-Scheiß endlich wieder aufhört. Ich möchte mein normales Leben zurück, ohne das Bedürfnis, irgendwelche Sichelträger auf ihrer schrägen Mission aufzuhalten.«

»Ich fand es von Beginn weg spannend«, sagte Xander. »Ein Experiment. Und wir hatten ja schließlich nicht viel zu verlieren.«

»Wir haben jede Menge zu verlieren«, schnaubte Ash. »Nämlich, wenn sie mit all diesen Informationen ausgestattet nun auf die Idee kommt, zu den Sichelträgern überzulaufen und ihnen haarklein alles von uns zu erzählen. Unsere Stärken, unsere Schwächen, unsere Fähigkeiten. Dann sind wir nämlich richtig am Arsch.«

»Das wird sie nicht tun, Ash.« Quentin richtete sich auf dem Sofa auf und sah mich dabei intensiv an. Atemlos erwiderte ich seinen Blick. Er war in der letzten halben Stunde so still gewesen, dass ich nicht damit gerechnet hatte, dass er Partei für mich ergreift.

»Woher willst du das wissen?« Ash schnaubte. »Sie ist eine von denen, sie trägt das Mal von Chons auf ihrem Handgelenk, sie kann unsere verdammten Ängste sehen!«

Quentin betrachtete mich noch immer, dabei glitt ein seltsamer Ausdruck über sein Gesicht. »Aber sie ist nicht mit ihnen aufgewachsen.«

Ash schnaubte erneut, sagte aber nichts mehr.

Ein paar Sekunden lang sank die Stille zwischen uns nieder. Nur meine Gedanken lärmten ungehindert weiter. Ich hatte in der letzten Stunde so viel erfahren, dass mein Kopf kurz davorstand, zu explodieren. Und bei all den Informationen, die ich bekommen hatte, waren noch immer so viele Fragen offen.

»Was ist mit der Kiste in eurem Abstellraum?«, fragte ich schließlich. »Ist darin der gestohlene Speer aus dem Museum?«

»Ja«, sagte Quentin.

»Und ihr habt ihn geklaut, um sicherzustellen, dass die Sichelträger ihn nicht klauen?«

»So ähnlich.«

»Sie brauchen nur noch diesen Speer, um das Ritual erneut durchzuführen«, mischte sich Xander ein. »Die Gebetsrolle und den Mondspeer haben sie nach wie vor in ihrem Besitz. Wir haben auch schon versucht, den Sonnenspeer zu zerstören, aber das ist nicht möglich. Sobald wir die Absicht dazu hegen, wird das Scheißding so heiß, dass man sich ihm nicht mehr nähern, geschweige denn es anfassen kann.«

»Okay.« Ich stellte mein Wasserglas auf dem Couchtisch ab. »Das war … viel.«

Xander nickte. »Aber du schlägst dich gut.«

Ich lachte ungläubig. »Ich schlage mich gut? Vielleicht schlage ich mich gut, zumindest dafür, dass ihr mich die letzten Wochen belogen habt. Dass ihr mich in eure WG gelockt, ja, dass ihr mich sogar nach New York gebracht habt!« Meine Stimme wurde lauter und ich spürte die Wut, die wieder in mir aufwallte. Sie alle hatten mich hintergangen. »Und was genau erwartet ihr jetzt überhaupt von mir?«, fragte ich schließlich und versuchte, mich selbst zu beruhigen. »Warum habt ihr das alle gemacht?«

»Wir wollen Informationen«, sagte Josh sofort. »Es heißt nicht umsonst, Wissen ist Macht. Und dieses Wissen kannst du uns besorgen, Widney.«

Kopfschüttelnd zog ich die Augenbrauen zusammen. »Ich? Aber ich wusste bis vor Kurzem doch selbst nichts von meiner Abstammung. Wie soll ich euch denn da helfen, mehr über die Sichelträger herauszufinden?«

Xander lächelte kurz, bevor er antwortete. »Indem wir dich bei ihnen einschleusen, Widney. Die Sichelträger leiten von New York aus einen riesigen Versicherungskonzern. Und wir möchten, dass du dort unsere Spionin wirst.«

KAPITEL 24

Die Lichter New Yorks beruhigten mich. Sie blinkten von den Werbetafeln, leuchteten aus den Apartments, Büros und Wolkenkratzern. Sie durchschnitten die Nacht als Autoscheinwerfer, erhellten die Dunkelheit als Straßenlaternen, Notausgangsschilder und Neon-Schriftzüge. Über mir waren nur die Sterne und vor mir breitete sich das Lichtermeer dieser unglaublichen Stadt aus, mit ihren Millionen Schicksalen, von denen ich nur ein einziges war. Nicht mehr als ein kleiner Mensch unter so vielen, die keine Ahnung davon hatten, dass es Leute wie mich gab, die ihre Ängste sehen konnten und einem Gott dienten, der noch mehr Angst verbreiten sollte.

Zitternd atmete ich ein. Die Diskussion in dem Loft hatte sich nach Joshs Offenbarung hochgeschaukelt. Ash fand es zu früh, mich in die Details einzuweihen, Xander fand es absurd, damit zu warten. Cooper hatte sich ein Bier genommen und sich rausgehalten, während Josh angefangen hatte, die Gründe aufzuzählen, warum sie es sich nicht leisten konnten, mich nicht darum zu bitten.

Weil die Sichelträger verdammte Monster waren.

Sie waren gefährlich, sie spielten mit den Ängsten ihrer Feinde, nutzten ihre Kraft, um zu manipulieren, zu schwächen und Panik zu verbreiten.

Fröstelnd schlang ich die Arme um meinen Körper. Als Josh und die anderen über die Kräfte der Sichelträger gesprochen hatten, hatte ich ihre Ängste deutlich fühlen können. Mich in die WG zu holen, um mich nach einer kurzen Eingewöhnungszeit bei ihren Feinden einzuschleusen, war kein Plan, den sie leichtfertig getroffen hatten.

Sie hatten Angst vor dem, was alles schiefgehen konnte, hatten Angst, dass ich mich gegen sie wenden würde, hatten Angst vor ihren Gegnern. Und so, wie ich Josh verstanden hatte, hatten sie auch jeden Grund dazu, Angst zu haben – schließlich waren sie nur zu fünft.

In all der Zeit, in der ich versucht hatte, mich von der allgemeinen Beunruhigung und Sorge ringsum nicht völlig vereinnahmen zu lassen, waren Xander und Quentin die Einzigen gewesen, die sich im Griff zu haben schienen. Quentins Blick auf mir war dabei sanft und ruhig gewesen. Viel zu sanft und ruhig, während ich mich von ihm verraten gefühlt hatte.

Ich hatte frische Luft gebraucht, Luft zum Atmen.

Hinter mir hörte ich, wie jemand die Wendeltreppe heraufkam, langsam über das Dach ging und mir schließlich eine warme Jacke über die Schultern legte.

»Ich dachte, dir ist vielleicht kalt.«

Ich nahm die Jacke wieder ab und drückte sie Quentin in die Hände. »Lass mich lieber allein.«

»Du bist sauer, weil ich nichts gesagt habe.«

Ich brauchte ein paar Atemzüge, bevor ich darauf reagieren konnte. »Du hast nicht nur nichts gesagt, du hast mich angelogen, Quentin. Du hast mich die ganze Zeit über belogen.«

Er schnaubte und stellte sich mir gegenüber hin. »Was hätte ich denn tun sollen? Du warst auch nicht gerade ehrlich, Widney. Hast du mir etwa von deinen Kräften erzählt?«

»Das kannst du doch nicht miteinander vergleichen! Ich war selbst verwirrt und wusste nicht, was mit mir passiert. Glaubst du nicht, dass es mir geholfen hätte, wenn du ehrlich zu mir gewesen wärst?«

Quentin schüttelte ungläubig den Kopf. »Wir wussten doch gar nicht, ob die Kraft bei dir erwacht, Widney. Und wir wussten nicht, wer genau du bist. Was für ein Mensch du bist und ob du nur ansatzweise bereit bist, bei unserer verrückten Sache mitzumachen.«

»Und deswegen war es dein Job, mir auf den Zahn zu fühlen? War das alles zwischen uns nur vorgetäuscht, um herauszufinden, was für ein Mensch ich bin?«

Sein ganzer Körper verkrampfte sich. »Glaubst du das wirklich? Glaubst du, dass ich dir alles nur vorgespielt habe?« Ein enttäuschter Ausdruck glitt über sein Gesicht und ich hatte das Gefühl, dass seine Augen einen Tick dunkler wurden. »So gut kennst du mich also inzwischen?«

Für eine Weile funkelten wir uns einfach nur an.

»Ich weiß nicht, wie gut ich dich kenne, Quentin«, sagte ich dann.

Er atmete tief ein und mir war klar, dass ich ihn verletzt hatte. »Egal, was du jetzt von mir hältst, Widney, es geht hier um eine größere Sache als nur um uns.«

»Willst du denn, dass ich es tue?«, fragte ich. »Willst du, dass ich Kontakt mit den Sichelträgern aufnehme?«

Er zögerte, bevor er antwortete. »Ich halte es für gefährlich.«

»Also soll ich es deiner Meinung nach nicht tun?«

»Das habe ich nicht gesagt. Ich werde dir nicht sagen, was du tun sollst, Widney.« Er hob die Hand, als wollte er mich damit berühren, zog sie dann aber wieder zurück. »Du musst deine eigene Entscheidung treffen. Wenn du dich dafür entscheidest, werden wir dir helfen, deine Gabe zu trainieren und sie für das Gute einzusetzen. Aber das alles bringt nur etwas, wenn du selbst hinter deiner Entscheidung stehst.«

Instinktiv wusste ich, dass er recht hatte. Aber mein Kopf war viel zu voll, um jetzt irgendeine Entscheidung zu treffen. »Stimmt. Das muss ich. Aber dafür brauche ich Zeit. Zeit für mich allein.«

☽○

»Wow. Das ist ja wirklich eine Menge zu verdauen.« Kim hustete. Dann zog sie sich ihren rot-schwarz karierten Schal bis über die Nase vors Gesicht, sodass nur noch die leicht schräg stehenden Augen darüber zu sehen waren.

Ich starrte von der Bow Bridge, die im Central Park ein beliebter Platz für Heiratsanträge war, hinunter ins blaugrüne Wasser. Ein älterer Mann in einem Ruderboot zog gerade vorbei. Jedes Mal, wenn die Ruder ins Wasser eintauchten, war ein leises Klatschen zu hören, das sich mit dem Schnattern einer Ente vermischte.

»Danke, dass ich es dir erzählen durfte.« Es klang vielleicht blöd, sich bei Kim dafür zu bedanken, aber es hatte wirklich gutgetan, mit jemandem zu reden, der kein Sonnenkrieger-Mal am Körper trug und von mir erwartete, einem verrückten Kult beizutreten, um ihn daran zu hindern, einen noch verrückteren Gott auf die Welt loszulassen. Die WG hatte zwar nicht sonderlich begeistert darauf reagiert, dass ich Kim von meiner Gabe erzählt hatte, aber das war mir gerade herzlich egal. »Vor allem, weil du ja noch immer krank bist.«

Wir gingen langsam weiter. Kim winkte ab, was glaubhafter gewesen wäre, wenn sie nicht gleich darauf ein Hustenanfall geschüttelt hätte.

»Es geht mir schon viel besser. Ich habe kein Fieber und ein bisschen Bewegung an der frischen Luft ist schließlich nie verkehrt.«

»Selbst, wenn man krank ist?«

»So krank bin ich nicht. Chelsey ist krank. Oh, du solltest sehen, *wie* krank sie ist. *Kim, machst du mir noch einen Tee? Kim, holst du mir vielleicht eine Wärmflasche?* Schon allein dafür lohnt es sich, aus dem Apartment zu kommen. – Sieh mal, ein Eichhörnchen.« Kim deutete mit ihrem warm eingepackten Arm in Richtung einer Buche, auf der ein rötliches Eichhörnchen den Stamm hinaufsauste und blitzschnell zwischen den Zweigen verschwand.

Mit einem schwachen Lächeln ging ich weiter. Unser Weg führte uns über einen leicht geschwungenen Weg an Wiesen und Bänken vorbei. Obwohl der Herbst in den Blättern der Bäume schon sichtbar Einzug gehalten hatte und es auch deutlich kühler war, waren jede Menge anderer Menschen unterwegs. Männer und Frauen, die mit ihrem Hund spazieren gingen, Eltern mit ihren Kindern und Jogger mit ihren Pulsarmbändern. Die Stimmung war friedlich und ruhig, sie war das, was ich mir für alle Menschen wünschte.

Und genau hier lag das Dilemma.

Wenn es stimmte, was Josh und die anderen behaupteten, wenn die Sichelträger wirklich so eine Gefahr für die Welt darstellten, müsste ich es tun. Dann müsste ich meinen eigenen Frieden opfern, um mit den Sichelträgern in Kontakt zu treten, die ich schon aufgrund der wenigen Dinge, die ich über sie wusste, zutiefst ablehnte.

Oder ich pfiff auf die Welt, pfiff auf die Verantwortung und die Hoffnungen der WG. Setzte mich selbst an die erste Stelle, ignorierte die Gefährdung durch die Sichelträger und half einfach nur dabei, den Sonnenspeer zu verstecken. Solange sie den nicht bekamen, konnten sie die Zeremonie laut Josh ohnehin nicht durchführen. Wozu also alles aufgeben? Mein Studium, mein neues Leben hier, Quentin …

»Du bist schon wieder sehr still«, sagte Kim und zog sich den Schal weit genug herunter, um sich die Nase zu putzen.

»Sorry. Mir geht nur gerade so viel im Kopf rum.«

»Das verstehe ich.« Kim deutete auf einen Weg, der zwischen vielen Bäumen mit Bänken hindurch in Richtung Strawberry Fields führte, einem kleinen Bereich des Parks, der dem verstorbenen Musiker John Lennon gewidmet war. »Möchtest du eine Liste machen?«

»Was für eine Liste?«

»Eine Vor- und Nachteilliste. Mir hilft das immer ganz gut bei Entscheidungen.«

Ich steckte die Hände in die Jackentaschen und sah sie von der Seite an. »Hast du für Chelsey auch so eine Liste?«

»Eine?« Kim lachte ungläubig. »Mindestens zehn.«

»Und wie lautet das Ergebnis?«

»Dass ich gerne ausziehen würde. Aber bisher habe ich leider noch nichts gefunden, was auch nur annähernd dem Preis-Leistungs-Verhältnis dieser Wohnung nahe kommt.«

»Selbst, wenn du Chelsey in den Preis mit einberechnest?«

Sie schnaubte. »Du hast recht, dann sieht die Sache wieder anders aus.«

Ein Fahrradfahrer klingelte hinter uns und wir wichen nach rechts aus, damit er uns links überholen konnte.

»Okay, lass uns so eine Pro- und Kontra-Liste machen«, sagte ich dann.

»In Ordnung.« Ungeachtet dessen, dass sich Kim schon wieder die Nase putzte, wirkte sie gleich viel frischer.

»Wir fangen mit den Vorteilen an. Welche Vorteile siehst du darin, dich als Spionin bei den Sichelträgern einschleusen zu lassen?«

Ein Krächzen über mir ließ mich zusammenfahren. Kurz darauf landete eine dunkelgraue Krähe in einem der Bäume und putzte sich ihr Gefieder. Etwas abgelenkt von dem Vogel dauerte es einen Moment, bis ich antwortete.

»Ähm … ich lerne vielleicht jemanden aus meiner leiblichen Familie kennen?« Das war zumindest theoretisch möglich. Selbst wenn meine Eltern gestorben waren, konnte ich noch Sichelträger-Onkel, -Tanten, oder -Großeltern haben.

»Okay«, sagte Kim. »Das ist ein solides Pro.«

Kopfschüttelnd zog ich mir die Jacke enger. »Nein, ist es nicht. Ich will überhaupt keine Tanten, Onkel oder Großeltern kennenlernen, die ernsthaft darüber nachdenken, einen Gott der Angst zu befreien. Ehrlich gesagt schäme ich mich dafür, eine von ihnen zu sein.«

»Das bist du nicht.« Kim legte mir die Hand auf die Schulter. »Du bist nicht automatisch eine von ihnen, nur weil ihr euch dieselben Gene teilt.«

»Aber sie sind ein Teil von mir. Ein Teil, den ich nicht wegdiskutieren kann.« Ich schnaubte leise. »Jetzt weiß ich, wie sich die Nachfahren von Kriegsverbrechern fühlen müssen. Einfach beschissen.«

»Okay, der erste Punkt ist also ein Nachteil. Fällt dir noch ein Vorteil ein?«

Kims ungebrochener Elan brachte mich zum Lächeln. »Ich schätze, wenn ich erfolgreich bin, kann ich die Welt davor bewahren, von einem bösen Gott geknechtet zu werden?«

Der Wind wehte ein paar rotbraune Blätter von den Bäumen, die sich mit den anderen auf dem Boden vermischten und unter unseren Schritten leise raschelten.

Kim wirkte nachdenklich. »Die Frage ist, was Chons überhaupt tun würde, wenn er von den Sichelträgern wieder zum Leben erweckt wird. Würde eine gewaltige Welle der Angst über die Welt jagen? Würde er die Menschheit versklaven? Würde er seine göttlichen Kräfte wirken lassen?«

Darüber hatte ich auch schon nachgedacht. Auch für mich stellte sich das Problem, dass ich Chons nicht einschätzen konnte. Welche Ziele hatte er? Welche Wünsche? Hatten Götter überhaupt Wünsche, die mit denen eines Menschen zu vergleichen waren?

»Ich habe keine Ahnung, was er tun würde«, murmelte ich. »Aber wahrscheinlich nichts Gutes.«

»Bist du dir da sicher?« Kim atmete tief ein. »Hey, bevor du mich mit deinen Blicken killst, denk nur einmal darüber nach, wie es wäre, wenn wir uns irren.«

»Inwiefern irren?«

»Stell dir doch mal vor, dass Chons Auferstehung vielleicht auch eine gute Seite hätte.«

»Meinst du das ernst?«

»Ich sage nicht, dass ich es glaube. Es ist nur ein Gedankenexperiment. Angst ist ja per se nichts Schlechtes. Angst bringt uns dazu, vorsichtiger zu sein. Sie schützt uns vor Gefahren und hilft uns, in Krisensituationen zu überleben. Vielleicht denken die Sichelträger, dass Chons für die Menschen ein Segen ist, kein Fluch.«

Wir hatten nun den idyllischen, kleinen Platz mit dem wunderschön gestalteten Mosaik auf dem Boden erreicht, das John Lennon gewidmet war. Es zeigte einen schwarz-weiß gemusterten Kreis, in dessen Mitte nur das Wort IMAGINE stand. Die Menschen hatten darauf Blumen abgelegt, die dem Ort eine traurige Schönheit gaben.

Bewegt blieb ich davor stehen. Kim hatte schon recht. Es *war* vorstellbar, dass die Sichelträger in Chons' Erweckung etwas anderes sahen, als ich oder Josh oder Quentin. Möglicherweise hatten sie wirklich die Erlösung der Welt im Sinn.

Einige Sekunden lang starrte ich auf das Wort IMAGINE.

»Ich glaube es trotzdem nicht«, erklärte ich dann. »Es fühlt sich einfach nicht richtig an.«

Kim seufzte. »Ich glaube es auch nicht.« Langsam gingen wir weiter. »Ich tue mir aber ehrlich gesagt auch noch immer schwer damit, in Josh und den anderen Mitgliedern aus deiner WG supercoole Sonnenkrieger zu sehen, die ihre supercoolen Sonnenkriegerfähigkeiten zur Rettung der Welt einsetzen. Unabhängig davon, dass ich es schlicht unmöglich finde, dass sie dich so lange belogen haben.«

»Ich weiß.« Kim hatte auf den Teil meiner Erzählung mit Abstand am Geschocktesten reagiert: Dass meine WG es fertiggebracht hatte, mich so hinterhältig zu manipulieren, weil sie hoffte, dass ich für sie mein Leben riskierte.

»Siehst du noch irgendwelche Vorteile, wieso du zu den Sichelträgern gehen solltest?«

Müde schüttelte ich den Kopf.

»Gut, denn dann sage ich dir jetzt, was ich als riesengroßen Nachteil empfinde, Widney.« Kim blieb stehen und sah mich eindringlich an. »Es ist zu gefährlich. Wir haben keine Ahnung, wie die Leute aus deiner Sippe so drauf sind. Wir haben keine Ahnung, ob sie deine Ängste fühlen können und von Anfang an wissen, dass du als Maulwurf zu ihnen geschickt wurdest. Wir haben keine Ahnung, wie sie reagieren würden, wenn sie erführen, dass du eine Spionin bist. Wir haben keine Ahnung, was deine WG überhaupt genau von dir erwartet. Informationen? Was für Informationen? Was, wenn du beim Beschaffen dieser Informationen erwischt wirst? Was, wenn sie dich foltern, um den Aufenthaltsort des Sonnenspeeres herauszubekommen? Was, wenn sie es erst dadurch schaffen, Chons in die Welt zu holen?«

Nach dieser Ansprache musste sie erst mal tief Luft holen und bekam einen neuen Hustenanfall.

Ich klopfte ihr auf den Rücken. »Das waren ganz schön viele Punkte für die Nachteilliste.«

»Tut mir leid.« Kim rang mit knallrotem Kopf nach Luft. »Ich finde es einfach so …«

»Gefährlich, ich weiß.« Mein Blick glitt zu einem Straßenmusiker, der neben einem Baum stand. Seinen Hut hatte er auf den Weg vor sich gelegt, während er selbstvergessen auf seiner Gitarre spielte. »Ich frage mich nur, wie gefährlich es ist, nichts zu tun.«

»Es ist ein Dilemma.« Kim hatte sich wieder etwas beruhigt. »Hast du schon mit deinen Eltern geredet?«

Ich schüttelte den Kopf. Klar, ich hatte mit ihnen geredet, wie ich immer mit ihnen redete. Dad hatte angekündigt, mich in New York besuchen zu kommen. Eigentlich hatte er es dieses Wochenende schon tun wollen, es dann aber doch noch einmal verschoben. Irgendwas mit einem spontanen Auftritt; ich hatte nicht mehr genau zugehört. Insgeheim war ich erleichtert gewesen, dass er sich noch Zeit ließ. Im Moment hätte ich nicht gewusst, wie ich mit ihm reden sollte, ohne dass er sofort mitbekam, dass irgendwas nicht stimmte.

Der Song des Straßenmusikers endete. Er nickte einem jungen Mann zu, der ein paar Münzen in den Hut fallen ließ, und stimmte einen neuen Song an.

Schon bei den ersten Akkorden zog sich mein Herz schmerzlich zusammen. Ich spürte die Tränen als Brennen in der Nase und schluckte mühsam.

»Widney? Was ist los?« Kim sah irritiert von mir zu dem Straßenmusiker. »Geht es dir nicht gut?«

Ich war an Ort und Stelle erstarrt.

Das Lied brachte all die Gefühle wieder zurück, kompromisslos und unmittelbar. Es war, als würde ich wieder an seinem Grab stehen, meine verzweifelte Mutter neben mir, während Dad vorne stand und das Lied spielte.

»Dieser Song …« Ich atmete zitternd ein. »Den hat mein Dad für Aiden geschrieben … nach seinem …«

»Oh mein Gott.« Kims Augen weiteten sich. »Es tut mir so leid, Widney.« Sie nahm mich in den Arm. Ich stand da und spürte, wie mir die Tränen über die Wangen rollten, während dieser Fremde dieses eine Lied spielte, das für mich alles andere als fremd war.

Als Kim mich schließlich losließ, hatte ich mich beruhigt. Der Schmerz war nicht mehr so wie früher. Er kam zwar noch in Wellen und oft unerwartet – aber er ebbte auch schneller wieder ab.

»Hast du ein Foto von ihm?«, fragte Kim, nachdem ich den Straßenmusiker und meine Erinnerungen hinter mir gelassen hatte.

»Von Aiden?« Ich wischte mir ein letztes Mal über die Augen. »Klar. Viele sogar.«

»Zeigst du mir eins?«

Ein wenig überrascht von Kims Bitte, setzte ich mich mit ihr auf eine der schmiedeeisernen Bänke. »Klar.« Ich holte mein Handy aus der Tasche. »Ich finde es schön, dass du fragst.«

»Wirklich?«

»Ja. Sonst wird er von allen immer nur totgeschwiegen.«

Behutsam scrollte ich mich durch die Schnappschüsse von Aiden, die ich im Laufe der Jahre gemacht hatte. Sie zeigten ihn im Urlaub, beim Wasserskifahren, Pizzaessen oder betrunken schlafend auf der Couch.

»Das ist eines meiner Lieblingsvideos von ihm.« Ich drückte den Wiedergabeknopf. Aiden lag darin nur mit einem T-Shirt und Shorts bekleidet in einer der beiden Hängematten in unserem Garten und schwang sachte hin und her. Es war ein heißer Sommertag gewesen, an dem wir beide nichts anderes zu tun gehabt hatten, als zusammen faul im Garten zu dösen, Limonade zu trinken und Musik zu hören.

»Was wirst du mal aus deinem Leben machen, Schwesterherz? Schon Pläne?« Seine braunen Augen funkelten mich interessiert an.

»Keine Ahnung«, sagte ich träge. »Wahrscheinlich werde ich einen reichen Typen heiraten, damit ich weiterhin den ganzen Tag faul in der Hängematte rumliegen kann. Und du?«

Aiden grinste und warf den Strohhalm seiner Limonade nach mir. »Ich mein's ernst.«

»Ich mein's auch ernst.«

»Nein, tust du nicht.«

»Nein, tu ich nicht.«

Er ließ sich auf der Hängematte zurücksinken und blickte nachdenklich in den Himmel. »Ich würde gern irgendetwas tun. Etwas, das Bedeutung hat.«

»Aha. Und was?«

Auf dem Video war zu sehen, wie ich mich kurz am Bein kratzte, bevor ich das Handy wieder auf Aiden richtete.

»Irgendetwas, das einen Sinn hat. Es gibt da so ein Hilfsprojekt in Haiti, von dem ich gelesen habe. Die suchen noch immer nach Leuten.« Als er mich ansah, lag ein Strahlen auf seinem Gesicht, das direkt aus seinen Augen zu kommen schien. »Ich überlege gerade, mich dort anzumelden.«

Hier brach das Video ab.

Kim betrachtete Aiden ernst. »Er sieht glücklich aus.«

Ich nickte. »Das war er in diesem Moment auch. An dem Tag hatte er das Gefühl, mit seiner Hilfe etwas bewirken zu können. Aber er hat es nie getan.« Ich packte das Handy wieder weg.

»Wieso nicht?«

Das war die Hauptfrage, die ich mir auch immer wieder gestellt hatte. Wieso war er nicht gefahren? Wieso hatte ich ihn nicht mehr dazu motiviert, zu fahren? Vielleicht hätte es etwas verändert. Vielleicht hätte es ihm das Leben gerettet.

»Seine Ängste standen ihm im Weg.« Ich schlug die Beine übereinander. »Seine Depressionen. Hier auf dem Video hat man es nicht gesehen, aber sie haben ihn jeden Tag begleitet. Und er hatte schrecklich viele Ängste.«

»Wovor hatte er denn Angst?«

»Ich glaube, vor dem Leben.«

Mein Blick wanderte über den Central Park. Die warmen Sonnenstrahlen brachten das Laub auf den Wegen zum Leuchten. Als ich in die Zweige eines großen Ahornbaumes schaute, lief es mir jedoch kalt den Rücken hinunter. Die feinen Härchen in meinem Nacken stellten sich auf und mein Mund wurde trocken.

Da war er wieder.

Der Rabe mit dem helleren Fleck im Gefieder.

Derselbe, der mich auch auf der Treppe vor dem Eingang des Museums beobachtet hatte.

Wie gebannt starrte ich in seine Richtung und wünschte, er würde einfach wegfliegen.

In diesem Moment schwang er sich in die Lüfte und glitt lautlos davon.

»Weißt du was? Vergiss, was ich vorhin über die positiven Aspekte der Angst gesagt habe«, murmelte Kim neben mir. »Ängste sind einfach nur scheiße.«

Ich nickte. Umso schlimmer fand ich es, dass es Menschen gab, die sich absichtlich dafür entschieden, die Ängste von anderen gegen sie auszuspielen, um ihre eigene Position zu stärken. Schon allein der Gedanke daran machte mich unsagbar wütend. Es war, als hätte mir Aidens Video die Augen geöffnet. Und mich wieder daran erinnert, was wirklich wichtig war im Leben.

»Ich glaube, ich möchte zurückgehen.«

Kim sprang auf und rieb sich fröstelnd die Hände. »Gott sei Dank. Ich wollte ja nichts sagen, aber ich fand es inzwischen ganz schön kalt auf dieser Bank.« Wie zur Bestätigung nieste sie.

Ich reichte ihr ein Taschentuch, bevor wir uns auf den Weg zurück ins Loft machten. Als ich mit Kim im Lift nach oben fuhr, hörte ich tief in mich hinein, ob mein Bauchgefühl noch immer der Meinung war, dass ich die richtige Entscheidung getroffen hatte.

Ein wenig nervös sperrte ich auf und öffnete die Tür. Offenbar platzte ich gerade in eine Diskussion, denn Ash, Freud und Quentin waren in einen intensiven Wortwechsel vertieft, während Cooper und Josh auf dem Sofa saßen und einfach nur zuhörten.

»Du kannst sie nicht dazu zwingen, es zu tun«, hörte ich Quentin hervorpressen, während Freud schnaubend den Kopf schüttelte.

»Wieso musst du immer so melodramatisch werden, Quentin? Keiner redet davon, sie zu zwingen. Ich spreche von *Motivation*.«

»Du meinst Manipulation«, erwiderte Quentin hart.

»Sie ist hier«, sagte Ash in dem Moment und blickte zu Kim und mir.

Ich zog meine Jacke aus und hängte sie auf den Kleiderständer, bevor ich langsam in den Raum hineinging. Fünf Augenpaare waren auf mich gerichtet, vier davon erwartungsvoll, eines gequält.

»Ich mache es«, sagte ich dann und erwiderte den Blick jedes einzelnen. »Ich gehe zu den Sichelträgern. Ihr braucht euch deswegen nicht mehr zu streiten. Ich werde zu eurer Spionin.«

Liebe Leserin und lieber Leser!

New York hat uns beide schon immer fasziniert und wir hoffen, dir hat dein Abstecher in diese wundervolle Stadt genauso viel Freude bereitet wie uns! Wie es mit Widney und den Sonnenkriegern weitergeht, erfährst du im zweiten Teil unserer Trilogie, der ebenfalls bald das Licht der Welt erblickt.

Wenn du keine Veröffentlichung von uns verpassen möchtest, melde dich doch gerne hier für unseren Newsletter an, in dem wir euch regelmäßig über unsere Neuerscheinungen informieren: www.rose snow.de/newsletter

Außerdem kannst du uns auch auf Instagram unter @rosesnow.de oder in unserer Facebookgruppe »Eine magische Welt der Gefühle« besuchen, wo wir uns regelmäßig herumtreiben und den Austausch mit unseren Lesern sehr genießen. Danke auch für die vielen fantastischen Musiktipps von New York, aus denen diese wundervolle Spotify-Playlist entstanden ist: rosesnow.de/soundtrack19/

Nun hoffen wir auf ein baldiges Wiederlesen und wünschen dir bis dahin eine wundervolle Zeit!
Deine *Rose Snow*

Freue dich auf Band 2 & 3!
ROSE SNOW
19
DAS ZWEITE BUCH DER MAGISCHEN ANGST
Ravensburger
Band 2
ROSE SNOW
19
DAS DRITTE BUCH DER MAGISCHEN ANGST
Ravensburger
Band 3
Ravensburger

LESEPROBE

19

Das zweite Buch der magischen Angst

von Rose Snow

ISBN 978-3-473-58593-9

KAPITEL 1

Atme, Widney. Atme.

Es ist nur ein Schritt. Nur ein Schritt, gefolgt von einem Klopfen. Es muss nicht laut sein, er muss es nur hören können. Er wird dir schon nicht den Kopf abreißen. Oder dich einem Raben zum Fraß vorwerfen.

Ich stand noch immer vor der geschlossenen Tür. Dabei hörte ich das Ticken meiner Armbanduhr, das so leise war, dass ich es eigentlich gar nicht hören konnte. Trotzdem hallte es in meinem Kopf nach, konsequent, erbarmungslos. Jede Bewegung des Zeigers nahm ich innerlich wahr und fühlte mich gleichzeitig wie das Schaf, das zur Schlachtbank geführt wurde.

Ein Schaf, das sich selbst zur Schlachtbank führte.

Mein Blick glitt zu dem weißen Schild neben der Tür.

Prof. Dr. Michael Lancaster

Die letzten Wochen hatte ich mich nicht nur an den Gedanken

gewöhnt, mit einer Gruppe von Sonnenkriegern in der WG zu leben, sondern auch damit verbracht, mich von ihnen auf dieses Treffen vorbereiten zu lassen. Sie hatten mit mir meine Kampfkünste trainiert, die Telefonnummer für die erste Kontaktaufnahme besorgt und den Plan konkretisiert. Mittels Meditationsübungen hatte Xander mich zudem darin geschult, meine Angst zu verstecken, für den Fall, dass Michael Lancaster auf die Idee kam, sie lesen zu wollen. Kim hatte ebenfalls geholfen, indem sie mit Josh alte ägyptische Bücher studiert hatte und mit mir jedes Fitzelchen an Information teilte, das mit den Sichelträgern in Zusammenhang stehen könnte.

Trotz all dieser Vorbereitung bereitete es mir ein ungutes Gefühl in der Magengrube, gleich auf einen von ihnen zu treffen. Aber irgendwie musste ich den ersten Kontakt herstellen – schließlich hatte ich mich bereit erklärt, die Sonnenkrieger zu unterstützen. Noch immer fühlte sich diese Entscheidung richtig an, wenn auch nicht in diesem Moment.

Meine Hand hob sich wie von allein, mein Körper schaltete auf Autopilot. Meine Fingerknöchel klopften gegen die Tür des Professors. Ich sog tief die Luft ein, als von drinnen ein »Herein« zu hören war.

Vorsichtig trat ich in das helle Büro, dessen Jalousien halb geöffnet waren. Rechts und links von mir befanden sich breite Regale, vollgefüllt mit Büchern. Hinter dem Schreibtisch saß ein Mann, der mich freundlich betrachtete.

»Miss Carter, nehme ich an?«

Seine Stimme klang sympathisch. Viel zu sympathisch für einen Sichelträger, aber vielleicht hörte sich meine Stimme genauso sympathisch an.

Ich nickte.

Der Professor stand auf. Er war groß und schlank, hatte eine hohe Stirn. Trotz seines schütteren blonden Haares wirkte sein Gesicht beinahe jugendlich. Es passte zu dem hellblauen Hemd und der lässigen Jeans, die er trug und die ihn gar nicht wie einen Professor Dr. Lancaster aussehen ließ.

Mit der Hand deutete er auf einen der grün gepolsterten Stühle vor seinem riesigen Schreibtisch. »Nehmen Sie doch bitte Platz.«

Ich folgte seiner Anweisung. Dabei versuchte ich zu lächeln, was mir nicht besonders gut gelang. Aber das machte nichts, denn das gezwungene, schüchterne Lächeln passte zu der Rolle, die ich hier spielte.

»Wie genau kann ich Ihnen helfen, Miss Carter? Am Telefon haben Sie sich recht vage ausgedrückt.« Er setzte sich auf seinen Schreibtischstuhl, während seine klugen braunen Augen mich nach wie vor interessiert musterten. »Es ist ungewöhnlich, dass sich eine Studentin einer anderen Universität an mich wendet.«

»Es geht nicht um mein Studium. Es geht um überhaupt kein Studium. Es geht um etwas Persönliches.«

Professor Lancaster faltete die Hände und hob die Augenbrauen. Er schien von Natur aus zu den Menschen zu gehören, denen die Neugierde auch im Erwachsenenalter nicht abhandengekommen war. »Okay. Das hört sich sehr spannend an, Miss Carter. Wie genau kann ich Ihnen helfen?«

»Ich habe im *Journal of Medical Research* Ihren Artikel zu dem Thema Angststörungen gelesen.«

Darauf folgte eine Pause. Ich kannte meinen Text, aber ich musste ihn auch glaubwürdig vorbringen. Schließlich konnte ich nicht sagen, dass Josh den Namen von Professor Lancasters Mutter aus der Liste der identifizierten Toten hatte, die sich in dem Polizeibericht über den Brand in New Jersey befunden hatte. Ebenso wenig konnte ich erwähnen, dass die WG den Professor seit Wochen beobachtet hatte, um herauszufinden, ob er ein Sichelträger war. Neben seiner Lehrtätigkeit an der New York University führte der angesehene Psychiater und Neurowissenschaftler nicht nur ein Therapie- und Forschungszentrum zur Angstbewältigung, sondern stand auch im regen Kontakt mit der *New Yorker Health Life Insurance*. Der riesige Versicherungskonzern befand sich laut Josh in den Händen der Sichelträger, die sich die Sorgen der Welt zu ihrem finanziellen Vorteil machten.

»Und mein Artikel hat Sie motiviert, mich aufzusuchen?«, fragte der Professor in dem Moment.

»So ist es. Ich fand den Artikel sehr interessant, vor allem, was Sie über die frühkindliche Veranlagung geschrieben haben.« Wieder eine Pause. Ich schluckte, bevor ich den nächsten Satz über die Lippen brachte. Dabei strengte ich mich an, nervös genug zu klingen. »Sind Sie bei der Untersuchung der verschiedenen Angststörungen auch auf eine spezielle, neue Form der Angst gestoßen?«

»Sie müssten hierzu etwas genauer werden.«

Ich räusperte mich und starrte auf meine im Schoß verkrampften Finger, als würde ich nach den richtigen Worten suchen. »Hatten Sie bei Ihren Probanden auch den Fall, dass jemand selbst zwar keine Angst empfunden, aber sensibel auf die Ängste anderer reagiert hat?«